금강경에서 배우는 성공비결 108가지

| 이광복 지음 |

청어

성공을 꿈꾸는 당신에게 드리는 최고의 선물

이 책을 손에 드는 순간 당신은 이미 성공을 예약했다. 바로 이 책에 성공의 지혜와 비결이 가득 들어 있기 때문이다. 『금강경(金剛經)』에 기초한 일련의 성찰, 그리고 우리 사회의 실제적 사례를 예시한 이 책이야말로 당신을 성공으로 이끄는 나침반이 될 것이다.

성공은 결코 멀리 있는 것이 아니라 바로 당신 곁에 있다. 다만 아직 그 길을 발견하지 못했을 뿐이다. 그렇다면 그 길을 어떻게 찾을 것인가. 굳이 어렵게 생각할 필요가 없다. 이 책이 제시하고 있는 내용을 자기 것으로 잘 받아들이기만 하면 반드시 빛나는 성공을 거머쥘 수 있다.

당연한 말이지만, 성공은 신기루처첨 허황된 대상이 아니다. 성공은 현실 속에 있고, 반드시 성취해야 할 우리의 몫이다. 사실 우리 주위를 돌아보면 성공한 사람들로 넘쳐난다. 그렇건만 뒤에 처진 사람들은 그 성공이 그림의 떡 같은 남의 일일 뿐 자기와는 거리가 멀다고 생각한다. 천만의 말씀이다.

성공은 특정인에게만 주어진 특혜가 아니다. 마음먹기에 따라 어느 누구라도 성공할 수 있다. 마음을 조금만 고쳐먹으면, 그리고 조금만 노력하면 거기 성공이 당신을 기다리고 있다. 감히 단언하거니와 이 책을 읽으면 마음에 변화가 오고, 그 변화의 연장선상에서 마침내 성공의 길이 열리기 시작할 것이다.

도대체 성공이란 무엇인가. 그것은 사람마다 얼굴이 다른 것처럼 각자의 기준이 다를 수밖에 없다. 권력을 목표로 하는 사람에게는 권력, 재물을 목표로 하는 사람에게는 재물, 명예를 목표로 하는 사람에게는 명예, 사랑을 목표로 하는 사람에게는 사랑 등등…… 성공의 지향점은 이루 열거하기 힘들 것이다.

따라서 포괄적으로 볼 때, 누구든 자기가 목적하는 바를 확고하게 이루면 그것을 성공이라고 말할 수 있다. 즉, 자기가 뚜렷한 목표를 세우고 나아가는 길에서 올바른 방법으로 만족할 만한 성취를 이루어내면 그게 곧 진정한 성공이다.

그러므로 성공의 결과도 사람에 따라 각기 다를 수밖에 없다. 예컨대 권력을 지향하는 사람에게는 권좌에 올라 선정을 베푸는 것이 성공이요, 재물을 추구하는 사람에게는 억만장자가 되어 사회에 기여하는 것이 성공이며, 명예를 좇는 사람에게는 만인의 모범이 되어 최고의 명성을 널리 떨치는 것이 성공이다.

흔히 귀한 손님이나 정다운 친구를 만나면 귀한 음식을 접대한다. 이제 우리 사회에서 주요 거래처의 고객이나 가까운 친지들을 만났을 때 식사자리, 술자리, 차 마시는 자리를 마련하는 것은 아주 자연스런 일상사가 되어 있다.

하지만 그보다 더 훌륭한 접대는 한 번 먹어 없어지는 식사나

술 또는 그 어떤 음료보다 이 책을 선물하는 일이다. 주변의 아끼고 돕고 이끌어주고 싶은 사람 최소한 열 명에게 이 책을 소개하라. 이 책에는 잘 모셔야 할 상대방, 즉 존귀한 지인들의 성공을 보장하는 지혜와 비결이 듬뿍 담겨 있기 때문이다. 그들은 두고두고 고맙게 여길 것이다.

이 책은 결코 『금강경』을 해설한 종교서적이 아니다. 필자는 『금강경』을 해설하기 위해서가 아니라 이 경전에 담긴 성공비결을 찾아내 당신을 성공으로 초대하기 위하여 누구나 쉽게 읽을 수 있는 이 책을 썼다. 이제 당신은 진정한 성공의 주인공이 될 수 있다. 이 책과 더불어 모두 성공하기를 기원하고 또 기원한다.

끝으로, 이 책에 인용한 『금강경』 원문과 번역문은 대한불교 조계종(曹溪宗) 표준본에 따랐음을 밝힌다.

이광복

c·o·n·t·e·n·t·s

책머리에 / 성공을 꿈꾸는 당신에게 드리는 최고의 선물

프롤로그 / 당신이 바로 행복의 주인공이다 | 11

001 인간은 가치를 추구한다 | 13

002 운명아, 길을 비켜라 | 15

003 인생은 마라톤이다 | 17

004 가시나무에 수박이 열린다 | 20

005 복 받는 사람은 뭐가 달라도 다르다 | 23

006 화끈하게 주면 무제한으로 받는다 | 25

007 어느 누구라도 지존이 될 수 있다 | 27

008 확고한 지혜의 완성을 위하여 | 29

009 다이아몬드를 차지하라 | 31

010 물어야 답이 나온다 | 33

011 쉽다고 생각하면 아주 쉽다 | 35

012 성공 엔진의 용량을 키워라 | 37

013 잡념을 벗어던져라 | 40

014 말씀 속에 진리가 있다 | 43

015 큰사람 곁으로 가라 | 45

016 고통을 즐겨라 | 48

017 솔선수범하라 | 51

018 첫 단추를 잘 끼워라 | 53

019 예의는 아름답다 | 56

020 '닫힌 마음'에서 '열린 마음'으로 | 58

021 존경이 존중을 낳는다 | 60

022 사람이면 다 사람인가 | 62

023 묻는 것은 죄가 아니다 | 64

024 중생은 아는 것보다 모르는 것이 훨씬 더 많다 | 66

025 아낌없이 베풀어라 | 68

026 하늘은 스스로 돕는 자를 돕는다 | 71

027 그 산부인과에는 불황이 없다 | 73

028 광에서 인심 난다 | 75

029 콩 한 알도 나눠 먹어라 | 78

030 오른손이 하는 일을 왼손이 모르게 하라 | 80

031 재수 나쁜 놈은 비행기 안에서도 뱀 물린다 | 82

032 더러운 집착을 버려라 | 84

033 공부해서 남에게 주어라 | 86

034 호박에 줄만 긋는다고 수박이 되는 것은 아니다 | 88

035 손가락을 보지 말고 달을 보라 | 91

036 본질에 충실하라 | 94

037 진리의 실상을 알고 실천하면 복덕이 들어온다 | 97

038 독선이 당신을 멍들게 한다 | 99

039 아집은 무서운 병이다 | 101

040 꽁생원과 맹꽁이는 닮은꼴이다 | 103

041 겸손이 오만을 이긴다 | 105

042 아닌 것은 아니기 때문에 아니다 | 107

043 스트레스가 말끔히 사라진다 | 109

044 몸에 새로운 활력이 넘친다 | 111

045 빈손으로 왔다 빈손으로 간다 | 113

046 의리에 죽고 의리에 산다 | 116

047 진짜 고수는 스스로를 고수라 말하지 않는다 | 119

048 일신의 영달은 성공이 아니다 | 121

049 그 영혼에 불을 밝혀라 | 124

050 몸에 맞는 옷을 입어라 | 126

051 새우가 고래를 먹는다 | 128

052 굴보다 호랑이가 더 크면 어찌 되나 | 131

053 복덕은 멀리 있는 것이 아니다 | 133

054 사람 위에 사람 없고, 사람 밑에 사람 없다 | 135

055 메기는 입이 크다 | 137

056 모두가 더불어 다 함께 살아야 한다 | 139

057 콩나물 값 깎지 마라 | 141

058 이론보다 실천이 우선이다 | 143

059 쇠뿔 고치려다 소 잡는다 | 145

060 말을 아껴라 | 148

061 성공을 대물림할 수 있다 | 150

062 정승처럼 벌어서 정승처럼 써라 | 152

063 특권과 반칙에 침을 뱉어라 | 154

064 어려울수록 더욱 힘내라 | 156

065 고름은 살이 될 수 없다 | 158

066 사람을 섬겨라 | 160

067 좁쌀은 아무리 굴러도 멀리 갈 수 없다 | 162

068 졸부는 스스로 무덤을 판다 | 164

069 당신의 귀에 성공의 씨앗이 있다 | 166

070 잘 들어야 잘 보인다 | 169

071 눈으로 말한다 | 172

072 사랑에는 조건이 없다 | 174

073 귀는 왜 줄곧 열려 있나 | 176

074 멀쩡한 귀머거리가 불쌍하다 | 178

075 장난하다 애 밴다 | 181

076 권력의 칼보다 역사의 펜이 더 무섭다 | 183

077 성공의 열쇠가 당신 손 안에 있다 | 186

078 누가 잔잔한 연못에 돌을 던지랴 | 189

079 세상을 보는 안목이 넓어진다 | 191

080 사람이 책을 만들고 책이 사람을 만든다 | 193

081 넓게 파야 깊이 판다 | 195

082 말 한마디가 운명을 바꾼다 | 197

083 창의력이 없으면 하청업자로 머문다 | 199

084 오늘날에도 양반과 상놈이 있다 | 201

085 낡은 옷을 새 옷으로 갈아입어라 | 203

086 외양간을 지으면 소가 생긴다 | 205

087 우선 먹기는 곶감이 달다 | 207

088 공짜는 없다 | 209

089 큰 배는 느릴 수밖에 없다 | 211

090 경제동물은 존경받지 못한다 | 214

091 인생에는 공식이 없다 | 217

092 영웅이 영웅을 알아본다 | 219

093 혼자 떠들면 외로워진다 | 221

094 우주만물을 지성으로 섬겨라 | 224

095 자연스럽게 산다 | 227

096 연습을 시합처럼 시합을 연습처럼 | 229

097 음식을 맛있게 먹어라 | 231

098 물은 그릇만큼만 채워준다 | 234

099 긍정적 사고가 확확 신바람을 일으킨다 | 236

100 나쁜 일이 있으면 좋은 일도 있다 | 238

101 인격을 키워야 성공한다 | 240

102 제복이 사람을 만든다 | 243

103 모르는 사람은 손에 쥐어줘도 모른다 | 245

104 물 위에서 물 걱정한다 | 248

105 해맑은 영혼에 성공이 찾아든다 | 250

106 예의는 국력이다 | 252

107 백 가지 이론보다 한 가지 실천이 더 중요하다 | 255

108 두드려라, 열릴 것이다 | 257

에필로그 / 성공이 우리를 기다리고 있다 | 260

[부록] 金剛般若波羅蜜經(원문) | 262

당신이 바로 행복의 주인공이다

성공은 곧 행복의 조건이다. 아니, 성공과 행복은 동전의 양면과 같다. 성공의 길에는 행복이 따라오고, 그럼으로 해서 성공한 사람은 저절로 행복을 누릴 수 있다. 그러니까 성공은 행복의 보증수표라고 말할 수 있다.

인간이라면 누구나 성공을 거두어 행복하게 살 권리가 있다. 이 책은 그 권리를 극대화하는 데 초점을 맞추고 있다. 그러므로 이 책을 읽기 시작하는 순간, 성공이 당신 앞으로 성큼성큼 다가서고 있음을 느낄 수 있을 것이다.

누구나 다 알다시피 이제 우리나라는 더 이상 변방의 약소국가가 아니다. 우리는 지난 세월 피와 땀과 눈물로 고난의 가시밭길을 헤치며 산업화·민주화를 이룩했다. 우리가 전쟁의 잿더미 위에 이처럼 막강한 경제대국을 일으켜 세우리라고는 아무도 예측하지 못했다. 하지만 우리는 마침내 인류 역사상 가장 눈부신 고도성장을 일궈냄으로써 세계인들을 깜짝 놀라게 했다.

그럼에도 불구하고 우리가 가야 할 길은 아직도 멀기만 하다. 그중에서도 인간중심의 가치관 정립은 서둘러 해결해야 할 중대한 과제가 아닐 수 없다. 인간이 인간다운 삶을 누리지 못한다면 '삶의 질'과 선진국 진입을 외치는 것도 공허한 잠꼬대에 지나지 않을 뿐이다.

비록 늦었지만 이제는 달라져야 한다. 우리의 성공은 누가 뭐래도 인간 본연의 문제에 대한 깊은 성찰 위에서 이루어져야 하고, 그렇게 될 때 우리나라의 위상이 세계 최고 일류국가로 우뚝 치솟아 모든 이의 삶을 보다 더 행복하게 이끌어줄 것이다.

그 중심에 바로 당신이 있다. 이 책을 손에 쥔 당신이야말로 우리나라를 세계 최고 일류국가로 이끌어 가는 주역 중의 주역이다. 그리고 당신은 영원무궁토록 누려야 할 행복의 주인공이다.

우공이산(愚公移山)이란 '어리석은 영감이 산을 옮긴다는 뜻으로, 쉬지 않고 꾸준하게 한 가지 일만 열심히 하면 마침내 큰일을 이룰 수 있음'을 일컫는 말이다. 우리 모두 '할 수 있다'는 자신감과 '하면 된다'는 신념과 '안 되면 될 때까지' 반드시 해내고야 말겠다는 결연한 의지로 노력한다면 못할 것이 없다.

특히 『금강경』에서 배우는 성공비결을 몸 전체로 받아들일 경우 당신 개인의 참된 성공은 물론이려니와 한바탕 신바람 나는 세상을 만들어 세계 최고 선진국가로 웅비하는 우리나라의 역사를 새로 쓸 수 있으리라 믿어 의심치 않는다.

001
인간은 가치를 추구한다

✳

인간은 다른 동물과 달라 가치를 추구한다. 소와 말과 개와 돼지 같은 동물들은 다이아몬드의 가치를 모른다. 그런 동물들에게는 불경이며 성경이며 논어가 필요 없고, 심지어 세계명작이며 올림픽의 금메달이나 월드컵경기의 우승 트로피도 아무런 의미가 없다.

하지만 만물의 영장인 인간은 다르다. 귀한 것을 귀하게 여기고 천한 것을 천하게 여긴다. 선현들의 가르침을 귀하게 여기고, 옳은 일, 본받을 만한 일, 최고의 경지 등등 고귀한 가치에 저절로 감탄을 자아내며 아낌없는 박수를 보낸다.

인간은 문학·미술·음악·무용·연극·영화 등 뛰어난 예술작품에 감동을 받고 찬사를 아끼지 않는다. 이와 함께 훌륭한 작품을 창작한 사람에게는 노벨문학상 등 각 분야별로 권위 있는 상을 준다. 그리고 그 탁월한 예술작품을 통해 많은 감화를 받아 더 높은 문화예술을 창출한다.

스포츠만 해도 그렇다. 올림픽이나 월드컵경기 같은 세계대회가 열리면 지구촌이 들썩거릴 정도로 온 인류가 자국 선수들을 응원하느라 열광한다. 올림픽이 열리기 이전에도 인류가 잘만 살았고, 설령 자국의 선수가 우승을 하지 못한다 해도 죽고 사는 것이 아니련만 목이 터져라 열띤 응원을 보낸다. 그리고 잘 싸운, 더 나아가 우승한 선수들의 기량에 찬사를 아끼지 않는다.

마라톤 경기도 예외가 아니다. 마라톤 경기의 기원은 잠시 접어두고, 역설적으로 뒤집어 말하자면 마라톤 경기야말로 참 미련하고 멍청한 종목이 아닐 수 없다. 노골적으로 말해서 자전거도 있고, 오토바이도 있고, 자동차도 있건만 죽을 둥 살 둥 헉헉거리며 42.195킬로미터를 달리다니 이 얼마나 바보 같은 짓인가. 실용과 효율이라는 잣대만을 들이댄다면 마라톤 경기는 진작 퇴출되었어야 할 가장 비실용적이고 비효율적인 종목이다.

하지만 우리 인간은 그 머나먼 코스를 달리는, 그리고 우승까지 차지한 승리의 주역에게 월계관을 씌워주며 아낌없는 박수갈채를 보낸다. 체력과 스피드는 물론이려니와 그 강인한 의지, 즉 불굴의 정신력 없이는 불가능한 마라톤 경기의 가치를 잘 알기 때문이다.

따라서 성공도 성공 나름이다. 겉치레만 희번들한 '가짜 성공'이 있는가 하면 내면을 옹골차게 꽉 채운 '진짜 성공'이 있다. 어떤 사람은 스스로 성공했다고 뻐기지만 남들이 볼 때에는 하잘것없는 비웃음거리인 경우가 흔하다. 그 반면, 겉으로 보기에는 별 볼일 없는 것 같지만 백 년이나 몇 천 년 뒤까지도 숭앙되는 거룩한 성공이 있다.

우리는 무늬만 성공이 아닌, 참으로 가치 있는, 그래서 누구도 부정할 수 없는 거룩한 성공을 향해 달려야 한다. 『금강경』에서 배우는 성공비결을 제대로 실천하면 '진짜 성공'을 '내 것'으로 만들 수 있다.

002
운명아, 길을 비켜라

✳

　숙명이 '태어날 때부터 타고난 정해진 운명 또는 피할 수 없는 운명'이라면, 운명은 '인간을 포함한 모든 것을 지배하는 초인간적인 힘 또는 그것에 의하여 이미 정해져 있는 목숨이나 처지, 앞으로의 생사나 존망에 관한 처지'를 말한다. 숙명은 숙분(宿分) 또는 숙운(宿運)이라고도 하며, 운명은 명(命) 또는 명운(命運)이라고도 한다.

　이렇게 볼 때, 숙명과 운명 사이에는 분명한 차이점이 있다. 숙명이 불변성인 데 비해 운명에는 가변성이 있다. 즉, 태어날 때부터 결정된 숙명이 피할 수 없는 것이라면, 태어난 이후의 운명은 경우에 따라서 바꿔 나갈 그 나름의 여지가 있다.

　실지로 '운명을 바꾼다' '사주팔자를 고친다'는 말이 있다. 아무리 좋은 여건에서 태어난 사람이라도 하루아침에 몰락하는 경우가 있는가 하면, 지지리도 박복한 환경에서 태어나 세상 사람들이 모두 깜짝 놀랄 만큼 대성한 경우를 얼마든지 볼 수 있는 것이다.

　예컨대 조국과 부모는 내 임의로 선택할 수가 없다. 내가 태어나기 전부터 일찍이 조국과 부모가 거기 있었고, 그 바탕 위에서 내가 태어났기 때문이다. 따라서 이는 어찌할 수 없는 숙명이다. 이런 숙명이야말로 선택사항이 아니기 때문이다.

부유한 나라에서 태어난 사람이 있는가 하면 가난한 나라에서 태어난 사람이 있다. 그건 숙명이면서 동시에 운명일 수도 있다. 숙명적으로는 각기 다른 그런 나라에서 태어났다 할지라도, 운명적으로 볼 때에는 살아가는 동안 그들 나라에 재앙과 전쟁 등 여러 변화가 올 수 있기 때문에 나중에는 그 처지가 얼마든지 뒤바뀔 수 있다.

어떤 사람이 아주 불우한 가정에서 태어났다고 하자. 그건 숙명이다. 하지만 그의 운명, 즉 인생 전체가 불우하란 법은 없다. 아니, 그 반대로 온갖 역경을 딛고 일어나 인류역사에 우뚝 선 사람이 얼마나 많은가. 바로 여기에 삶의 가치가 있고, 그럼으로 해서 우리는 참다운 성공을 향해 피눈물 나는 노력을 기울이고 있는 것이다.

현명한 사람의 경우 어쩔 수 없는 숙명에는 순응할지라도 운명을 탓하지는 않는다. 도리어 운명을 슬기롭게 바꾼다. 그 반면, 어리석은 사람은 숙명과 운명을 탓하며 모든 것을 팔자소관으로만 돌린다. 그래가지고는 발전이 있을 수 없다.

아무리 어려운 환경에서 태어났다 하더라도, 비록 지금의 처지가 불우하다 해도 그 운명을 타파하고야 말겠다는 비상한 용기와 강력한 의지를 가져야 한다. 운명아, 길을 비켜라. 내가 간다. 그런 불굴의 용기와 희망을 가질 때 당신은 드디어 성공대열에 합류할 수 있다.

003
인생은 마라톤이다

✻

　인생은 눈 깜짝할 사이에 끝나는 단거리 경주가 아니라 장시간 머나먼 코스를 달리는 마라톤이다. 특별한 이변이 없는 한, 즉 젊은 나이에 요절하지 않는 한 최소 몇 십 년 이상 백 년 전후까지 오래 달리게 되어 있다. 따라서 결승점까지 가 봐야 승부가 갈린다.

　마라톤 경기가 열리면, 출발점에 예 간다 제 간다 하는 선수들이 와글와글하는 광경을 볼 수 있다. 하지만 결승점에 들어오는 선수는 손가락으로 꼽을 수 있을 만큼 한정돼 있다. 가뭄에 콩 나듯 드문드문 들어오는 마라토너들. 그렇다면 출발점에 서 있던 그 많던 나머지 선수들은 다 어디로 갔을까. 대부분의 마라톤 경기에서는 완주하는 사람보다 중도에 포기하는 사람들이 훨씬 더 많다.

　출전할 때에는 분명 우승을 목표로, 아니 최소한 완주만이라도 하겠다는 각오로 나섰을 텐데 중도에 온다간다 말도 없이 사라진 사람들. 특히 초반에 잘 나가다가 허무하게 주저앉는 사람들을 볼 때 이만저만 안타까운 것이 아니다. 지금까지의 기록을 보면, 시종 선두로 달리다가 결승점 앞에서 골인 직전 맥없이 쓰러진 선수들도 한둘이 아니다.

　본래 탁월한 선수는 출발도 좋지만 후반전으로 갈수록 더 놀라운

괴력과 기량을 보여준다. 체력 안배를 잘하기 때문이다. 그 반면, 역량이 모자란 선수는 초반에 잘 나가다가도 어느 순간 제풀에 지쳐 쓰러진다. 자기 자신의 체력과 연습량보다 과도한 경기를 하다가 그렇게 되는 것이다.

하지만 비록 기록은 뒤떨어졌을지라도, 즉 우승이나 입상권에서는 멀어졌을지라도 끝까지 완주하는 선수들을 보면 여간 대견한 것이 아니다. 땀을 뻘뻘 흘리며 힘껏 투혼을 불태우는 그런 선수들이야말로 우리에게 가슴 뭉클한 감동을 안겨준다. 그들은 초반에 잘 나가다가 중도에 포기한 사람들과는 기본적으로 차원이 다른 것이다.

인생 자체가 그런 것 아닐까. 초반에 잘 나가다가 중도에 주저앉는 삶보다는 최후까지 전력을 투구하는 삶이 훨씬 더 위대하다. 1등이 아니면 어떻고, 2등이 아니면 또 어떤가. 비록 입상권에는 들지 못했다 하더라도 최선을 다한 인생이라면 무슨 아쉬움이 남을 것인가.

그런데 더러는 결승점을 통과한 뒤 트랙을 한 바퀴쯤 더 도는 선수도 있다. 얼마나 우스운가. 진정 정해진 코스 안에서 마지막 한 방울까지 힘을 다 쏟아 조금이라도 좋은 기록을 올려야 하거늘 결승점을 통과한 뒤 힘자랑 하겠다고 더 뛰어본들 무슨 소용이 있을 것인가.

권투경기에서도 예외가 아니다. 중도에 KO승을 거둔 것도 아니건만, 10라운드나 12라운드까지 다 뛰고 나서 심판 판정을 기다리는 동안 링 위에서 한바탕 훌쩍 뛰어오르며 공중제비 묘기를 보여주는 선수가 있다. 그것도 꼴불견이다. 경기가 다 끝난 뒤에 그런 여력을 뽐내서 뭘 어쩌겠다는 것인가. 그럴 힘이 있으면 응당 상대방과의 맞대결에서 다 쏟아 부었어야 한다.

인생에는 연습이 없다. 인생이 두 번 오는 것도 아니다. 불교의 윤회사상을 모르는 바 아니지만, 우리가 내세에도 또다시 인간으로 태어난다는 보장이 없다. 우리는 여력을 비축할 겨를이 없다. 하루 하루 힘을 다 쏟을 때 당신의 인생 마라톤은 반드시 성공할 것이다.

004
가시나무에 수박이 열린다

✳

　A회장의 별명은 '생불'이다. 그는 무엇보다도 주위의 다른 사람들을 편케 해준다. A회장은 지금까지 살아오면서 낯을 붉히거나 다른 사람과 말다툼 한 번 벌인 적이 없었다. 그래서 그에게는 생불이라는 별명이 붙었고, 그를 한 번이라도 대해본 사람이라면 A회장의 별명이 얼마나 잘 어울리는가를 실감할 수 있다.

　A회장은 별 욕심이 없다. 서울에서 태어난 그는 젊은 시절 줄곧 기계부품 사업을 했고, 얼마 전 오랜 세월 함께 일해 온 공장장에게 회사의 경영권을 넘겨주었다. 웬만한 사람 같으면 끝까지 회사를 틀어쥐고 있다가 아들에게 넘겨주겠지만, 그는 60대 초반의 나이에 자기가 데리고 있던, 창업 이후 회사를 키운 사실상의 일등공신이라 할 공장장에게 기꺼이 경영권을 넘겨주고 뒤로 물러나 앉았다.

　그에게는 정숙한 부인과 건장한 두 아들이 있다. 가장인 A회장을 닮아 부인이며 두 아들까지 정말 빼다 박은 생불 같다. 그러니까 그 집 식구들은 '생불 가족'이라고 말할 수 있는데 집안에 행복이 가득 넘쳐난다. 우선 가족들 모두가 건강하고, 모범생으로 자란 두 아들은 남들이 다 부러워하는 직장에 취업해 승승장구하고 있다. 며느리까지 잘 들어와 그 집안의 행복을 부러워하지 않는 사람이 없다.

한편, 공장장에게 경영권을 넘겨주고 현직에서 은퇴한 이후 A회장은 대외적인 직함만 회장일 뿐 실질적으로는 하는 일이 없다. 그는 가끔 자신이 경영하던 회사에 들러 자문도 해주고 직원들을 격려해준다. 그것 이외에 특별히 하는 일이 없지만 그가 가는 곳에 행운이 줄줄 따라다닌다. 그는 평소 돈을 '쓰는' 편이지 '버는' 편이 아니다. 친구들과 어울려도 자연스럽게 밥값, 술값을 낸다. 그렇게 돈을 잘 쓰는데도 그의 재력은 점점 더 불어난다.

몇 해 전 그는 노후의 쉼터로 삼기 위해 강원도 산골에 가서 누군가가 버리고 떠난 허름한 농가 한 채를 매입했다. 말이 좋아 농가이지 그것은 사실상 다 허물어져 가는 폐가였다. 그나마 매력이 있다면 그 폐가 주위에 제법 큰 텃밭이 딸려 있다는 점이었다. 그는 좀더 나이 들면 그곳에 내려가 아담한 집을 새로 짓고 꽃을 가꾸며 한가로운 노후를 보낼 계획이었다.

그런데 어느 날 갑자기 그 폐가 앞으로 왕복 8차로 도로가 뚫리면서 헐값이었던 그곳 땅값이 금값으로 몇십 배 뛰었다. 그리고 밭떼기 일부는 도로로 편입돼 보상금이 나왔다. A회장은 그 보상금으로 충청도의 한 산골에 임야 몇 필지를 새로 장만했다. 그런데 웬걸, 이번에는 그곳으로 레저타운이 들어와 땅값이 천정부지로 뛰어 올랐다.

아무튼 그가 손만 댔다 하면 가시나무에도 주렁주렁 수박이 열린다. 복은 그렇게 들어온다. 소위 재테크네 뭐네 해서 죽을 둥 살 둥 기를 쓴다고 해서 들어오는 것이 아니다. 물론 그렇게 기를 쓸 경우 작은 재물은 들어올지 모르지만, 큰 복은 빈집에 소 들어오듯 자기도 모르는 엉뚱한 곳에서 들어온다.

그는 아침에 일어나마자 조용히 『금강경』을 독송한다. 그뿐 아니라 틈만 나면 『금강경』의 한 문장을 화두로 삼아 묵상한다. 그의 인품이 훌륭한 것은, 그리고 그가 손대는 곳에 재물이 척척 따라붙는 것은 결코 우연이 아니다. 그 자신도 『금강경』 공부가 오늘의 자신을 키웠노라고 고백하는 것을 보면 『금강경』의 신비는 새삼 의심할 나위가 없다.

005
복 받는 사람은
뭐가 달라도 다르다

✳

사실 A회장이 바라는 것은 재물이 아니다. 그의 재산규모는 어림 잡아 수백억 원 대에 이른다. 만약 돈을 더 벌고 싶었다면 한창 잘 나가는 회사를 공장장에게 넘겨주지도 않았을 것이다.

따라서 A회장의 경우 소위 부동산 투기, 재테크 같은 것은 아예 생각하지도 않는다. 이미 평생 쓰고도 남을 엄청난 재산을 축적해 놓은 터라 돈에 관한 한 아쉬울 것이 없다. 최소한 A회장에게 있어서 금전이나 재산 따위는 소소한 문제에 지나지 않는다.

그보다 더 중요한 것은, 그의 사전에는 애당초 부동산 투기나 재테크 같은 시답잖은 어휘가 존재하지 않는다는 사실이다. 그의 관심과 고민은 정작 다른 데 있다. 그는 재산 증식과는 전혀 관계없이 어떻게 하면 보다 더 인간답게 살 수 있을 것인가를 깊이 고뇌한다.

만약 A회장이 재산을 더 부풀리기 위해 안달복달한다면 시중의 하 많은 졸부와 무엇이 다를까. 하지만 A회장은 도처에 널려 있는 졸부들과는 근본적으로 다르다. 우선 마음 씀씀이가 다르고 언행이 다르다. 자기 몫만 더 챙기려고 아옹다옹하는 것이 아니라 도리어 누구에겐가 무엇인가를 더 베풀지 못해 괴로워한다.

재산 빵빵하겠다, 인품 훌륭하겠다, 소싯적 이래 주위에서는 줄

곧 국회의원에 출마하라고 권유하였다. 특히 정치권에서는 선거 때마다 그를 영입하기 위해 거물급 인사를 보내는 등 계속 손을 뻗쳤다. 사실 마음만 먹었다 하면 그가 지역구든 비례대표든 금배지 정도 다는 것은 일도 아니다.

하지만 그런 제의를 받을 때마다 A회장은 그냥 싱긋이 웃다가 정중히 사양하곤 했다. 그에게는 정치권력 따위야 안중에도 없다. 그는 오직 삶의 본질, 인생이란 무엇인가 하는 그 화두에 몰입해 있다. 따라서 그는 주위 사람들로부터 더욱 존경을 받는다.

해마다 명절 때가 되면 그는 떡집에서 가래떡을 뽑아 외로운 사람들이 모여 있는 사회복지 시설에 골고루 돌린다. 쌀이야 몇 가마니가 들어가든 그런 것 따위는 개의치 않는다. 그러면서도 그는 한 번도 전면에 나선 적이 없었다. 자기가 하는 일을 남이 알까봐 꽁꽁 숨어서 그런 선행을 베풀고 있다. 따라서 그의 얼굴에는 언제나 넉넉한 화색이 돌고 인품에서는 그윽한 향기가 솟아난다.

그런 인품의 중심에는 바로 『금강경』이 있다. 딱 한 번뿐인 인생을 제대로 살아야 한다는 마음가짐과 그 실천이 그의 삶을 성공으로 이끌어주는 것이다.

006
화끈하게 주면
무제한으로 받는다

❋

제과업계의 왕자 K회장은 자타가 공인하는 입지전적 인물이다. 불우한 가정환경에서 태어난 그는 고등학교를 중퇴한 뒤 시골 어느 제과점의 말단 종업원으로 들어갔다. 그 후 그가 겪은 고생은 이루 말할 수가 없었다.

그는 온갖 역경을 헤치며 열심히 빵 만드는 기술을 배웠다. 뚜렷한 목표를 향해 돌진하는 사람에게는 두려울 것이 없었다. 그는 창의력까지 뛰어나 남들보다 훨씬 빠른 속도로 기술을 익혔다. 그는 서울로 올라와 유명 제과점에서 부공장장·공장장을 거쳐 강남의 한 아파트단지에 조그만 제과점을 차렸다.

그는 빵을 만들어 팔기도 했지만, 수요와 공급의 불균형으로 물량이 남아돌 때에는 자기가 만든 빵을 주민들에게 무료로 나눠주었다. 그러니까 고객들의 경우 어떤 사람은 사먹고, 어떤 사람은 공짜로 얻어먹는 기현상이 계속됐다.

산술적인 계산만 한다면 구태여 돈 주고 그 집 빵을 사먹을 고객이 없을 듯했다. 사먹지 않으면 공짜로 얻어먹을 수 있을 테니까. 하지만 인간사는 그렇게 산술적·표피적 이론으로만 설명되는 것이 아니었다. 실지에서 있어서는 그런 예상을 여지없이 뒤엎었다.

제과점 주인은 제과점 규모가 커지면서 빵이 남으면 남을수록 더 많이 나누어주었다. 나중에는 아파트단지의 주민들뿐만 아니라 인근 복지시설에도 보내주었다. 말하자면 화끈하게 '빵 잔치'를 벌인 셈이었다. 특히 그는 단순히 빵이라는 식품의 차원을 넘어 자신이 만든 빵을 먹은 사람이 행복해지기를 바라는 간절한 기원까지 담아 아낌없이 나누어주었다.

그런데 빵이 공짜로 공급되면 공짜로 공급될수록 매출이 부쩍부쩍 늘어나기 시작했다. 마치 효모에 밀가루 반죽 부풀어 오르듯 쑥쑥 불어나는 매출액. 빵을 나눠주는 과정에서 제과점 주인에 대한 고객의 신뢰가 쌓이고 인간적 교감이 확산되면서 빵을 공짜로 얻어먹은 고객들이 본격적으로 그 집 빵을 '팔아주기' 시작한 것이었다.

그때부터 고객들의 성원은 거의 무제한으로 답지했다. 말하자면 호박이 넝쿨째 굴러들어오는 셈이었다. 그는 그 여세를 몰아 서울 시내 여러 곳에 매장을 확장해나갔다. 일찍이 무명 제과점의 말단 종업원으로 출발한 그는 언제부턴가 연간 매출액 수백 억 원을 올리는 최고 브랜드 제과점의 대표이사 회장이 되었다.

그는 현재도 자신의 제과점에서 생산되는 빵과 과자를 아낌없이 나누어줌으로써 많은 사람들로부터 칭송을 받고 있다. 이와 함께 그의 여러 점포에서는 지금 이 시간에도 빵이 불티나게 팔려 나가고 있다. 그러니까 K회장은 뿌리는 대로 거두는 셈이다. 따라서 그의 성공은 어디까지 치달을지 그 끝을 헤아릴 길이 없다.

007
어느 누구라도
지존이 될 수 있다

✽

『금강경』에 통달하면 어느 누구라도 지존이 될 수 있다. 이 경전에는 우주만물의 원리와 인생의 모든 진리가 들어 있기 때문이다. 따라서 그 가르침을 '내 것'으로 완전히 받아들여 실천할 경우 정치·경제·사회·문화·교육·체육 등등 어떤 분야에서 무슨 일을 하든 자기가 가고자 하는 길에서 단연 최고 지위에 오를 수 있다.

대통령도 국민으로부터 존경받지 못하면 성공한 대통령이 아니다. 국회의장, 대법원장도 예외일 수는 없다. 그뿐 아니라 입법·사법·행정에 종사하는 여타 고위 공직자들 역시 국민의 신뢰를 잃으면 실패할 수밖에 없다. 그러니까 인생을 모르는, 즉 인간적으로 성숙되지 못한 사람은 벼슬이 제아무리 높다 해도 그저 혈세만 축내며 봉급이나 타먹는 '국가종업원'에 불과할 뿐이다.

재벌도 그렇다. 인생에 대한 성찰 없이 덩치만 큰 기업을 이끈다한들 무슨 의미가 있을 것인가. 국민으로부터 사랑을 받지 못하는 부도덕한 기업은 머지않아 쓰러질 수밖에 없다. 우주만물의 원리와 인생이 무엇인가를 알지 못하는 재벌이야말로 기껏 돈을 섬기는 '돈의 노예'에 지나지 않기 때문이다.

그럼에도 불구하고 우리 주위에는 하잘것없는 벼슬이나 재물을 앞세워 건들건들 괜히 시건방을 떠는 작자들이 있다. 하지만 그것은 진정한 성공이라기보다 말짱 헛것인 일회용 꼭두각시놀음에 지나지 않는다.

정치권의 경우 철학과 소신이 너무 빈곤하다. 따라서 수시로 말을 바꾸어 살짝살짝 위기를 모면하는 생쥐 같은 정치꾼이나 얄팍하고 썩음썩음한 정객은 많아도 정치인다운 훌륭한 정치인을 찾아보기 어렵다. 그들은 선거 때의 공약을 일방적으로 뒤집어엎는 것은 물론 국민에 대한 최소한의 예의조차 저버린 채 오만방자하게 안하무인격으로 놀아난다.

재벌은 많아도 존경할 만한 경제인이 드물다. 심심찮게 신문과 방송을 장식하는 정경유착과 비자금 조성, 탈세, 임금착취, 그리고 재벌가의 사생활 파탄은 우리에게 존경 대신 실망만 안겨줄 뿐이다.

그 반면, 진정으로 성공한 사람은 따로 있다. 그들은 겉으로 드러나지 않은 곳에서 묵묵히 지존의 반열에 올라 주위의 존경과 신뢰를 받는다. 우리는 성공다운 성공, 만인으로부터 박수갈채 받는 '참다운 성공'을 이룩해야 한다. 그것이 성공의 가장 높은 가치이다. 우리는 『금강경』을 통해 최고의 성공비결을 획득할 수 있다.

008

확고한 지혜의 완성을 위하여

✳

『금강반야바라밀경(金剛般若波羅蜜經)』을 줄여서 흔히 『금강경』 또
는 『금강반야경(金剛般若經)』이라 한다. 금강반야바라밀경이란 '금
강석(金剛石)과 같이 견고한 지혜로 번뇌를 끊고 피안(彼岸)에 이르게
하는 경전'이라는 뜻이다. 달리 표현하자면 '확고한 지혜의 완성으
로 이상향(理想鄕)을 깨우쳐 주는 경전'이라고 말할 수 있다.

본래 범어(梵語, 산스크리트어)로 된 이 경전을 인도의 구마라집(鳩
摩羅什, 343~313) 스님이 한역(漢譯)한 이후 잇따라 여러 역본이 나왔
다. 그중에서 구마라집 역본이 가장 널리 보급되었고, 특히 선종(禪
宗)에서는 이 경전을 필독서로 섬겨왔다. 이와 함께 이 경전의 이해
를 돕기 위한 여러 주석본과 해설본이 나왔는데, 양(梁) 나라 무제(武
帝) 때에는 소명태자(昭明太子, 501~531)가 경전의 전문을 주제별로
절묘하게 단락 지어 32분(分)의 문단으로 나누었다.

이렇듯 유명한 『금강경』이 우리나라에 전래된 것은 삼국시대 초
기였으며, 고려시대에 들어와 보조국사(普照國師, 1158~1210)가 이
경전의 독송을 적극 권장하면서 불자들 사이에 더욱 널리 유통되었
다. 그런가 하면 선종의 법맥을 계승한 대한불교 조계종은 이 경전
을 종헌(宗憲)에 넣어 소의경전(所依經典, 수행을 비롯하여 교리적으로 의

지하는 근본경전)으로 규정하였다.

결론적으로 말하자면, 경전 중의 경전인 『금강경』을 모르고서는 감히 지식인이라 자처할 자격이 없다. 불교든 기독교든 유교든 이슬람교든 개인의 종교를 떠나서 이 경전은 현대 지식인의 필독서로 꼽힌다. 특히 이 경전에 담긴 저 심해와 같은 부처님의 가르침은 그 깊이를 헤아릴 길이 없다. 따라서 이 경전의 가르침을 받아 성도(成道, 깨달아 부처가 되는 일)한 존자(尊者, 학문과 덕행이 뛰어난 부처님의 제자)는 한둘이 아니다.

설령 불자가 아니라 해도 이 경전에 담긴 무변광대한 지혜를 '내 것' 으로 받아들여 실천할 경우 누구나 거뜬히 성공할 수 있다. 그것도 잠시 갯바람처럼 스쳐 지나가는 '반짝 성공' 이 아니라 불에도 타지 않고 물에도 녹지 않는, 그리하여 억겁을 두고도 변치 않을 금강석처럼 단단한 '불멸 대성' 을 기약할 수 있으리라 확신한다.

009
다이아몬드를 차지하라

　다이아몬드는 알아도 금강석을 모르는 사람이 있다. 또, 금강석이나 금강산(金剛山)은 알아도 금강(金剛)을 모르는 사람이 있다.

　『금강경』의 범어(산스크리트어) 원명(原名)은 『바즈라체디카 프라즈냐 파라미타 수트라(Vájracchedikā prajñā paramitā sūtra)』이다. 이를 한문으로 직역하면 『금강반야바라밀경』이 된다. 금강반야바라밀경의 뜻을 어휘별로 좀 더 쉽게 풀어보면 다음과 같다.

　· 바즈라체디카(Vájracchedikā) → 금강(金剛) : 금강석(다이아몬드). 견고하고 날카롭다는 의미
　· 프라즈냐(prajñā) → 반야(般若) : 깊고 깊은 미묘한 지혜. 사물이나 도리를 명확하게 꿰뚫어보는 통찰력
　· 파라미타(paramitā) → 바라밀(波羅蜜) : 바라밀다(波羅蜜多)의 줄임말. 완전(完全) · 구극(究極) · 최고의 상태. 도피안(到彼岸). 이상경(理想境)
　· 수트라(sūtra) → 경(經) : 경전

　영어권에서는 『금강경』을 영문으로 번역할 때 통상 『다이아몬드 수트라(Diamond sutra)』라 한다. 그러니까 이 경전의 제목에 나오는

금강은 금강석, 곧 영어의 다이아몬드인 것이다.

본래 금강석은 BC 7~8세기 경 인도의 드라비다족(族)이 최초로 사용하였다. 그들은 보석 중의 보석인 금강석의 가치를 잘 알고 있었다. 부처님께서는 일찍이 이 경전에 친히 이런 최상급의 명칭을 부여하는 한편 제자들에게 이 제목으로 받들어 지니라고 가르쳤다.

한편, 금강석은 훗날 로마 시대의 유럽에서 왕후 귀족만이 사용할 수 있는 가장 귀중한 보석으로 자리매김했다. 특히 중세에는 대개 호신부(護身符)로 사용되었다. 그 무렵 금강석은 원석으로 사용되고 보석으로는 루비나 에메랄드 같은 색석(色石)이 더 높이 평가되었다고 하지만, 세월이 흐르면서 금강석의 값어치는 모든 보석을 물리치고 타의 추종을 불허하는 최고 지위를 차지했다.

보라, 『금강경』이라는 제목 안에 얼마나 큰 뜻이 담겨 있는가를. 그래서 『금강경』의 제목만 암송해도 대뜸 기분이 좋아진다. 그것이 바로 이 경전의 위력이다. 다이아몬드를 차지하라. 이 책을 손에 드는 순간 당신은 벌써 다이아몬드보다 훨씬 더 단단하고 값진 성공 비결을 거머쥐었다.

010
물어야 답이 나온다

❋

『금강경』은 석가모니(釋迦牟尼, BC 563?~BC 483?) 부처님의 가르침이다. 그렇다면 석가모니 부처님이란 누구인가.

석가모니 부처님의 본래 성명은 고타마 싯다르타. 고타마는 성(姓)이고 싯다르타는 이름이다. 석가(釋迦)는 '사키야(sakya)'라는 민족의 명칭이고, 모니(牟尼)는 '무니(muni)'의 음역(音譯)으로 성자를 의미한다. 따라서 석가모니란 '석가 민족 출신의 성자'라는 뜻이다.

현재의 네팔 남부와 인도의 국경 부근인 히말라야산 기슭의 카필라성을 중심으로 사키야 족의 작은 나라가 있었다. 싯다르타는 그 나라의 왕인 정반왕(淨飯王)과 마야(摩耶) 부인 사이에서 왕자로 태어났다. 왕비인 마야 부인은 만삭이 되었을 때 당시의 습속에 따라 친정으로 가서 출산하려고 고향으로 가던 중 룸비니 동산에서 아들 싯다르타를 낳았다.

그런데 웬걸, 마야 부인은 싯다르타를 낳은 지 7일 만에 세상을 떠났다. 그로 말미암아 싯다르타는 이모 밑에서 자랐는데, 어렸을 때부터 왕족의 학문과 기예를 배웠고, 16세가 되자 야수다라(耶輸陀羅)와 혼인하여 아들 라훌라(羅睺羅)를 낳았다.

싯다르타는 왕자로서 이처럼 복된 생활을 영위했다. 하지만 그는 인생의 내면에서 일어나는 각종 번뇌와 직면하게 됐다. 그는 번뇌의 본질이 무엇인가를 깨닫기 위해 29세 때 왕자의 지위는 물론 가족들까지 모두 버리고 홀연히 출가하였다.

그는 출가 이후 몸이 해골처럼 야위도록 고행에 전념하였다. 그러나 6년 간 죽도록 고행했는데도 해탈을 이루지 못했다. 그는 결국 고행을 중단하였고, 보리수 아래에 자리 잡고 깊은 사색에 정진하던 중 마침내 깨달음을 얻었다. 이로써 그는 이 세상의 모든 번뇌와 속박으로부터 벗어나 해탈하는 한편, 이 해탈한 마음에 의하여 깨우친 진리를 얻음으로써 열반(涅槃, 수행에 의해 진리를 체득하여 미혹과 집착을 끊고 일체의 속박에서 벗어난 최고의 경지)에 들었다.

그는 성도한 후 설법을 통해 이 세상의 뭇 중생들을 교화했다. 그리하여 그에게는 부처[佛]·붓다[佛陀]·여래(如來)·세존(世尊)·석존(釋尊)·응공(應供)·아라한(阿羅漢) 등 숱한 존칭이 붙었다.

한편, 부처님은 45년간 인도 각지를 돌며 설법과 교화를 계속하며 많은 가르침을 남기고 80세에 이르러 노환으로 입멸(入滅)했다. 『금강경』은 바로 그 석가모니 부처님의 설법이다. 우리는 이 경전을 통해 부처님의 육성을 들을 수 있고, 그 연장선상에서 성공비결이라는 금강석까지 캐낼 수 있다.

부처님은 고행 중 번뇌의 본질이 무엇인가를 묻고 또 물었다. 그리하여 마침내 해탈과 열반이라는 결실을 얻었다. 세속에 사는 우리도 현실 속에서 진정으로 성공할 수 있는 길이 무엇인가를 간절히 묻고 또 물어야 한다. 그래야만 성공이라는 답을 얻어낼 수 있다.

011
쉽다고 생각하면 아주 쉽다

❋

『금강경』에는 처음부터 끝까지 온갖 지혜가 가득하다. 그러니까 『금강경』이야말로 성공비결의 보고(寶庫)라고 말할 수 있다. 하지만 불교의 경전이라면 미리 겁을 집어먹은 나머지 무조건 '어렵다'고 속단하는 경향이 있다. 『금강경』이 과연 어려운가. 처음부터 어렵다고 생각하면 어렵지만, 어차피 선승이나 학승이 아닌 바에야 쉽다고 생각하면 아주 쉽다.

불교의 수행 중에는 오종묘행(五種妙行)이 있다. 오종묘행이란 수행에서 가장 거룩한 다섯 가지의 행법을 말한다.

· 수지(受持) : 경전이나 계율을 받아 항상 잊지 않고 머리에 새김
· 독(讀≒讀經≒讀誦) : 소리 내어 읽거나 욈
· 송(誦≒誦經≒暗誦) : 소리 내지 않고 욈
· 설(說≒說經≒解說) : 풀어서 말함
· 사(寫≒寫經≒書寫) : 써서 베낌

이 가운데 제일 중요한 것은 '수지'라고 말할 수 있다. 독경이든, 송경이든, 설경이든, 사경이든 모두 다 경전이나 계율을 받아 항상

잊지 않고 머리에 새기기 위한 방편이기 때문이다. 그밖에도 일상 생활 속에서 수시로 경문에 다가설 수 있는 손쉬운 방법이 있다.

· 간경(看經≒觀經≒默讀) : 소리 내지 않고 눈으로 보면서 속으로 읽음
· 견경(見經) : 경전을 눈으로 바라봄
· 문경(聞經) : 경문을 귀로 들음

예컨대 굳이 외우지는 않더라도 소리 내지 않고 눈으로 보면서 속으로 경문을 읽는 묵독은 간경이고, 액자(額子)·병풍(屏風)·자수(刺繡)·판각(板刻)·상감(象嵌) 등으로 구현된 경문을 눈으로 바라보는 것은 견경이며, 방송·테이프·시디(CD) 등으로 경문을 듣는 것은 문경이라 한다.

『금강경』의 글자 수는 판본에 따라 약간의 차이가 있지만, 그럼에도 불구하고 32분 문단의 소제목과 전문을 통틀어 총 5천 3백여 자 안팎이다. 이 가운데 많은 글자들이 중첩되고, 몇몇 문장은 거듭 반의·반문·반어로 반복되고 있어서 순수하게 각기 다른 글자 수만을 따지자면 사실상 약 5백여 자에 지나지 않는다. 그러니까 한자 5백여 자만 알면 능히 원문을 읽을 수 있다. 이 근래 시중에 유통되는 여러 판본의 『금강경』은 읽기 쉽도록 띄어쓰기도 잘 해놓았을 뿐만 아니라 한글 병기는 물론이려니와 친절한 주석까지 달아놓아서 어느 누구라도 쉽게 이해할 수 있다.

얼마나 쉬운가. 외우는 것이 힘들면 읽고, 읽는 것이 힘들면 바라만 보고, 그것도 힘들면 그냥 듣기만 하면 된다. 그렇게 조용히 듣기만 해도 당신은 『금강경』의 놀라운 신비를 체험하게 될 것이다.

012
성공 엔진의 용량을 키워라

❋

여시아문(如是我聞)……

― 이와 같이 나는 들었습니다.

『금강경』 32분 중 가장 첫 번째 문단인 '1. 법회인유분(法會因由分, 법회의 인연)' 본문의 첫 문장이다. 이 문장에서 '나'는 이 경전의 편찬자인 아난(阿難)이다. 그는 부처님 말씀을 가장 많이 들어 '다문제일(多聞第一)'이라는 칭호를 갖고 있다.

잘 알려진 바와 같이 석가모니 부처님에게는 10대 제자가 있다. 이들 10대 제자는 부처님의 말씀을 잘 듣고 불법을 크게 깨우쳐 높이 숭앙되는 존자로 우뚝 섰다. 특히 이들은 여러 계통에서 각기 뛰어난 능력을 보여줌으로써 분야별 '제일'이라는 수식어가 붙었다.

부처님의 10대 제자는 지혜제일(智慧第一) 사리불(舍利佛), 신통제일(神通第一) 목건련(目建連), 두타제일(頭陀第一) 가섭(迦葉), 천안제일(天眼第一) 아나율(阿那律), 해공제일(解空第一) 수보리(須菩提), 설법제일(說法第一) 부루나(富樓那), 논의제일(論議第一) 가전연(迦旃延), 다문제일(多聞第一) 아난(阿難), 지계제일(持戒第一) 우바리(優波離), 밀행제일(密行第一) 라훌라(羅睺羅)이다. 사리불과 목건련은 부처님보다 먼저 입멸했고, 라훌라는 바로 부처님의 아들이다.

이 가운데 『금강경』을 논의하는 자리에서 빼놓을 수 없는 인물은 가섭과 아난, 그리고 수보리 존자이다. 가섭 존자와 아난 존자는 사실상 불경 편찬의 주역이었고, 수보리 존자는 이 경전에서 부처님과 직접 대화를 주고받는 부처님의 상대역이기 때문이다.

특히 '이와 같이 나는 들었습니다'의 주인공, 즉 아난 존자는 부처님 말씀을 듣고 그대로 전하는 결정적 증인이라고 말할 수 있다. 만약 그가 부처님 말씀을 귀담아 듣지 않았다면, 그리하여 그것을 가슴에 깊이 새기지 않았다면 부처님의 가르침으로 가득한 『금강경』은 편찬되지 않았을지도 모른다.

이렇게 볼 때, 다문제일이라는 칭호가 말해주듯 아난 존자는 듣는 데 명수였고, '이와 같이 나는 들었습니다'라고 극명하게 증언함으로써 부처님의 가르침을 영원무궁토록 길이 전할 수 있었다. 귀한 말씀을 잘 들으면 이렇듯 드높은 가치를 창출하는 것이다.

비근한 예로 학생들은 수업시간에 선생님의 강의를 듣는다. 경찰관이 수사할 때 목격자의 진술을 듣고, 법정에서 재판할 때에도 증인을 채택하여 판단근거가 될 증언을 듣는다. 일상생활 속에서도 우리는 숱한 이야기들을 듣는다. 사찰에서 스님의 법문을 듣고, 성당에서 신부님의 강론을 듣고, 교회에서 목사님의 설교를 듣는다.

그런가 하면 책을 통해서 동서고금의 성인과 선각자들과 성공한 사람들이 전하는 유익한 담론을 듣는다. 그것을 많이 받아들이면 많이 받아들일수록, 그리고 그 내용을 잘 이해하면 잘 이해할수록 성공 엔진의 용량이 커지는 것은 재삼 물어볼 필요도 없다.

그런 점에서 아난 존자의 경우 부처님 말씀을 잘 들어 성공한 대표적 사례라 말할 수 있다. 그는 그 '들음'을 토대로 역사에 크나큰 업적을 남겼다. 사실 부처님 스스로는 저술을 남긴 것이 없다. 아난 존자처럼 부처님 말씀을 잘 알아듣고 기억하여 경전을 편찬한 다문 제일의 탁월한 제자가 있어서 그 가르침이 영원불멸의 빛을 발할 수 있었다.

013
잡념을 벗어던저라

✳

  가섭은 마하가섭(摩訶迦葉) 또는 대음광(大飮光)이라고도 한다. 마하(maha)란 '위대한' 이라는 뜻인데, 부처님께서 살아계실 때에는 부처님의 일을 대신할 만큼 유능한 제자였고, 부처님 돌아가신 뒤에는 경전 편찬을 주관하였다. 그는 본래 바라문(婆羅門, 브라만)으로 수행하다가 부처님의 법문을 듣고 제자가 된 뒤 극도로 검박한 생활을 하면서 용맹정진하여 부처님의 가사와 발우를 받았다. 부처님 이후 불교의 법통을 말할 때에는 부처님의 수제자 격이었던 그가 초조(初祖)로 꼽힌다.

  『금강경』의 진술자인 아난은 아난다(阿難陀)라고도 하는데, 이 이름의 어원을 더듬어보면 '기쁨' '환희' 라는 뜻이 담겨 있다. 부처님께서 성도하시던 날에 태어났다고 한다. 부처님의 사촌동생인 그는 25년 동안 부처님의 시자로 수행했다. 하지만 그는 부처님께서 열반하실 때까지 성자의 반열에 들지 못했다.

  부처님께서 열반하신 후 가섭 존자가 부처님의 가르침을 집대성하기 위해 수미산(須彌山)으로 들어가 북을 치고 종을 쳐서 부처님 제자들 가운데 신통(神通, 수행으로 얻어지는 초인적 능력)에 든 자들을 불러들였다. 그러자 5백여 명의 비구(比丘, 출가하여 구족계를 받은 남자 스님)들이 핍발라굴[七葉窟]에 모여들었다. 그중에는 당연히 아난도 있었다.

이때 가섭 존자는 이 신성한 대역사에 돌입하면서 번뇌가 남아 있는 사람들을 배제하기 위해 선정(禪定)에 든 천안으로 이들을 낱낱이 검증하였다. 그런데 가섭 존자의 눈에 비친 아난에게는 아직까지 세속의 번뇌가 남아 있었다. 가섭이 아난에게 말했다.

"아난이여. 이제 청정한 대중들만 모여서 법장(法藏, 온갖 법의 진리를 갈무리하고 있다는 뜻으로 불교의 경전을 달리 이르는 말)을 결집(結集)코자 한다. 그런데 그대는 아직 번뇌를 떨치지 못했으니 이 일에 참여할 자격이 없다."

그러자 아난은 슬피 울면서 가섭 존자에게 매달렸다.

"저도 오래전에 도를 성취할 수 있었습니다만 부처님을 모시느라 번뇌를 끊지 못했습니다. 번뇌를 끊어 아라한이 되면 부처님 시중을 제대로 들어드릴 수 없었기 때문입니다."

"그대에게는 그밖에도 많은 허물이 있다. 그대는 여러 가지 죄를 지었으니 반드시 참회해야 할 것이다."

아난이 무릎을 꿇고 합장하며 참회하였지만 가섭 존자는 그를 굴 밖으로 쫓아냈다. 그러자 아난은 눈물을 흘리며 굴 밖으로 나와 번뇌를 끊기 위해 정진했다. 그러던 어느 날, 그는 자리에 누우려던 중 머리가 베개에 닿기 전 섬광 같은 깨달음을 얻었다. 이로써 그는 아라한이 되었다. 그는 굴로 가서 가섭 존자에게 말했다.

"저도 번뇌를 다 끊었으니 넣어주십시오."

"진정으로 번뇌를 다 끊었으면 신통으로 들어오게."

그러자 아난 존자는 신통으로 들어가 경전의 결집에 동참하였고, 남달리 총명이 뛰어난 그는 경전 편찬에 큰 업적을 남겼다.

우리 일상생활에서도 쓸데없는 잡념에 사로잡히면 성취코자 하는 목표를 향해 몰입할 수가 없다. 그 어지러운 잡념을 과감히 벗어던질 때 우리는 성공의 문으로 성큼 진입할 수 있다.

014
말씀 속에 진리가 있다

『금강경』에는 부처님의 심오한 가르침이 가득하다. 마음과 귀가 열린 사람에게는 부처님 말씀이 쏙쏙 들어와 박힐 것이다. 하지만 마음의 문에 빗장을 채운 채 관심을 두지 않는 사람에게는 아무리 좋은 말씀이라도 들리지 않을 것이다. 성경 「요한복음」에도 말씀이 강조돼 있다.

한 처음, 천지가 창조되기 전부터 말씀이 계셨다. 말씀은 하느님과 함께 계셨고 하느님과 똑같은 분이셨다. 말씀은 한 처음 천지가 창조되기 전부터 하느님과 함께 계셨다. 모든 것은 말씀을 통하여 생겨났고 이 말씀 없이 생겨난 것은 하나도 없다. 생겨난 모든 것이 그에게서 생명을 얻었고 그 생명은 사람들의 빛이었다. 그 빛이 어둠속에서 비치고 있다. 그러나 어둠이 빛을 이겨본 적이 없다. (요한 1,1-5)

이렇듯 동서고금을 통해 말씀 중에 진리가 있음을 알 수 있다. 그렇다면 마음을 열고 늘 깨어 있는 의식으로 '지금 내 생각하고 있는' 그 이상의 말씀에 귀를 기울여야 하지 않을까. 불경이든 성경이든 경전의 말씀은 물론이려니와 현세에서도 '나보다 나은' '나보다 앞서가는' '나보다 생각이 깊은' 사람의 말을 잘 새겨들으면 거기에서 반드시 성공의 지혜와 비결을 얻을 수 있다.

하지만 이 세상에는 말을 알아들을 줄 모르는 딱한 사람들이 너무 많다. 오죽하면 성경에 기록된 예수님 말씀에도 '잘 들어라' '정말 잘 들어두어라' '잘 새겨들어라' 하는 당부가 수시로 되풀이되고 있을까. 아마 예수님의 제자들도 스승의 말씀을 지긋지긋하게 못 알아들었던 것 같다. 그렇다면 예수님인들 얼마나 답답하고 따분했을까. 아무리 좋은 말을 해도 그 말뜻을 알아듣지 못하는, 그야말로 맥맥이 콧구멍처럼 꽉 막힌 제자들을 대할 때 얼마나 속이 터졌을는지 이해가 가고도 남는다.

명문 출판사의 D사장은 남의 말을 귀담아 듣는 데 귀재로 통한다. 주위에서 전하는 말에 늘 귀를 기울인다. 가령 언론사 기자들을 만나 식사하는 자리에서도 말을 하기보다는 듣는 편이다. 그래서 그는 더 좋은, 더 많은 정보와 아이디어를 얻어 '자기 것'으로 확대 재생산함으로써 남들이 깜짝 놀라고도 남을 성공신화를 창조하고 있다.

015
큰사람 곁으로 가라

✳

　나무는 큰 나무 덕을 못 봐도 사람은 큰사람 덕을 본다. 작은 나무의 경우 큰 나무 곁에 있어봤자 이득 될 일이 없다. 우선 지력(地力)을 비롯한 영양분을 빼앗기는 것은 물론 큰 나무가 넘어지기라도 하면 작은 나무는 그 밑에 깔려 압사할 수밖에 없다.

　하지만 사람의 경우는 다르다. 큰사람 곁에 가면 배울 점이 많다. 아무리 어리벙벙한 숙맥이라도 큰 인물의 됨됨이를 배울 수 있다. 달리 말하자면 군자에게서는 적어도 얻을 것이 있다. 하지만 소인배한테서는 개뿔이나 얻고 자시고 할 '영양가'가 없다.

　……일시 불재사위국기수급고독원 여대비구중 천이백오십인구 (一時 佛在舍衛國祇樹給孤獨園 與大比丘衆 千二百五十人俱)……

　— 어느 때 부처님께서는 거룩한 비구 1천 2백 50명과 함께 사위국 기수급고독원에 계셨습니다.

　'여시아문'으로 시작한 『금강경』은 이렇게 이어진다. 그러니까 사위국 기수급고독원이 바로 『금강경』설법의 현장이다. 기수급고독원은 줄여서 기원정사(祇園精舍)라고도 하는데 석가모니 부처님

당시 규모가 가장 큰 사원으로, 이 기원정사는 당시 최초의 사원인 죽림정사(竹林精舍)와 함께 쌍벽을 이루는 양대 사찰이었다.

부처님께서는 이곳 기수급고독원에 가장 오래 머물렀다. 부처님 당시 이곳에는 비구 1천 2백 50명이 함께 있었다. 그들은 바로 석가모니 부처님의 가르침을 따르는 제자들이었다.

바꾸어 말하자면 그 많은 비구들은 석가모니 부처님의 가르침을 따르기 위해 그곳에 모여들었다. 이렇듯 위대한 스승 문하에는 많은 사람들이 모여들게 되어 있다. 성공한 사람들을 보라. 그 주위에 얼마나 많은 사람들이 따르는가. 그들은 사람들을 불러들이는 특유의 흡인력이라고 할까 친화력을 가지고 있는 것이다.

예나 지금이나 성공한 사람에게는 다재다능한 재사들이 모여든다. 아니, 성공의 기미가 보이는 인물에게는 그 초반부터 사람이 모인다. 그 반면, 곧 망할 사람한테서는 내내 잘 있던 사람들까지 술술 떠나간다. 이렇게 볼 때, 성공을 위해서라면 큰 인물 곁으로 가는 것이 정석이다.

놀아도 큰물에서 놀아야 한다. 작은 물에서 놀아봤자 별로 발전이 없다. 그런 점에서 기수급고독원에 있던 비구 1천 2백 50명은 현명한 선택을 했다고 말할 수 있다. 이 대목에서 우리가 배워야 할 성공비결은 부처님 주위에 비구가 많았다는 사실이다. 부처님이 거인 중의 거인이었고, 비구들 입장에서는 위대한 세존 곁으로 가야 성도할 수 있다는 믿음을 가졌기 때문이었다. 그러므로 그들 중에서 10대 제자가 나올 수 있었다.

독불장군(獨不將軍)은 '무슨 일이든 자기 생각대로 혼자서 처리하는 사람 또는 다른 사람에게 따돌림을 받는 외로운 사람'이다. 따라서 그런 독불장군에게는 미래가 없다. 성공을 꿈꾸는 사람이라면 큰사람 곁으로 가야 한다. 그리고 사람들을 모아야 한다. 아니, 사람들이 모일 수 있는 덕망을 갖추어야 한다. 그러면 당신의 주변에 모이는 사람들이 다 함께 성공할 것이다.

016
고통을 즐겨라

　인생은 고해(苦海)라 했다. 고해란 '고통의 세계라는 의미로서 괴로움이 끝없는 인간세상'을 뜻한다. 그러므로 살아가는 과정에서 온갖 번뇌가 꼬리를 물고 이어진다. 그것은 어쩌면 인간에게 주어진 필연적인 운명일 것이다. 따라서 어떠한 경우에도 고통을 피하려고 해서는 안 된다. 운명적으로 거부할 수 없는 고통이라면 피할 것이 아니라 차라리 즐기는 편이 낫다.

　……이시 세존식시 착의지발 입사위대성걸식(爾時 世尊食時 著衣持鉢 入舍衛大城乞食)……
　― 그때 세존께서는 공양 때가 되어 가사를 입고 발우를 들고 걸식하고자 사위대성에 들어가셨습니다.

　불교에서는 식사하는 것을 흔히 공양이라 하는데, 본래는 공물 바치는 것을 뜻하는 말이었다. 그러다가 훗날 시주(施主, 자비심으로 아무런 조건 없이 절이나 스님에게 물건을 베풀어주는 일. 또는 그런 일을 하는 사람)의 은혜를 잊지 않겠다는 의미에서 음식을 먹는 것도 공양이라 일컫게 되었다.

공양과 관련, 불교에는 탁발(托鉢)이라는 전통이 있다. 탁발이란, 두타행(頭陀行, 인간의 모든 집착과 번뇌를 버리고 수행함) 중의 하나로 걸식과 동일한 뜻으로 쓰인다. 하지만 스님들의 탁발은 세속 동냥아치들의 구걸과 본질적으로 다르다. 스님들은 수행을 위하여 탁발하지만, 동냥아치들은 단순히 주린 배를 채우려고 손을 내미는 것이다.

불교에서는 수행의 가장 큰 적이라 할 아만(我慢)과 고집을 없애기 위해 이런 규율을 지켜 나왔다. 그러니까 의·식·주를 초월하여 두타행을 실천하는 것이 수행자의 본분이므로 이처럼 밥을 빌어먹는 풍습이 생겼고, 보시(布施)하는 쪽에서 본다면 선업(善業)의 공덕을 쌓는다는 의미가 포함돼 있다. 그런 점에서 스님들의 탁발과 동냥아치들의 구차스런 구걸은 그 성격이 판이한 것이다.

본래 출가하여 불교에 입문한 남자는 사미(沙彌, 비구가 되기 전의 수행자)를 거쳐 20세가 되면 2백 50계의 구족계를 받을 수 있다. 이 구족계를 받은 비구에게는 다섯 가지 덕이 있다. 이를 비구오덕(比丘五德)이라 하는데, 그 내용은 포마(怖魔)·걸사(乞士)·정계(淨戒)·정명(淨命)·파악(破惡)이다.

포마는 수행을 완성하여 마군(魔軍)을 두렵게 한다는 뜻이고, 걸사란 위로는 부처님의 법을 빌어 지혜를 돕고 아래로는 밥을 빌어 몸기르는 것을 의미한다. 사실은 비구라는 말 자체가 빅슈(bhiksu)의 음역으로, 그 어원은 걸사라는 뜻이다. 정계는 평생 청정한 계를 지키며 사는 것이고, 정명은 시주의 공양에 의지하여 욕심 없이 깨끗하게 산다는 뜻이다. 파악은 계(戒)·정(定)·혜(慧) 삼학(三學)을 닦아 번뇌를 말끔히 끊는 것을 말한다.

이렇듯 수행의 길은 멀고 험난하다. 석가모니 부처님은 왕자의 권세는 물론 가족들까지 박차고 나와 출가한 이후 해골이 될 정도로 육신을 망쳐가며 수행의 길을 걸었다. 어디 그뿐인가. 부처님은 보리수 아래에서 성도한 이후 기원정사에 계실 때에도 친히 걸식하셨다.

저 높으신 부처님도 이러했건만 항차 우리 같은 세속의 중생이 무슨 고통을 두려워할 것인가. 질경이는 밟을수록 강인해지고, 잔디는 어떤 역경에서도 굴하지 않는다. 초년고생은 사서라도 한다는 말이 있다. 어려운 일과 맞닥뜨렸을 때 『금강경』을 독송하며 사위대성에서 걸식하신 부처님을 기억하노라면 새로운 활력이 분출할 것이다.

017
솔선수범하라

❋

부처님께서 기수급고독원, 즉 기원정사에 계실 때 그곳에는 부처님을 모시는 1천 2백 50명의 비구들이 있었다. 그 많은 비구들이 바깥 세상에 나가 탁발을 해오면 부처님은 편안히 앉아서 공양할 수도 있었다. 하지만 부처님은 직접 사위대성에 나아가 걸식했다. 그러니까 부처님은 정각(正覺) 후에도 이후에도 제자들을 시키지 않고 솔선수범하신 것이다.

이렇듯 부처님은 평생 수행을 멈추지 않았다. 그것은 부처님 자신을 위한 수행이었고, 더 나아가 교화를 위한 수행이었다. 그러므로 부처님은 만인이 우러르는 더 위대한 경지에 오를 수 있었다.

그 반면, 우리 주위에는 영글지 못한 쭉정이 같은 사람이 적지 않다. 우리처럼 별 볼일 없는 중생들의 삶을 부처님 경지와 견준다는 것이 무리일 수도 있지만, 우리는 『금강경』을 통해 사람 사는 세상이 어떠해야 하는가를 되돌아보게 되는 것이다.

가령 걸핏하면 남을 시키는 사람이 그 대표적 사례라 할 수 있다. 자기가 하기 싫은, 하기 어려운, 성가시고 귀찮은 일을 남에게 시키는 사람들. 예컨대 집에서 자녀들에게 시도 때도 없이 심부름 시키는 사람들, 직장에서 부하 직원들을 몸종 부리듯 하는 사람들이 얼마나 많은가.

모름지기 자기가 할 일은 자기가 해야 한다. 그것이 솔선수범의 출발점이다. 하지만 가정이나 직장 등 사회공동체 안에서 역할분담과 사적인 영역조차 분별하지 못하는 사람들이 의외로 많다.

집에서 새는 바가지는 밖에 나가서도 샌다. 틀린 말이 아니다. 가정에는 가정에서의 역할분담이 있다. 가장이 할 일, 주부가 할 일, 자녀들이 할 일이 따로 있다. 직장에서는 더 말할 나위가 없다. 사장이 할 일, 부사장이 할 일, 전무가 할 일, 상무가 할 일, 이사가 할 일, 부장이 할 일, 차장이 할 일, 과장이 할 일, 대리가 할 일, 사원이 할 일이 정해져 있다. 말하자면 주어진 직급과 직책에 따라 역할과 기능이 따로 부여돼 있는 것이다.

그럼에도 불구하고 우리 사회에는 그 기본적인 사실조차 망각한 사람들이 수두룩하다. 물론 탄탄한 조직, 날로 발전하는 공동체에서는 그 역할과 기능이 잘 맞물려 돌아간다. 그 밑변에는 자기 일을 자기가 알아서 척척 처리하는 솔선수범이 있다. 하지만 엉성한 조직에서는 솔선수범의 미덕을 찾아보기 어렵다. 노는 사람은 편편 놀고, 일하는 사람은 죽어라 일만 하는 조직에 솔선수범 같은 것은 기대하기 어렵다.

가령 조폭 같은 조직에는 일방적으로 명령하는 사람과 무조건 복종하는 행동대원이 있을 뿐이다. 자녀에게, 직급 낮은 사람에게, 힘없는 사람에게 사적인 일까지 시키는 것은 삼가야 한다. 또, 하급자라고 해서 윗분이 시키는 일만 해서도 안 된다. 어렸을 때, 하급자로 있을 때부터 자발적으로 솔선수범하는 정신을 길러야 상급자로 성장한 뒤에도 그것을 실천할 수 있는 것이다.

018
첫 단추를 잘 끼워라

……어기성중 차제걸이 환지본처 반사흘 수의발 세족이 부좌이 좌(於其城中 次第乞已 還至本處 飯食訖 收衣鉢 洗足已 敷座而坐)……

— 성 안에서 차례로 탁발하신 후 본래의 처소로 돌아와 공양을 드신 뒤 가사와 발우를 거두시고 발을 씻으신 다음 자리를 펴고 앉으셨습니다.

이 대목은 『금강경』 설법이 행해지던 그 날 본격적인 법회에 들어가기 직전의 상황이다. 그러니까 『금강경』의 서막이라고 말할 수 있다. 여기에서 보듯 부처님께서는 공양을 드신 뒤 가사와 발우를 거두시고 발을 씻으신 다음 자리를 펴고 앉으셨다.

이 대목에서 우리가 특별히 주목할 것은 부처님의 정갈한 몸가짐이다. 아난 존자가 이처럼 석가세존의 거동을 섬세히 묘사한 것은 법회에 임하는 부처님의 바른 법도를 가르쳐주기 위한 것으로 해석할 수 있다.

사실 우리도 항상 몸가짐을 반듯이 해야 한다. 깨끗한 몸에 청정한 정신이 깃든다. 잘생기고 못생긴 것은 별개의 문제이다. 그것은 태어날 때부터 그렇게 결정된 것이니 어떻게 해볼 재간이 없다. 하지만 몸을 단정히 하고 내면을 잘 다스리는 것은 순전히 우리 자신의 몫이다.

청춘남녀의 첫 만남이나 신입사원 면접시험을 상기해본다. 그들은 선택권을 쥔 상대방으로 하여금 좋은 인상을 받도록 하기 위해 얼마나 공을 들이는가. 그들은 온갖 정성을 다해 몸가짐을 반듯하게 하는 것은 물론 상대방이 원하는 것이라면 기꺼이 목숨까지도 내놓을 것처럼 한껏 몸을 낮춘다. 첫인상으로 높은 평점을 받기 위해 눈물겹도록 안간힘을 쓰는 것이다.

사실 첫인상의 중요성은 아무리 강조해도 지나침이 없다. 사회적 동물인 인간은 누군가와 어울려서 살게 되어 있고, 그 어울림은 만남으로부터 시작된다. 따라서 첫인상이 좋은 사람은 여러 사람들과의 만남에서 그만큼 유리한 인연을 맺게 되지만, 그렇지 못한 사람은 뒷전으로 밀려나 도태될 수밖에 없는 것이다.

그런데 사람에게는 저마다 동물적 육감이라고나 할까 특유의 예감이라는 것이 있다. 그리고 그 예감은 대부분 적중하게 마련이다. 예감이 좋으면 결과가 좋고, 예감이 좋지 않은데도 무리하게 밀어붙였다가 낭패를 보는 경우가 적지 않다.

두말할 나위도 없이 좋은 인상은 좋은 예감을 안겨준다. 그렇다면 좋은 인상은 어디에서 나오는가. 그것은 바로 단정한 몸가짐에서 출발한다. 이렇게 볼 때 누군가와의 첫 만남에서 몸가짐은 성패를 좌우하는 결정적 단초가 된다.

용모가 단정한 사람은 내면도 깔끔하다. 따라서 그런 사람은 무슨 일을 해도 깔끔하고 단정하게 처리한다. 그 반면, 용모가 거칠거칠한 사람은 일도 거칠게 한다. 걸레는 빨아도 걸레일 뿐 행주가 될 수는 없다. 용모가 단정치 못한 사람은 일을 해도 늘 엉성하게 마련이다. 그런 점에서 겉으로 드러난 외양은 그 사람 내면의 또 다른 모습이라고 말할 수 있다.

이렇게 볼 때, 반듯한 몸가짐은 성공을 위한 첫 단추라고 말할 수 있다. 옷을 입을 때 첫 단추를 잘못 꿰면 두 번째 세 번째 단추도 잇따라 어긋나게 되어 있다. 우리네 인생살이도 이와 다를 바 없다. 따라서 처음부터 몸가짐을 단정히 하는 것, 그것은 바로 성공비결의 첫걸음이라 해도 과언이 아니다.

019
예의는 아름답다

✳

　부처님께서 자리를 펴고 앉으셨을 때, 대중 속에서 조용히 일어
나는 사람이 있었다. 장로 수보리였다. 사위국 바라문의 아들로 태
어난 그는 본래 어려서부터 총명이 뛰어났으나 성격이 까다로워 화
를 잘 내었다고 한다. 그런 수보리는 부처님으로부터 법문을 듣고
참회하여 무쟁삼매(無諍三昧)의 법을 깨쳤고, 부처님 10대 제자 중의
한 사람으로서 '공(空)의 이치'를 가장 잘 아는 '해공제일'로 우뚝
서게 되었다.

　……시 장로수보리 재대중중 즉종좌기 편단우견 우슬착지 합장
공경 이백불언(時 長老須菩提 在大衆中 卽從座起 偏袒右肩 右膝著地 合掌恭
敬 而白佛言)……
　— 그때 대중 가운데 있던 수보리 장로가 자리에서 일어나 오른
쪽 어깨를 드러내고 오른 무릎을 땅에 대며 합장하고 부처님께 공
손히 여쭈었습니다.

　『금강경』 32분 중 '1. 법회인유분(法會因由分, 법회의 인연)'에 이은
두 번째 문단인 '2. 선현기청분(善現起請分, 수보리가 법을 물음)'의 첫

문장이다. 여기에서 보듯 그날 수보리 존자는 부처님께 무엇인가를 여쭙기에 앞서 공손한 예의부터 갖추었다. 얼마나 아름다운 모습인가. 수보리 존자로 말하자면 부처님을 가까이에서 모시는 일급 제자였다. 따라서 서로 별로 흉허물이 없는 사이라 해도 지나친 말이 아니다. 그럼에도 불구하고 수보리 존자는 이렇듯 몸을 한껏 낮추고 스승에 대한 제자로서의 법도를 깍듯이 지켰다. 그런 점에서 수보리 존자의 예의는 높이 상찬 받아 마땅할 것이다.

아무리 가까운 사이라 해도 지켜야 할 예의는 반드시 지켜야 한다. 아니, 가까우면 가까울수록 더욱 예의를 지켜야 한다. 부모와 자식 사이, 부부 사이, 스승과 제자 사이, 상사와 부하 사이, 친구와 친구 사이에도 지켜야 할 예의가 있다. 하지만 우리 주위에 보면 예의를 망각한 채 함부로 처신하는 사람들이 너무 많다.

예의는 인간관계의 출발점이다. 기본적인 예의를 모르는 사람이 다른 것을 많이 알면 얼마나 많이 알 것인가. 예의는 그 사람의 됨됨이를 보여주는 척도라고 말할 수 있다. 따라서 누군가와의 만남에서 첫인상의 좋고 나쁨은 사실상 예의로 판가름 난다.

기본적으로 예의 바른 사람은 아름답다. 우선 몸가짐이 반듯할 뿐만 아니라 그 언행에도 품위가 있어 신뢰가 물씬 묻어난다. 하지만 무례한 사람에게서는 인간미를 찾아볼 수가 없다. 몸가짐이며 언행이 어지럽고 럭비공처럼 언제 어디로 어떻게 튈지 몰라 불안하기 때문이다. 그런 점에서 『금강경』의 주인공인 부처님과 수보리 존자는 법도와 예의의 전범이 아니고 무엇일까. 예의는 성공비결의 중요한 덕목이다. 무례한 사람은 우선 인간관계에서 실패한다. 그 반면, 예의 바른 사람은 좋은 인간관계를 형성하게 됨으로써 성공의 지름길로 질주할 수 있다.

020
'닫힌 마음'에서
'열린 마음'으로

✳

불교의 여러 경전에는 '공(空)'과 '무(無)'가 강조되어 있다. 과연 무엇이 '공'이고 무엇이 '무'인가. 이를 사전적으로 풀이해 보자면, '공'이란 '본래 실체가 없고 자성(自性)이 없음'을 뜻하고 '무'란 '공무(空無)', 즉 본래부터 아예 없거나 존재하지 않는 상태'를 말한다. 그렇건만 우리 인간들은 이것저것 복잡한 틀을 만들어놓고 스스로 거기에 갇혀서 아등바등 발버둥 치고 있는 것이다.

따라서 우리는 지금까지 우리의 내면에 알게 모르게 자라나온 고정관념의 껍질을 과감히 벗어던져야 한다. '내 생각대로' '내 방식대로' '내가 살아온 내 방식 그대로'라는 그 고정관념에 사로잡혀 허우적거리는 한 진정한 성공을 기약하기 어렵다.

알 만한 사람은 다 알고 있는 사실이지만, 『금강경』이야말로 세속을 살아가는 우리의 영혼을 맑게 일깨워주는 영원불멸의 경전이다. 맑은 영혼, 청정한 정신은 성공의 전제조건이다. 세속적으로 아무리 권세가 높고 재물이 많다 한들 인간적인 삶에서 실패하면 그건 진정한 성공일 수 없다. 권력이나 재물도 인간을 위한 것일진대 인간이 거기에 종속되어서는 안 되기 때문이다.

우리는 지금 성공의 설계도를 작성하고 있다. 말하자면 우리 인생의 멋진 그림을 그리고 있는 것이다. 그런데 그 그림을 담아낼 용지와 캔버스 등 기본적인 화판이 먼지나 기름 같은 이물질로 얼룩져 있다면 어떻게 될 것인가. 그럴 경우 정밀하고 정확한 설계도가 그려질 수 없다. 아니, 설계도를 그리는 동안 그 이물질로 말미암아 또 다른 신경을 쓰느라 더 좋은 아이디어를 창출할 수 없다.

그런 조악한 화판에 설계도가 그려진다면, 그리하여 그 얼룩덜룩한 설계도대로 실행한다면 그 결과는 보기 흉하게 나타날 것이 틀림없다. 따라서 마음부터 새하얀 도화지나 아무것도 묻지 않은 산뜻한 캔버스처럼 깨끗이 비워야 한다. 그래야만 좋은 밑그림을 그릴 수 있고, 그 연장선상에서 우리는 참된 성공을 이룩할 수 있다.

『금강경』은 우리의 닫힌 마음을 활짝 열어준다. 우리 모두 마음의 문을 열자. 그 순간 고정관념이 마파람에 눈 녹듯 사라지며 새로운 세계가 보일 것이다. '닫힌 마음'에서 '열린 마음'으로……. 누구든지 '열린 마음'을 갖게 되면 더 높고 더 넓은 새로운 세계를 발견할 수 있을 것이다.

021
존경이 존중을 낳는다

……희유세존 여래선호념제보살 선부촉제보살 세존 선남자선여인 발아누다라삼먁삼보리심 응운하주 운하항복기심(希有世尊 如來善護念諸菩薩 善付囑諸菩薩 世尊 善男子善女人 發阿耨多羅三藐三菩提心 應云何住 云何降伏其心)……

— "경이롭습니다, 세존이시여! 여래께서는 보살들을 잘 보호해주시며 보살들을 잘 격려해주십니다. 세존이시여! 가장 높고 바른 깨달음을 얻고자 하는 선남자 선여인이 어떻게 살아야 하며 어떻게 그 마음을 다스려야 합니까."

이는 부처님께 여쭌 수보리 존자의 첫 질문이다. 이때 수보리 존자는 부처님께 '희유세존(경이롭습니다, 세존이시여!)'이라는 극존의 예의를 올렸다. 그러자 부처님께서도 수보리 존자에게 극찬을 아끼지 않았다.

……선재선재 수보리(善哉善哉 須菩提)……(중략)……선남자선여인 발아누다라삼먁삼보리심 응여시주 여시항복기심(善男子善女人 發阿耨多羅三藐三菩提心 應如是住 如是降伏其心)……

— "훌륭하고 훌륭하다. 수보리여! 그대의 말과 같이 여래는 보살들을 잘 보호해주며 보살들을 잘 격려해준다. 그대는 자세히 들어라. 그대에게 설하리라. 가장 높고 바른 깨달음을 얻고자 하는 선남자 선여인은 이와 같이 살아야 하며 이와 같이 그 마음을 다스려야 한다."

……유연세존(唯然世尊)……

— "예, 세존이시여!"

……원요욕문(願樂欲聞)……

— 수보리는 즐거이 듣고자 하였습니다.

부처님과 제자의 가장 모범적인 대화가 아닐 수 없다. 수보리 존자는 모든 예의를 다 갖추어 부처님께 질문했고, 부처님은 극찬과 함께 친절한 답변을 들려주었다. 특히 우리는 수보리 존자의 질문이나 부처님의 답변을 통해 선남자 선여인에 대한 부처님의 극진한 보살핌을 깨달을 수 있다.

뭇 중생을 아끼고 보살피는 마음이 곧 부처님 마음이다. 사람과 사람 사이에서 사람이 사람을 존중하는 것이 성공비결이다. 사원이 사장을 존경하고, 사장이 사원을, 그리고 사원끼리 서로 아끼는 회사가 성공한다. 복지후생보다 인간존중이 우선이다. 사람이 사람을 서로 아끼는 사회는 성공하지만 사람이 사람을 아끼지 않는 사회는 '금강'과 '반야'와 '바라밀'에서 멀어질 수밖에 없는 것이다.

022
사람이면 다 사람인가

✳

옛날에 어떤 스승과 제자가 있었다. 어느 날이던가, 스승이 제자에게 '사람 인(人)' 자만 다섯 글자, 즉 '人人人人人' 이렇게 써놓고는 해석해보라고 하였다. 하지만 제자는 그 뜻을 헤아릴 길이 없었다. 제자는 그걸 해석하기 위해 진땀을 흘리고 있었다. 그때 스승이 그 의미를 가르쳐 주었다.

"사람(人)이면 다 사람(人)인가, 사람(人)이면 사람(人)다워야 사람(人)이지."

이 말은 사람이 사람다워야 한다는 것을 명쾌하게 지적한 가르침이 아닐 수 없다.

사실 사람답게 산다는 것은 쉬운 일이 아니다. 극단적으로 말하자면 진정 사람 노릇을 못하고 사는 사람이 훨씬 더 많다. 사람이라고 자처하기는 쉽지만, 사람으로서 사람답게 사람 노릇 하기란 간단한 문제가 아니다.

오늘날처럼 각박한 세상에서 조상과 부모와 스승과 형제와 자매와 남편과 아내를 제대로 섬기는 사람이 몇이나 될까. 부모로서 자녀들 앞에 떳떳한 사람은 과연 몇이나 될까. 이런 식으로 줄기차게 문제를 제기하자면 한이 없고, '나는 진정 사람답게 사는 사람'이라고 자신 있게 나설 사람이 흔치 않을 것이다.

양반 중의 양반으로 소문난 G교수가 있다. 어떻게 보면 그는 봉건시대에 살다가 불쑥 튀어나온 사람 같다. 그는 주위의 모든 사람들을 변함없이 섬긴다. 그는 집안의 대소사뿐만 아니라 오죽하면 수많은 은사님의 제삿날까지 다 기억하고는 정확히 그날만 되면 유가족들에게 인사를 빼놓지 않는다. 제자들의 생일을 일일이 기억하는 것은 더 이상 물어볼 필요도 없다. 그는 제자들이 생일을 맞으면 작으나마 꼬박꼬박 축하의 선물을 준다.

결혼 초기 G교수의 부인은 그런 남편을 도저히 이해할 수가 없었다. 하지만 세월이 흐르면서 부인과 자녀들은 물론 제자들까지 G교수를 하늘처럼 받들어 모신다. 동료 교수들 역시 그런 G교수를 진심으로 존경한다. 따라서 G교수의 말 한마디는 가정에서나 직장에서 천금보다 더 무서운 위력을 발휘한다. 다른 사람을 지극정성으로 섬기니까 그 '섬김'이 몇 배 확대되어 자기에게 되돌아오는 것이다.

G교수는 항상 바쁘다. 여러 사람들을 챙기다 보니 동에 번쩍 서에 번쩍 정말 바쁠 수밖에 없다. 그뿐 아니라 경제적으로도 여유가 있을 수 없다. 그럼에도 불구하고 그는 누구 못지않게 성공적인 삶을 산다. 이 삭막한 현대가 사람다운 사람을 만나기 어려운 고약스런 시대인 점을 감안한다면 그는 인간의 원형이랄까, '인간천연기념물' 같은 존재라고 말할 수 있을 것이다.

023
묻는 것은 죄가 아니다

우리는 어떻게 살아야 하며 어떻게 마음을 다스려야 하는가. 이 문제는 우리의 영원한 화두라고 말할 수 있다. 참으로 어려운 문제가 아닐 수 없다.

당연한 말이지만, 모르는 것이 있으면 물어서라도 알아야 한다. 이렇듯 깨달음을 얻고자 하는 마음을 통상 보리심(菩提心) 또는 구도심(求道心)이라고 한다. 수보리 존자는 부처님과 논쟁을 하려는 것이 아니라 깨달음을 얻고 그 깨달음으로 널리 중생을 교화하려는 마음가짐에서 부처님의 말씀에 귀를 기울인 것이다.

성공을 꿈꾸는 사람은 꾸준히 물어야 한다. 우선 나 자신에게 물어야 한다. 나는 누구인가. 이와 함께 끊임없이 자신을 돌아보아야 한다. 자신을 돌아보지 않으면 자아를 상실할 수밖에 없다.

나는 지금 어디에 서 있는가. 본래 유능한 선장은 자신의 좌표, 즉 자신의 배가 어느 위치에 있는가를 확실히 알고 있다. 만약 자신의 배가 떠 있는 위치를 잘 모르거나 오판한다면 항로를 잃을 수밖에 없기 때문이다.

묻는 것은 수치가 아니다. 죄는 더욱 아니다. 별반 아는 것도 없으면서 아는 체를 하는 사람은 어리석은 사람이다. 그 반면, 웬만큼 알면서도 더 많은 지혜를 구하기 위해 기탄없이 묻는 사람은 훨씬 슬기로운 사람이다.

아는 길도 물어가라고 했다. 그런가 하면 여든 노인이 세 살 아이에게 묻는다는 말도 있다. 그 물음에 메아리처럼 되돌아오는 답변을 잘 듣고 옥석을 잘 가려 받아들여야 한다. 그러면 반드시 성공의 길이 보이게 돼 있다.

성공을 위해 앞으로 내가 나아가야 할 지향점은 어떤 길인가. 그것을 나 자신에게 묻고, 이웃에게 묻고, 역사에도 물어야 한다. 그래야만 어느 누구 앞에서도 현재와 미래를 아우르며 떳떳한 성공을 거둘 수 있다.

예나 지금이나 본질을 망각한 성공은 오래가지 못한다. 권력을 위한 권력, 재물을 위한 재물, 명예를 위한 명예는 한갓 사상누각(沙上樓閣)에 지나지 않는다. 그런 권력과 재물과 명예가 오래갈 리 없다. 그건 일시적인 물안개일 뿐 진정한 성공일 수가 없다. '메뚜기도 한철'이라는 말이 있긴 하지만, 정도를 벗어나 부정한 방법으로 소기의 목적을 달성했다 한들 그것은 하루아침의 해장거리도 되지 않는다. 한때 요란뻑적지근하게 잘 나가다가 수렁으로 곤두박질치는 사례가 얼마나 많은가. 분명한 소신과 철학도 없으면서 본분을 잊게 되면 하루아침에 멸망할 수 있다. 본래 인생이란 그런 것이다.

『금강경』을 보면 부처님과 수보리 존자가 얼마나 심오한 대화를 나누고 있는지 알 수 있다. 인생은 결코 단순한 것이 아니며, 따라서 우리는 어떻게 살아야 옳게 사는지 끊임없이 고뇌해야 할 숙명을 안고 살아갈 수밖에 없다. 분명한 자기성찰과 확고한 목표의식에다 투철한 역사의식까지 두루 갖출 수 있다면 당신은 틀림없이 대성할 것이다.

024
중생은 아는 것보다
모르는 것이 훨씬 더 많다

❋

　수보리 존자가 즐거이 듣고자 했을 때, 석가모니 부처님은 그에게 분명히 말씀하셨다. 소명태자가 나눈 32분의 문단 중 세 번째 문단인 '3. 대승정종분(大乘正宗分, 대승의 근본 뜻)'을 살펴보면 다음과 같다.

　……제보살마하살　응여시항복기심(諸菩薩摩訶薩　應如是降伏其心)……(중략)……약보살 유아상 인상 중생상 수자상 즉비보살(若菩薩 有我相 人相 衆生相 壽者相 卽非菩薩)……

　— "모든 보살마하살은 다음과 같이 그 마음을 다스려야 한다. '알에서 태어난 것이나, 태에서 태어난 것이나, 습기에서 태어난 것이나, 변화하여 태어난 것이나, 형상이 없는 것이나, 형상이 있는 것이나, 생각이 있는 것이나, 생각이 없는 것이나, 생각이 있는 것도 아니고 없는 것도 아닌 온갖 중생들을 내가 모두 완전한 열반에 들게 하리라. 이와 같이 헤아릴 수 없이 많은 중생을 열반에 들게 하였으나, 실제로는 완전한 열반을 얻은 중생이 아무도 없다.' 왜냐하면 보살에게 자아(自我)가 있다는 관념, 개아(個我)가 있다는 관념, 중생이 있다는 관념, 영혼이 있다는 관념이 있다면 보살이 아니

기 때문이다."

부처님은 여기에서 대승의 근본 뜻을 분명히 밝혔다. 대승이란 모든 중생을 완전한 열반에 들게 하는 원력이다.

이 대목에서 보듯 부처님은 헤아릴 수 없이 많은 중생을 열반에 들게 하였다. 하지만 '실제로는 완전한 열반을 얻은 중생이 아무도 없다' 고 부정했다. 보살에게 자아가 있다는 관념, 개아가 있다는 관념, 중생이 있다는 관념, 영혼이 있다는 관념이 있다면 보살이 아니기 때문이라는 설명이었다.

틀에 박힌 고정관념을 가진 채 어찌 깨달음에 이를 것인가. 마음을 열지 않고 자기의 고정관념에만 집착하면 치명적인 오류를 범할 수밖에 없다. 사람들은 대부분 자기가 뭔가를 많이 안다고 착각한다. 하지만 중생은 아는 것보다 모르는 것이 훨씬 더 많다. 심지어 제 눈앞에 나 있는 속눈썹이 몇 오라기인지조차 헤아리지 못하는 것이 인간이다.

고정관념의 포로는 성공할 수 없다. 그 반면 '닫힌 마음' 을 허물고 '열린 마음' 으로 더 높은 가치를 추구할 때 성공할 수 있다. 우리는 깊은 사색과 성찰을 통해 금강석 같은 지혜로 이상향에 이르는 성공비결을 터득할 수 있다.

025
아낌없이 베풀어라

우리 주위에 보면 인심 후한 사람이 있고, 염치도 없이 자기 몫만 챙기려 드는 야박한 사람이 있다. 인심 후한 사람은 덕인이라는 칭송을 받지만, 야박한 사람은 '얌체' 또는 '얌생이'라는 구설과 함께 손가락질을 받는다. 예나 지금이나 인심 후한 사람은 성공한다. 하지만 야박한 사람의 경우 성공은커녕 '왕따' 취급을 받아 외톨이로 살아갈 수밖에 없다.

광고물 제작업계에서 눈부시게 성공한 E사장은 '탁털이'로 통한다. 자기가 가진 것을 누구한테 탁 털어주기를 좋아하기 때문에 그런 별명이 붙었다. 생래적으로 욕심이 없어서 그런지 바보라서 그런지 그는 자기가 가진 것을 누군가에게 다 나눠줘야 직성이 풀리는 그런 사람이다.

가령 명절 때 거래처를 비롯하여 여러 지인들로부터 들어오는 선물도 사원들에게 다 골고루 나눠준다. 집으로 들어오는 선물도 여기저기 이웃의 다른 사람들에게 나눠준다. 따라서 정작 그가 챙기는 것은 아무것도 없다.

평소에도 그는 거의 빈 몸으로 다닌다. 그런데도 어디에서 뭐가 그렇게 끊임없이 생기는지 잘도 나눠준다. 나눠주면 또 생기고, 나

뇌주면 또 생기고……. 아무튼 이론적으로는 설명하기 어려울 만큼 희한한 일이다.

E사장은 외견상 회사 경영에 크게 신경을 쓰지 않은 것처럼 느껴진다. 그는 금융기관에서 대출도 받지 않는다. 외형을 키우려면 당연히 은행 대출을 받아야겠지만 순전히 자기 자금만으로 회사를 경영한다. 그러니까 남들이 볼 때에는 되면 좋고, 안 되면 말고 하는 식이다. 그런데도 회사는 하루가 다르게 부쩍부쩍 신장되고 있다.

……부차수보리 보살어법 응무소주 행어보시(復次須菩提 菩薩於法 應無所住 行於布施)……(중략)……약보살부주상보시 기복덕불가사량(若菩薩不住相布施 其福德不可思量)……

― "또한 수보리여! 보살은 어떤 대상에도 집착 없이 보시해야 한다. 말하자면 형색에 집착 없이 보시해야 하며 소리, 냄새, 맛, 감촉, 마음의 대상에도 집착 없이 보시해야 한다. 수보리여! 보살은 이와 같이 보시하되 어떤 대상에 대한 관념에도 집착하지 않아야 한다. 왜냐하면 보살이 대상에 대한 관념에 집착 없이 보시한다면 그 복덕은 헤아릴 수 없기 때문이다."

『금강경』 32분 중 네 번째 문단인 '4. 묘행무주분(妙行無住分, 집착 없는 보시)'의 첫 대목이다. 바로 여기에 남모르는 성공비결이 있다. 이런 가르침에 비추어 E사장은 '집착 없는 보시'를 선험적으로 통찰한 인물임에 틀림없다. 따라서 베풀면 베풀수록 베푼 것 이상의 그 무엇이 부메랑처럼 되돌아온다.

아니나 다를까, 그의 승용차에 오르면 오디오 시스템에서 『금강경』이 흘러나온다. '탁털이'로 소문난 E사장이 자기 것 아까운 줄 모르고 남에게 아낌없이 베푸는 것도 결코 우연이 아니다. 어느 누구라도 E사장처럼 아낌없이 베풀면 큰 복을 받는다.

026
하늘은 스스로
돕는 자를 돕는다

✳

'탁털이' E사장은 본래 충청도의 한 산골에서 태어났다. 그는 고향에서 중학교를 졸업하자마자 달랑 맨손만 쥐고 상경 길에 올랐다. 그는 광고물 제작업체의 말단종업원으로 취업한 이후 그 계통에서 잔뼈가 굵었다.

어려서부터 성격이 워낙 좋고 신실하게 일했던 터라 주위의 많은 사람들이 그를 신뢰했다. 그는 열일곱 살의 나이로 광고물 제작업체에 발을 들여놓은 이후 20대, 30대를 거치는 동안 정상급 기술을 확보한 것은 물론 남들이 모방할 수 없는 특유의 착한 마음으로 주위의 신망을 한 몸에 받았다.

그는 30대 중반에 부사장까지 승진했다. 오너의 친인척도 아니면서 중졸 학력으로 중견기업의 부사장까지 올랐다는 것은 그 자체로서 성공신화라고 말할 수 있었다. 이제 그는 기술로 보나 직급으로 보나 회사 안에서 더 이상 올라갈 데가 없었다.

그때 회사의 오너가 별도의 광고물 제작회사를 설립해주었다. 아니나 다를까, 그의 회사는 이내 날개를 달고 도약하면서 업계의 선발업체들을 능가하기 시작했다. 물론 중간에 어려운 시기도 있었다. 하지만 그는 어떤 경우에도 애면글면하지 않았다. 불황이 닥치면 그는 금강석처럼 단단한 마음가짐으로 더욱 늠연하게 대처했다.

아나나 다를까, 한 번 불황을 겪고 나면 그 자신과 회사 직원들에게는 더 강인한 내성이 축적되었다. E사장은 남에게 나눠주기를 좋아하는 반면 천성적으로 잔재주를 부리지 못한다. 어떤 불황에서도 그는 잔재주를 이용한 미봉책으로 위기를 넘긴 것이 아니라 의연하게 정면대결을 벌여 승리를 쟁취했다.

그런데 그에게는 남모르는 엄청난 지원세력이 있었다. 그가 어려움을 겪는다 싶으면 예상치도 못했던 그 지원세력이 나타나 도움을 주었다. 바로 주위의 지인들이었다. 회사 직원들은 자발적으로 허리띠를 졸라맸고, 협력업체에서는 발주 물량을 늘려주거나 대금결제 날짜를 조정해주었다.

협력업체의 사장들은 E사장의 인간성과 기술을 너무 잘 안다. 따라서 업계 전반에 E사장처럼 성실한 사람을 돕고, E사장과 더불어 동반성장해야 한다는 공감대가 형성돼 있다. 그러니까 다른 사람은 다 망할지라도 E사장만은 가장 확실한 '빽'을 가지고 있는 것이다.

하늘은 스스로 돕는 자를 돕는다. 특별한 이변이 없는 한 그가 광고업계를 석권하고 재벌급으로 성장할 날도 얼마 남지 않았다. 그것도 돈만 밝히는 문어발식 재벌이 아니라 만인으로부터 존경받는 가운데 국내외 기술과 신용을 선도하는 가장 모범적인 기업으로 우뚝 치솟을 것이다.

그의 집과 사무실에는 신소재 금속판에 특수 제작한 『금강경』이 있다. 광고물 제작업체에서 잔뼈가 굵어온지라 특수한 재질에 『금강경』을 각인해 신주처럼 모시고 있다. 그러니까 그는 집에서나 승용차 안에서나 사무실에서나 항상 『금강경』과 함께 산다.

027
그 산부인과에는 불황이 없다

✳

사실 이 세상에 자기 것을 아까워하지 않는 사람은 없다. 자기 것을 아까워하는 것, 그리고 뭔가를 더 가지려고 애쓰는 것 그게 바로 집착이다. 따라서 집착은 인간의 본능과 같다고 말할 수 있다. 다만 정도의 차이가 있을 뿐이다. 많이 가지고 있으면서도 더 가지려고 기를 쓰는 사람과 비록 가진 것은 없을지라도 그것만으로 안분지족하는 사람의 차이가 있을 따름인 것이다.

그럼에도 불구하고 자기가 가진 것을 누군가에게 나누어줌으로써 큰 기쁨을 얻는 사람들이 있다. 이름만 대면 누구나 알 수 있는 산부인과 여의사 J원장도 그런 인물이다. 그녀는 생래적으로 누군가에게 무엇인가를 주지 않고서는 못 배기는 복된 천성을 타고났다.

J원장은 본연의 뛰어난 의술 이외에도 활발한 저술활동과 방송출연 등으로 부쩍 유명세를 타고 있다. 그러나 J원장의 선행에 대해 아는 사람은 거의 없다. 그녀는 정말 딱한 사람들을 위해 많은 것을 베풀고 있지만 자신의 선행을 철저히 비밀에 부치고 있다. 아니, 선행 그 자체를 선행이라고 의식하지도 않는다. 자기가 가진 것을 아무런 조건 없이 그냥 누군가에게 듬뿍듬뿍 나눠줄 뿐이다.

그녀는 따로 재단설립이니 뭐니 그런 것도 생각하지 않는다. 자기가 하는 일을 세상에 드러내는 것이 마땅찮기 때문이다. 굳이 말하자면 '얼굴 없는 기부천사'라고나 할까, 그녀는 그저 가까운 대리인을 시켜 극비리에 좋은 일을 한다. 그러니까 J원장이야말로 '집착 없는 보시'를 실천하고 있는 것이다.

J원장의 대리인 역시 비밀을 생명처럼 여기고 있다. 만약 그 비밀이 누설되는 날에는 그 자신 J원장과의 좋은 관계를 유지할 수 없기 때문이다. 더욱이 그 비밀이 누설될 경우 사기꾼 같은 작자들이 J원장을 '봉'으로 알고 개나 걸이나 손을 벌리면서 벌떼처럼 덤빌 것인지라 대리인은 한층 '극비 모드'를 견지할 수밖에 없다.

J원장의 병원에는 여성 고객이 구름처럼 모여든다. 오죽하면 J원장으로부터 직접 진찰을 받기가 하늘의 별따기보다 더 어렵다 해도 과언이 아니다. 최근 출산율이 급감하면서 시중의 산부인과가 공통적으로 어려움을 겪고 있지만, J원장의 병원에는 여성 고객들로 문전성시를 이룬다. 그러니까 J원장은 남들에게 베풀고 있는 그 이상으로 큰 복을 받아 대성한 것이다.

028
광에서 인심 난다

✳

  옛날 어느 고을에 만석꾼이 살고 있었다. 아무리 흉년이 들어도 그 만석꾼 집은 드넓은 농토에서 해마다 벼를 만 석 이상 수확했다. 다른 집은 언제나 식량이 달랑달랑했고, 특히 보릿고개가 되면 그 고을 주민들은 초근목피로 연명하는 실정이었다. 하지만 그 만석꾼 집의 광에는 언제나 쌀을 비롯해 보리·콩·수수·조 등 각종 곡물이 넘쳐났다.

  그 집에는 안방마님이 있었다. 그 안방마님은 손이 커서 동네 이웃 중에서 누군가가 찾아오기만 하면 광에 들어가 쌀이며 보리 같은 식량을 푹푹 퍼주었다. 동네 이웃이란 바로 농사철에 그 집 농사일을 해주는 일꾼들이었다.

  모내기나 추수처럼 큰일을 할 때에는 거의 모든 동네 주민들이 거의 총동원되었다. 그럴 때마다 안방마님은 아침, 점심, 저녁은 물론 새참에 이르기까지 밥과 반찬을 넉넉히 장만해 일꾼들을 배불리 먹였다.

  안방마님은 머슴들도 상전 모시듯 극진히 섬겼다. 그 마님은 머슴의 식솔들을 당신 살붙이처럼 아꼈고, 가을에 추수를 마치면 본래 약정한 새경 이외에 더 많은 품삯을 듬뿍 얹어주었다.

마님은 먼 곳에서 일가친척이 찾아올 때에도 그냥 보내는 법이 없었다. 남자에게는 지고 갈 만큼, 여자에게는 머리에 이고 가다가 쓰러지지 않을 만큼 퍼주었다. 특히 형편 어려운 사람이 올 때에는 더 많이 퍼주었다. 스님이 탁발을 나오거나 동냥아치가 와도 이것 저것 걸망이 터질 만큼 챙겨주었다.

그런데 배울 만큼 배운 신식 며느리가 볼 때에는 그런 안방마님, 즉 시어머니를 도저히 이해할 수가 없었다. 며느리 눈에 비친 시어 머니야말로 풍성풍성 주먹구구로 살림하는 허풍사니와 다를 바 없 었다. 그런데도 그 만석꾼 집에서는 해마다 농토를 더 넓혀 나갔고, 세월이 흘러 기력이 쇠잔해진 시어머니가 며느리에게 광 쇳대를 넘 겨주었다.

그때부터 며느리는 야무진 살림을 꾸렸다. 매일 장부에 수입과 지출을 꼬박꼬박 기재하는 것은 물론 일꾼들에게 품삯을 줄 때에도 당초 약정한 금액만 따박따박 정확히 지불했다. 말하자면 짜임새 있는 살림으로 지출을 억제함으로써 영농에 필요한 경비를 절감한 셈이었다.

그런데 이상하게도 그 해부터 돌연 소출이 줄었다. 그동안 시어 머니가 살림할 때보다 농토가 훨씬 늘었고, 예년에 볼 수 없는 대풍 이 들었는데도 도리어 소출은 만 석 이하로 뚝 떨어졌다. 흉년이 들 어도 만 석 이상 수확했던 집안에서 농토가 는 데다 대풍까지 들었 는데도 소출이 만 석 이하로 밑돌게 되었으니 사실상 만석꾼의 지 위가 무너진 셈이었다.

결론적으로 말하자면 며느리는 하나만 알았지 둘을 몰랐다. 시어 머니가 광을 맡아 살림할 때에는 그 후한 인심으로 동네 사람들 모 두가 그 집 논밭에 매달려 죽자 살자 뼈 빠지게 일을 해주었지만,

며느리가 광을 맡아 노랑이처럼 비틀어 짜기 시작한 이후 일꾼들의 열정이 식을 수밖에 없었다. 경비절감도 좋지만, 그보다는 넉넉한 보시가 더 큰 복덕을 가져오는 것이다.

029
콩 한 알도 나눠 먹어라

❉

보시를 하고 싶어도 가진 것이 없어 못한다는 사람들이 있다. 그것은 무성의하기 짝이 없는 새빨간 거짓말이다. 차라리 보시를 할 마음이 없다고 말하는 편이 훨씬 더 솔직하다. 가진 것이 없다 해도 마음만 먹으면 얼마든지 보시할 수 있기 때문이다.

사실 부자가 쓰고 남은 것을 보시한다면 그건 별 의미가 없다. 또, 부자만이 보시할 수 있는 것이라면 부자만 계속 복을 받아 성공을 거듭한다는 논리가 성립된다. 그러니까 복과 성공도 대물림 된다는 결론이 나온다. 하지만 세상 이치가 그럴 수는 없다. 하늘의 섭리는 도리어 양지를 음지로, 음지를 양지로 변화시키는 영험을 보여준다.

예나 지금이나 가진 것이 없어서 보시를 못한다는 것은 엄살 아닌 엄살이자 치사한 변명에 지나지 않는다. 그건 바로 졸부들이 즐겨 쓰는 말이다. 세상을 잘 살펴보면 부자보다 가난한 사람들이 훨씬 더 인간적이다. 그들은 콩 한 알도 두 쪽으로 갈라 나눠 먹는 지혜를 가지고 있기 때문이다.

움켜쥘 것 다 움켜쥐고 눈곱만큼 보시하는 부자보다 콩 한 알이라도 나눠 먹는 빈자가 훨씬 더 낫다. 부자의 보시가 무늬만 보시인 반면, 빈자의 보시는 누구라도 감동할 수밖에 없는 참된 보시이기 때문이다. 이 점에 대해서는 성경에도 분명히 나와 있다.

예수께서 헌금 궤 맞은편에 앉아서 사람들이 헌금 궤에 돈을 넣는 것을 바라보고 계셨다. 그때 부자들은 여럿이 와서 많은 돈을 넣었는데 가난한 과부 한 사람은 와서 겨우 렙톤 두 개를 넣었다. 이것은 동전 한 닢 값어치의 돈이었다. 그것을 보시고 예수께서는 제자들을 불러 이렇게 말씀하셨다. "나는 분명히 말한다. 저 가난한 과부가 어느 누구보다도 더 많은 돈을 헌금 궤에 넣었다. 다른 사람들은 다 넉넉한 데서 얼마씩 넣었지만 저 과부는 구차하면서도 있는 것을 다 털어 넣었으니 생활비를 모두 바친 셈이다."(마르코 12,1-4. 루카 21,1-4)

만약 콩 한 알, 동전 한 닢 내놓을 것이 없다면 '웃는 얼굴'이라도 보시할 수 있다. 누군가에게 축복으로 가득한 덕담이나 밝은 웃음을 선사하는 것도 훌륭한 보시가 아닐 수 없다. 보시란 이렇듯 착한 마음가짐에서 비롯되는 것이지, 재물의 많고 적음과 비례하는 것이 아니다.

030
오른손이 하는 일을
왼손이 모르게 하라

✳

남들에게 잘 베푸는, 그리하여 큰 복덕을 불러들이는 사람들에게
는 공통점이 있다. 자신의 선행을 드러내지 않는다는 사실이 그것
이다. 얍삽한 좀생이들은 친구에게 차 한 잔, 술 한 잔, 식사 한 끼
만 사주어도 사실보다 훨씬 더 부풀려서 생색을 내게 마련인데 진
짜로 보시하는 사람은 누군가에게 뭘 주었다는 사실조차 드러내거
나 기억하지 않으려 한다.

……수보리 어의운하 동방허공 가사량부(須菩提 於意云何 東方虛空
可思量不)……

— "수보리여! 그대 생각은 어떠한가. 동쪽 허공을 헤아릴 수 있
겠는가."

……불야세존(不也世尊)……

— "없습니다, 세존이시여."

……수보리 남서북방 사유상하허공 가사량부(須菩提 南西北方 四維
上下虛空 可思量不)……

— "수보리여! 남서북방, 사이사이, 위, 아래, 허공을 헤아릴 수
있겠는가."

……불야세존(不也世尊)……

— "없습니다, 세존이시여."

……수보리 보살무주상보시복덕(須菩提 菩薩無住相布施福德)……(중략)……보살단응여소교주(菩薩但應如所教住)……

— "수보리여! 보살이 대상에 대한 관념에 집착하지 않고 보시하는 복덕도 이와 같이 헤아릴 수 없다. 수보리여, 보살은 반드시 가르친 대로 살아야 한다."

『금강경』 '4. 묘행무주분(妙行無住分, 집착 없는 보시)'의 끝부분이다. 예수님께서도 자선을 베풀 때에는 오른손이 하는 일을 왼손이 모르게 하라고 가르쳤다.

"자선을 베풀 때에는 위선자들이 칭찬을 받으려고 회당과 거리에서 하듯이 스스로 나팔을 불지 말라. 나는 분명히 말한다. 그들은 이미 받을 상을 다 받았다. 자선을 베풀 때에는 오른손이 하는 일을 왼손이 모르게 하여 그 자선을 숨겨두어라. 그러면 숨은 일도 보시는 네 아버지께서 갚아주실 것이다."(마태오 6,2-4)

실지로 우리 사회에는 이런 가르침을 몸 전체로 실천하는 사람들이 있다. 한두 푼 적선하고 공치사 받기 좋아하는 사람들이 있는가 하면, 결코 전면에 드러나지 않은 채 소리 없이 선행을 베푸는 천사 같은 사람들.

그런 사람들은 반드시 헤아릴 수 없을 만큼 대성하게 되어 있다. 그리고 그들은 성공의 열매들을 이웃을 위해, 사회를 위해 아낌없이 보시함으로써 우리 인간사회를 건강하게 이끌어준다.

031
재수 나쁜 놈은
비행기 안에서도 뱀 물린다

✳

본래 잘 안 되는, 그래서 망해가는 장바닥에는 별 볼일 없는 것들만 모여든다. 어물전이 망하려면 꼴뚜기만 모여들고, 쇠전 망하려면 망아지만 모여든다.

집안도 이와 같다. 집안이 망하려면 수염 난 며느리가 들어온다. 집안이 그보다 더 망하려면 며느리가 어느 놈 씨인지 알 수 없는 애를 배가지고 들어온다. 그것도 더 안 되려면 숫제 쌍둥이를 배가지고 들어온다.

개인도 다를 바 없다. 재수 나쁜 놈은 뒤로 넘어져도 코가 깨지고, 접시 물에도 빠져 목숨을 잃는다. 계란을 사도 그 안에 뼈다귀가 들어 있는가 하면 곰을 잡아도 웅담이 없다. 냉수만 마셔도 잇새에 뭐가 끼고, 웃기만 해도 날아가는 새의 똥이 입안으로 떨어진다. 어디 그뿐인가. 정말로 재수 나쁜 놈은 심지어 비행기 안에서도 독사에 물린다.

실지로 그게 가능한가. 얼마든지 가능한 일이다. 우리네 인간사에서는 상식적으로는 도저히 예측할 수 없는 기상천외한 일들이 툭툭 불거진다. 특히 현대처럼 복잡다단한 사회에서는 미처 예상치 못했던 해괴한 일들이 꼬리를 물고 일어난다.

사람들은 일이 잘 안 풀릴 경우 무조건 재수가 없다고 투덜댄다. 하지만 정작 왜 재수가 없는지 그 원인을 따지고 캐는 사람은 흔치 않다. 재수가 없을 경우 그 원인을 콩콩 따져보면 반드시 그 답이 나오게 되어 있다.

원인 없는 결과가 어디 있는가. 군이 연기설(緣起說)까지 들먹이지 않더라도 원인 없는 결과가 없다는 사실을 인정한다면 재수의 있고 없음에는 필연적으로 그럴 수밖에 없는 분명한 요인이 있을 것이다.

그 반면, 재수 좋은 사람은 넘어져도 떡전에 넘어진다. 눈 깜짝할 사이에 휘청 넘어져서 보니 크고 맛있는 꿀떡을 입에 물고 있다. 역시 재수 좋은 여자는 넘어져도 가지 밭에 넘어진다. 넘어질 때에는 엉겁결에 넘어졌는데 정신을 차려보니 그것도 자기 맘에 쏙 드는 미끈한 가지를 거머쥐고 있다.

평소 재수 없다고 불만을 터뜨리며 탄식할 일이 아니다. 재수가 없으면 재수가 있도록, 재수가 나쁘면 재수가 좋도록 만들어야 한다.

032
더러운 집착을 버려라

✳

    옛날에 아흔아홉 석 가진 사람이 있었다. 그는 백 석을 채우기 위해 겨우 한 석 가진 사람의 그 한 석을 빼앗았다. 아흔아홉 석 가진 사람에게 한 석 따위는 하찮은 것일 수도 있다. 하지만 한 석 가진 사람에게는 그것이 생명과도 같은 전 재산이다.

    돈도 다를 바 없다. 99억 원 가진 사람에게는 1억 원쯤이야 얼마 안 되는 돈일 수 있다. 그 사람에게는 1억 원쯤 없어도 얼마든지 살 수 있다. 하지만 가난한 사람에게는 1억 원이야말로 평생 구경해보지도 못할 거금이 아닐 수 없다. 그 사람에게는 1억 원이 없으면 당장 굶어죽을 수도 있다.

    하지만 우리 주위에는 남이야 죽건 말건 제 몫만 챙기려는, 남의 생명 같은 1억 원을 빼앗아 백억 원을 채우려는 욕심쟁이들이 의외로 많다. 특히 약자만을 골라 피눈물 쏟게 하는 악당들이 도처에 널려 있다. 약자의 피와 땀과 눈물을 가로채 자신의 이익을 도모하려는 날강도 같은 무리들.

    그런 작자들이 버젓이 낯을 들고 잘난 체하는 한 인간사회는 야수들의 정글과 다를 바 없다. 강자가 약자를 먹잇감으로 삼아 배를 불리는 약육강식의 그 야수사회에는 '정글의 법칙'만 존재할 따름이다. 우리 인간사회마저 그래서는 안 된다.

그럼에도 불구하고 이 삭막한 세상에는 인면수심의 무뢰배들과 양심불량자들이 너무 많다. 그리하여 하루가 멀다 하고 험악한 사건과 사고들이 툭툭 터지고 있다. 그중에는 도저히 인두겁을 쓴 자의 행동이라고 볼 수 없는, 더 나아가 스스로 인간이기를 포기한 흉악범들의 극악무도한 사건들도 적지 않다.

모름지기 사람이라면 최소한의 염치만이라도 있어야 한다. 하지만 우리 사회에는 언제부턴가 예의와 염치가 빛을 잃었다. 오직 자기 몫만을 챙기려는 집착이 이기주의를 낳고, 그 이기주의가 몰염치를 낳아 사회를 병들게 한다.

더러운 집착에 함몰된 사람들에게서는 염치 따위를 찾아볼 수가 없다. 남을 전혀 배려할 줄 모르는 그런 이기주의자들은 벼룩의 간까지 꺼내 먹는다. 갓난아기 '짬지'에 붙은 보리밥풀까지 떼어먹는 것은 물론 숫제 문둥이 콧구멍의 마늘조각까지 빼먹으려 든다.

그런 이기주의자들일수록 양보가 있을 수 없다. 따라서 봉당을 빌려주면 안방까지 차지하려고 덤벼든다. 그게 바로 더러운 집착에서 오는 무서운 병이다. 집착의 하수인은 결코 성공할 수가 없다. 그런 점에서 『금강경』이 가르쳐 주는 '집착 없는 보시'의 의미를 거듭 되새겨야 할 것이다.

033
공부해서 남에게 주어라

✳

학부모들이 자녀들의 공부를 독려할 때 흔히 쓰는 말이 있다.

"어서 열심히 공부해라. 공부해서 남 주는 것 아니다."

이 말은 어디까지나 열심히 공부하라는 데 초점이 맞춰져 있고, 남이 아닌 자기 자신을 위해 공부하라는 뜻이다. 다시 말해서 열심히 공부하면 어디로 달아나는 것이 아니고, 곧 자기 몫이 된다는 뜻을 담고 있다.

하지만 부모가 꿈나무 새싹들에게 이런 말로 공부를 독려하다 보니 자녀들은 어렸을 때부터 이기주의자로 성장할 수밖에 없다. 공부를 해도 자기만을 위해서 한다. 학우들과 머리를 맞댄 채 정답게 공부하는 광경을 찾아보기 어렵고, 같은 반의 동료들 모두를 물리쳐야 할 경쟁자로만 인식하게 된다.

요컨대 '공부해서 남 주는 것 아니다' 라는 말은 지극히 잘못된 표현이다. 그 본의는 '너 자신을 위해 열심히 공부하라' 는 것이라 할지라도 그 말 속에는 '열심히 공부해서 남 주지 말고 너 잘 되라' 는 이기주의가 똬리를 틀고 있다.

자녀들을 그런 식으로 가르치면 그들이 사회로 진출했을 때 다른 사람을 배려하지 못할 것은 불을 보듯 뻔한 일이다. 물론 공동의 목표를 위해 제대로 협의·협력·협조·협동할 수 있을지도 의문이다. 또, 그런 말을 듣고 자란 사람이 어떻게 남을 위해, 즉 사회를 위해 봉사하고 헌신할 수 있을는지 심히 걱정스럽다.

두말할 나위도 없이 일신의 영달만을 추구하는 사람에게서는 '집착 없는 보시'를 기대할 수 없다. 더 확실하게 말하자면 그런 사람은 성공할 수가 없다. 남에게 베풀 줄 모르는 사람이 성공하면 얼마나 성공할 것인지 그 해답은 이미 나와 있다. 그렇다면 자녀들의 공부를 독려하기 위해 어떻게 말하는 것이 좋을까.

"열심히 공부해라. 그렇게 해서 반드시 남에게 주어라."

어렸을 때부터 이렇게 가르쳐주면 당신의 어린 자녀는 더욱 훌륭한 거물로 성장할 수 있다. 그렇다. 공부를 아무리 잘했다 한들, 그리하여 제아무리 실력이 좋다 한들 그걸 혼자서만 움켜쥐고 있으면 사실상 그 실력은 아무 짝에도 쓸모없는 무용지물이 되고 만다.

공부는 자기 자신을 위한 것이지만, 더 넓게 보면 궁극적으로 지식이든 기술이든 남에게 주기 위해서, 즉 사회에 확 풀어놓아 널리 기여하기 위해서 하는 것임을 알 수 있다. 보시란 따로 있는 것이 아니다. 어렸을 때부터 남을 배려하고 남과 더불어 사는 지혜를 기르는 것, 그것이 바로 성공비결의 기본요건이라는 사실을 잘 알아야 한다.

034
호박에 줄만 긋는다고
수박이 되는 것은 아니다

*

　열 길 물속은 알아도 한 길 사람 속은 모른다. 정말 사람 속은 알수가 없다. 오죽하면 가족들, 이를테면 부부간이나 부모와 자식 사이에서도 상대방의 깊은 속을 알 길이 없다. 하물며 타인과의 관계에서 상대방 속내를 헤아리기란 여간 어려운 것이 아니다.

　오늘날처럼 인간성이 메말라가는 시대에는 더 말할 나위가 없다. 겉 다르고 속 다른 사람들이 지천으로 널려 있다. 그런가 하면 마음속에는 악마를 키우고 있으면서 겉으로는 천사 같은 행동을 하는 사람들도 곳곳에서 활개를 치고 있다.

　겉도 번듯하고 속도 알찬 사람이라면 가장 이상적인 인간이라고 말할 수 있다. 하지만 그런 사람은 흔치 않다. 겉보기에는 희멀끔하지만 속 검은 사람들이 더 많다. 그 반면, 일견 겉은 별 볼일 없지만 속이 꽉 찬 사람도 있다. 그런가 하면 겉과 속이 모두 그렇고 그런 사람도 있다.

　인간은 천층만층 구만 층, 똑같은 사람은 하나도 없다. 이 많은 사람들과 더불어 다 함께 성공하려면 모두가 인간답게 살아야 한다. 겉으로 드러난 신체적 특징이 아닌, 속으로 꽉 찬 인간의 참된 자아를 길러 진리를 깨닫는 것이 성공의 지름길이다.

……수보리 어의운하 가이신상 견여래부(須菩提 於意云何 可以身相 見如來不)……

— "수보리여! 그대 생각은 어떠한가. 신체적 특징을 가지고 여래라고 볼 수 있는가."

……불야세존 불가이신상(不也世尊 不可以身相)……(중략)……여래소설신상 즉비신상(如來所說身相 卽非身相)……

— "없습니다, 세존이시여. 신체적 특징을 가지고 여래라고 볼 수는 없습니다. 왜냐하면 여래께서 말씀하신 신체적 특징은 바로 신체적 특징이 아니기 때문입니다."

……범소유상 개시허망 약견제상비상 즉견여래(凡所有相 皆是虛妄 若見諸相非相 卽見如來)……

— "신체적 특징들은 모두 헛된 것이니 신체적 특징이 신체적 특징 아님을 본다면 바로 여래를 보리라."

『금강경』 32분 중 다섯 번째 문단에 해당하는 '5. 여리실견분(如理實見分, 여래의 참모습)' 이다. 외형으로 나타나는 일체의 거짓모습은 변화하는 것이므로 실제의 참모습이 될 수 없다는 뜻이다. 달리 말하자면 실견(實見)이 아닌 망견(妄見)을 경계한 가르침이다.

어떤 사물이 있을 때 겉모양과 그 안에 담긴 본질이 반드시 일치하는 것은 아니다. 중요한 것은 겉모양이 아니라 내용의 본질이다. 그런데도 우리 주변에는 호박에 줄만 그어 수박이 되는 줄 착각하는 사람들이 있다. 그런 사람은 성공할 수 없다. 본질적으로 호박은 호박이고 수박은 수박이기 때문이다.

호박은 호박대로 성공하는 길이 있고, 수박은 수박대로 성공하는 길이 있다. 호박이 호박대로 행세하면 될 것을, 호박이 수박으로 둔

갑하여 행세코자 잔꾀를 쓴다면 도리어 실패를 자초할 뿐이다. 역시 산은 산이요 물은 물이다.

035

손가락을 보지 말고 달을 보라

＊

달을 가리키면 달은 보지 않고 달 가리키는 손가락을 보는 사람이 있다. 그건 본질이 아닌 비본질에 신경을 쓰는 어리석음이다. 그런데도 본질을 파악하기보다는 지엽적인 문제에 집착하는 사람들이 의외로 많다.

석가모니 부처님은 내면에서 일어나는 번뇌의 본질을 찾아 고행에 나섰다. 자잘한 고통을 일시적으로 모면하기 위해 가출한 것이 아니었다. 하지만 우리 주위에는 어려운 문제를 놓고 그걸 근본적으로 해결하기보다는 대충대충 땜질처방이나 하려는 사람들이 많다. 그것은 임시방편의 미봉책에 지나지 않을 뿐이다.

최근 실용과 효율을 외치는 사람들이 부쩍 많아졌다. 바보 천치가 아니라면, 실용과 효율을 추구하지 않는 사람은 없다. 그건 상식 중의 상식이다. 예컨대 서울에서 광주까지 가고자 할 때 경제적·시간적으로 가장 유리한 쪽을 선택하는 것은 너무 당연한 일이다. 특별한 사유가 없는 한 서울에서 대구를 거쳐 부산으로 빙빙 돌아갈 사람은 없다. 그런데도 실용과 효율을 최고의 가치로 내세워 떠드는 것을 보면 한심하기 짝이 없다.

망둥이가 뛰면 꼴뚜기까지 뛰는 꼴이라고 할까, 일각에서 실용이니 효율이니 떠들어대니까 심지어 '오렌지'가 어떻고 '아륀지'가 어떻다며 소위 영어 몰입교육을 주창한 사람까지 나타나 우리를 한바탕 크게 웃긴 적이 있었다. 그는 한술 더 떠서 영어를 잘하는 나라의 국민들이 잘산다고 귀신 씨나락 까먹는 소리까지 늘어놓았다.

그렇다면 아시아에서 영어를 가장 잘하는 것으로 알려진 필리핀 국민들이 가장 잘살아야 하고, 영어라면 발음부터 문제를 안고 있는 것으로 널리 알려진 일본 국민들이 가장 뒤떨어져 못살아야 한다. 하지만 실상은 그렇지 않다. 그의 주장대로라면 국내에서도 영어 잘하는 사람이 잘살아야 하는데 왕년의 이병철 회장이나 정주영 회장이 영어 잘했다는 말을 들어본 적이 없다.

'아륀지'의 당사자를 만나보지 못했으니까 잘 모르긴 해도 그는 아마도 우리 국민들 모두가 영어를 잘해야 최고의 지식인이 되고, 그래야만 우리나라가 부강한 선진국으로 도약할 수 있다고 확신한 모양이었다.

그는 우리말을 받아 적을 때에도 영어로 번역하여 필기하는 것일까. 그는 정녕 한국어 방송도 영어로 변환시켜 청취하는 것일까. 그것도 아니라면 꿈도 영어로 꾸는 것일까. 영어를 잘하자는 취지는 얼마든지 이해하고도 남는다. 물론 영어를 잘해서 나쁠 것은 없다. 그래야 세계무대에서 자유자재로 의사소통을 할 수 있으니까.

그러나 그는 손가락만 보았지 달을 보지 못했다. 우리에게 더 시급한 것은 영어가 아니고 전인교육에 의한 인간성 회복과 실력향상이다. 내면은 썩고 텅텅 비어 엉성하기 짝이 없는데 영어만 잘해봤자 호박에 줄을 북북 그어 수박 노릇하려는 것과 무엇이 다를까.

과연 누구를 위한 실용이고, 누구를 위한 효율이며, 누구를 위한 영어 몰입교육인가. 당연히 인간중심이어야 한다. 인간을 위해 실용과 효율과 영어가 필요한 것일 뿐 우리 인간이 그런 것들에 종속될 수는 없다. 따라서 그러한 일련의 주장들이야말로 본질을 망각한, 달을 보지 못하고 손가락만 보는 식의 망발 중의 망발이라고 아니할 수 없다.

인간의 본질을 성찰하지 못한 그런 사람은 성공할 수 없다. '금강'과 '반야'와 '바라밀'과 전혀 무관하기 때문이다. 그러므로 우리는 외양보다 본질의 중요성을 가르쳐주는 『금강경』에서 진정한 성공비결을 배워야 한다. 그러면 손가락이 아닌, 휘영청 밝은 달이 똑바로 보일 것이다.

036
본질에 충실하라

벌써 오래전 일이다. 대통령의 각별한 신임을 받던 한 언론사의 H편집국장이 정부 어느 부처의 장관으로 내정되었다. 그는 공식 취임에 앞서 사전정보를 얻기 위해 그 부처 출입 기자를 불러 이것저것 물었다.

"그 부처에서 일을 가장 잘하는 사람이 누군가."

"Y사무관입니다. 현재 서무계장으로 있지요. 일을 아주 똑 부러지게 잘합니다."

"Y사무관이라? 그럼 그 부처에서 인사상 가장 불이익을 보고 있는 사람은 누구라고 생각하는가."

"역시 Y사무관이라고 생각합니다."

"뭐라고? 일을 가장 잘하는 사람이면 승진도 빨랐을 것 아닌가."

"그렇지 않습니다. 그에게는 여러 가지 약점이 있습니다."

"무슨 약점?"

"아마 그 사람을 만나보면 세 번 놀라실 겁니다. 첫째, 키가 아주 작습니다. 둘째, 너무 못생겼습니다. 셋째, 학력이 고졸이라서 더 놀라실 겁니다."

"그건 약점이 아닌 것 같은데……. 그렇다면 장점은 뭔가."

"역시 세 번 놀라실 겁니다. 첫째, 언변이 아주 좋습니다. 둘째, 기억력이 비상합니다. 셋째, 매사에 정확합니다."

"잘 알았네."

H국장은 이틀 뒤 그 부처에 장관으로 공식 취임했다. 아니나 다를까, Y사무관은 전 직원들 중에 가장 키가 작고 못생겨서 얼른 눈에 띄었다. 취임 사흘째 되던 날, H장관은 청와대에 가기 위해 수행비서관을 대동하고 현관으로 내려왔다.

그때 현관 앞에 Y사무관이 직접 나와 승용차 운전기사와 무슨 대화를 나누고 있었다. H장관은 마침 잘됐다 싶어 잠깐 발걸음을 멈추고는 현관 건너편 담장 근처에 서 있는 나무를 가리키며 Y사무관에게 물었다.

"서무계장, 저 나무가 무슨 나뭅니까."

"산딸나뭅니다. 작년 식목일에 심었습니다."

"이 승용차는 언제 구입했습니까."

"네, 지난해 3월 11일에 구입했습니다. 소요예산은 부대경비 포함하여……."

H장관은 은근슬쩍 Y사무관을 떠보기 위해 툭툭 가벼운 질문을 던졌던 것인데 날짜에다 예산집행 내역까지 척척 대는 그의 정확한 답변에 내심 탄복을 금치 못했다. H장관은 청와대로 가는 승용차 안에서 비서관에게 Y사무관에 대해 이것저것 물었다.

비서관의 답변 역시 출입 기자의 진술과 완벽하게 일치했다. H장관은 재임 중 Y사무관을 잇따라 중용했고, Y사무관은 승승장구 고속승진을 거듭했다. Y사무관은 비로소 때를 만난 셈이었다.

그리하여 그는 그때부터 여러 가지 외형적 악조건을 극복하면서 마침내 최고 직급까지 올라가 정년으로 퇴직했다. 그러니까 직업공무원으로서 최고의 성공을 거둔 것이었다. 누구보다도 유능했던 H 장관은 전임 장관들과는 달리 Y사무관의 외형적 특성보다 그 본질적 능력을 높이 평가했던 것이다.

037
진리의 실상을 알고
실천하면 복덕이 들어온다

✳

부처님께서 "신체적 특징들은 모두 헛된 것이니 신체적 특징이 신체적 특징 아님을 본다면 바로 여래를 보리라" 하신 말씀에 대하여 수보리 존자는 내심 적잖은 의문을 가졌다. 중생들이 과연 이 심오한 법문을 믿을까 하는 의문이 그것이었다. 이런 의문을 품은 수보리 존자가 부처님께 여쭈었다.

……세존 파유중생 득문여시언설장구 생실신부(世尊 頗有衆生 得聞如是言說章句 生實信不)……

— "세존이시여! 이와 같은 말씀을 듣고 진실한 마음을 내는 중생들이 있겠습니까."

……막작시설(莫作是說)……(중략)……여래상설 여등비구 지아설법 여벌유자 법상응사 하황비법(如來常說 汝等比丘 知我說法 如筏喻者 法尙應捨 何況非法)……

— "그런 말 하지 마라. 여래가 열반에 든 뒤 오백 년 뒤에도 계를 지니고 복덕을 닦는 이는 이러한 말에 신심을 낼 수 있고 이것을 진실한 말로 여길 것이다. 이 사람은 한 부처님이나 두 부처님, 서너 다섯 부처님께 선근(善根)을 심었을 뿐만 아니라 이미 한량없

는 부처님 처소에서 여러 가지 선근을 심었으므로 이 말씀을 듣고 잠깐이라도 청정한 믿음을 내는 자임을 알아야 한다. 수보리여! 여래는 이러한 중생들이 이와 같이 한량없는 복덕 얻음을 다 알고 다 본다. 왜냐하면 이러한 중생들은 다시는 자아가 있다는 관념, 개아가 있다는 관념, 중생이 있다는 관념, 영혼이 있다는 관념이 없고, 법이라는 관념이 없으며, 법이 아니라는 관념도 없기 때문이다. 왜냐하면 이러한 중생들이 마음에 관념을 가지면 자아·개아·중생·영혼에 집착하는 것이고 법이라는 관념을 가지면 자아·개아·중생·영혼에 집착하는 것이기 때문이다. 왜냐하면 법이 아니라는 관념을 가져도 자아·개아·중생·영혼에 집착하는 것이기 때문이다. 그러므로 법에 집착해도 안 되고 법 아닌 것에 집착해서도 안 된다. 그러기에 여래는 늘 설했다. 너희 비구들이여, 나의 설법은 뗏목과 같은 줄 알아라. 법도 버려야 하거늘 하물며 법이 아닌 것이랴!"

『금강경』 32분 중 여섯 번째 문단인 '6. 정신희유분(正信希有分, 깊은 믿음)'이다. 본래 중생의 고정관념은 쓸데없는 망념(妄念)에서 일어난다. 모든 법도 망념에서 비롯된 관념이고, 그런 관념에 사로잡혀 뭔가에 집착하면 진리에서 멀어진다는 뜻이다. 따라서 중생이 스스로 만든 그런 관념들은 깨달음에 도리어 방해가 될 뿐이다.

하지만 부처님의 설법은 부처님 이전부터 있었던 진리이고, 그러므로 부처님께서 돌아가신 뒤에도 청정한 믿음이 이어져 나왔다. 그런 확실한 믿음으로 그 진리의 실상을 알면 복과 덕을 다 얻는다. 실지로 『금강경』을 수지하면 미처 생각지도 못한 무궁무진한 복덕이 들어온다.

038
독선이 당신을 멍들게 한다

✳

독선이란 '자기 혼자만이 옳다고 믿고 행동하는 일'을 뜻한다. 따라서 독선에 빠진 사람은 무슨 일을 진행할 때 다른 사람과 상의하지도 않고 자기 혼자서 결정한다. 이를 독단이라 한다. 그러니까 독선과 독단은 불가분의 관계라 하겠다.

유감스럽게도 우리 주변에는 독선적인 사람들이 너무 많다. 그리하여 자기가 아니면 안 된다는 생각, 자기가 최고라는 어쭙잖은 생각이 널리 퍼져 있다. 하지만 이 독선이야말로 자신의 발등을 찍는, 성공을 가로막는 최대의 걸림돌이라는 사실을 알아야 한다.

부처님께서도 "법에 집착해서도 안 되고 법 아닌 것에 집착해서도 안 된다"고 강조했을 뿐만 아니라 더 나아가 "법도 버려야 하거늘 법 아닌 것이랴" 하였다. 그렇건만 중생이 알면 얼마나 안다고 독선에 빠져서 자기 혼자만 옳다고 믿으며 행동하는가. 따라서 그런 사람은 묘수를 둔다는 풍신이 기껏 자충수를 둘 수밖에 없다.

그런데 독선은 단순히 그냥 제자리에 머무르지 않고 독버섯처럼 점점 더 자라나는 특성이 있다. 이에 따라 한번 독선에 빠지면 영영 헤어나지 못하는 것은 물론이려니와 그 독선의 부피를 점점 키우게 마련이다.

그 결과 어리석은 사람의 경우 밤새도록 꾀를 쓰지만 결국 자기 죽을 꾀만 쓴다. 겉으로 드러난 형상만 보고 진실을 평가한다는 것은 매우 위험한 일이다. 여러 사람이 지혜를 모아도 시원찮을 마당에 혼자 결론을 내리고 혼자 행동에 돌입하면 낭패를 부를 수밖에 없다. 그러므로 독선은 당신을 멍들게 한다.

특히 누군가가 독선에 빠지면 좋은 친구, 훌륭한 조언자, 지혜로운 사람이 그 곁에 붙어 있을 수가 없다. 독선에 흠뻑 젖은 사람은 저만 잘났다고 뻐기면서 남의 말을 받아들이지 않은 채 모든 일을 자기 혼자 독단으로 결정하기 때문에 그 곁에 붙어 있던 사람이 떠나가게 되어 있다. 따라서 그런 사람들에게는 생사고락을 함께 할 동지보다는 고립무원의 따돌림이 있을 뿐이다.

그 반면, 독선으로부터 자유로운 명석한 사람에게는 좋은 친구, 훌륭한 조언자, 지혜로운 사람들이 모여든다. 그리고 그들로부터 성공의 지혜와 큰 도움을 얻는다. 당신 주위에 인재가 모여들면 반드시 성공하게 되어 있다. 따라서 성공을 기약코자 하면 언제 어떤 경우에라도 독선을 삼가야 한다.

039
아집은 무서운 병이다

✻

독선과 사촌쯤 되는 개념으로 아집을 들 수 있다. 아집이란 '자기 중심의 좁은 생각에 집착하여 다른 사람의 의견이나 입장을 고려하지 아니하고 자기주장만 내세우는 것'을 말한다. 따라서 아집에 사로잡힌 사람은 자기의 생각이 곧 진리라고 확신한다. 그러므로 무지개를 잡으려고 헛손질을 하는 가운데 수시로 패착을 두게 마련이다.

이와 함께 아집에 젖은 사람들은 근본적으로 교만할 수밖에 없다. 따라서 그들에게는 아무리 좋은 말이라도 통하지 않는다. 말하자면 전후좌우 꽉 막힌 벽창호인 셈이어서 소통이 안 된다. 그런 사람은 진리를 거슬러 역주행만 하다가 결국 큰 사고를 저지르게 된다.

교만하기 짝이 없는 아집의 화신이 다른 사람을 배려할 리 만무하다. 오직 자기 이외에는 다른 사람이 전혀 눈에 들어오지 않기 때문이다. 따라서 아집의 화신들은 상대방을 무시하게 되고, 결과적으로는 자기 자신이 여러 사람들로부터 배척을 받게 되어 있다.

"네가 나를 모르는데 난들 너를 알겠느냐……." 이는 대중가요 「타타타」의 노랫말 첫 구절이다. 아집의 늪에 풍덩 빠져 남을 인정하지 않는 자가 어찌 다른 사람들로부터 인정받을 것인가. 이처럼 아집에 빠진 사람은 그 아집으로 말미암아 스스로 묘혈을 파게 될 뿐이다.

제 잘난 멋에 사는 게 인생이라지만 아집처럼 무서운 것이 없다. 역사적으로도 아집 때문에 멸망한 사람은 한둘이 아니다. 보좌진의 성실한 직언을 무시한 채 아집에 사로잡혀 파멸을 자초한 동서고금 독재자들의 비극적 종말은 그 대표적 사례라 할 것이다.

아집에 빠진 최고경영자가 사원들의 올곧은 건의와 충정을 저버림으로써 기업을 망친 경우는 너무 흔하다. 그런데 이런 아집 역시 독선과 마찬가지로 일정한 수준에 머무르지 않고 점점 더 악화되게 마련이다. 그런 점에서 독선과 아집은 일종의 병이라 말할 수 있고, 그 치유불능의 중병에는 백약이 무효일 수밖에 없다.

부처님께서는 『금강경』 법문을 통해 우리에게 자아·개아·중생·영혼에 집착하지 말라고 가르쳐 주었다. 그렇건만 어리석은 중생들은 아집이라는 중병에 걸려 허우적거린다. 따라서 성공을 꿈꾸는 사람이라면 마땅히 아집의 빗장부터 풀고 마음의 대문을 활짝 열지 않으면 안 된다.

아집에 눈멀면 진실을 볼 수 없다. 이렇듯 진실을 보지 못할 경우 성공은 멀어질 수밖에 없다. 아무쪼록 부질없는 아집을 화끈하게 벗어던지고 코페르니쿠스적 발상의 전환으로 더 멀리, 더 높이 바라본다면 반드시 성공의 열매를 휘어잡게 될 것이다.

040
꿍생원과 맹꿍이는
닮은꼴이다

*

만일 누군가가 독선과 아집에 갇혀 있다면 그건 아주 불행한 일이다. 사실 독선과 아집에 사로잡힌 사람 치고 꿍생원 아닌 사람이 없다. 그리고 그들 꿍생원은 맹꿍이와 영락없이 닮은꼴이다. 세상 넓은 줄 모르고 오직 자기 눈에 보이는 것만 아는지라 그럴 수밖에 없다.

그런 꿍생원은 결코 성공할 수 없다. 내 곁에는 가족이 있고, 가족 곁에는 이웃이 있고, 이웃 곁에는 겨레가 있고, 겨레와 더불어 인류가 있고, 지구촌 저 너머에는 우주가 있다. 전자현미경으로 미생물을 정밀 관찰하고, 천체망원경으로 우주를 다 내다보아도 하늘의 뜻을 저버리면 성공하기가 쉽지 않거늘, 하물며 저만 잘났다고 착각하는 꽉 막힌 맹꿍이가 어찌 성공할 것인가.

더군다나 그런 독선과 아집의 포로들은 스스로 만든 족쇄에 걸려 한 걸음도 앞으로 나아갈 수가 없다. 그들은 이목구비를 꽉 틀어막고 있어서 귀가 있어도 듣지를 못하고, 눈이 있어도 보지를 못하고, 입이 있어도 먹지를 못하고, 코가 있어도 냄새를 맡지 못한다.

특히 그런 독선과 아집의 화신들은 좀처럼 남을 인정하지 않으려 한다. 따라서 그런 사람에게는 아무리 좋은 말을 들려주어도 우이

독경(牛耳讀經)이요 마이동풍(馬耳東風)일 따름이다. 우이독경이란 '쇠귀에 경 읽기'라는 뜻이고, 마이동풍이란 '말 귀에 동풍(봄바람)'을 의미한다.

쇠귀에 경을 읽어 무엇 할까. 따뜻한 봄바람이 불면 사람들은 즐거워하는데 말의 귀는 봄바람이 불건 말건 아무런 낌새가 없다. 마음이 닫힌 사람, 즉 독선과 아집에 사로잡힌 사람에게는 아무리 좋은 말이라도 그냥 바람처럼 스쳐 지나갈 뿐이다.

독선과 아집은 일종의 병이다. 따라서 그것이야말로 발전과 성공을 가로막는 최대의 적이다. 그런데 독선과 아집은 점점 더 심화·고착되는 성향이 있다. 그런 점에서 독선이나 아집은 암세포와 다를 바 없다. 초기에 발견되면 수술이라도 할 수 있지만, 말기에 이르면 도저히 손 쓸 수 없는 상태로 악화되어 결국 죽음을 맞이할 수밖에 없는 것이다.

살다 보면 육신에 이런저런 노폐물이 쌓이듯 우리 사회에는 이처럼 백해무익한 독선과 아집이 암세포처럼 자라 성공을 가로막고 더 나아가 다른 사람들까지 괴롭힘으로써 사회 전체를 병들게 한다. 하루빨리 그런 독선과 아집에서 훌훌 탈피해야 한다. 머릿속에 치유불능의 독선과 아집을 가지고 있는 한 그 어떤 발전이나 성공을 기약할 수 없기 때문이다.

041
겸손이 오만을 이긴다

✳

벼·수수·조 등 곡식 이삭은 야무지게 익을수록 고개를 숙인다.
하지만 쭉정이는 가을이 와서 서리가 내려도 고개를 빳빳이 든다.
내공이 꽉 찬 사람은 어느 자리에서도 고개를 숙일 줄 안다. 그 반
면, 개뿔이나 아는 것도 없는 함량미달의 쭉정이들은 아무 데서나
고개를 빳빳이 들고 설친다.

……수보리 어의운하(須菩提 於意云何)……(중략)……여래유소설법
야(如來有所說法耶)……

— "수보리여, 그대 생각은 어떠한가. 여래가 가장 높고 바른 깨
달음을 얻었는가. 여래가 설한 법이 있는가."

……여아해불소설의(如我解佛所說義)……(중략)……일체현성 개이
무위법 이유차별(一切賢聖 皆以無爲法 而有差別)……

— "제가 부처님께서 말씀하신 뜻을 이해하기로는 가장 높고 바
른 깨달음이라 할 만한 정해진 법이 없고, 또한 여래께서 설한 단
정적인 법도 없습니다. 왜냐하면 여래께서 설한 법은 모두 얻을 수
도 없고 설할 수도 없으며, 법도 아니고 법 아님도 아니기 때문입
니다. 그것은 모두 성현들이 무위법(無爲法) 속에서 차이가 있는 까

닭입니다."

『금강경』32분 중 일곱 번째 문단인 '7. 무득무설분(無得無說分, 깨침과 설법이 없음)'이다. 모든 실상의 본질은 늘 현상을 초월해 있을 뿐 그걸 단정할 수 없다는 뜻이다.

무위법이란 어떤 경우에도 변하지 않는, 즉 아무런 조작과 경계가 없는 법을 말한다. 따라서 가부(可否)나 시비를 초월한 법이다. 그러니까 긍정과 부정으로 단정할 수 없는 높은 경지의 법이다. 따라서 '법도 아니고 법 아님도 아닌' 것이다.

부처님의 질문에 수보리 존자도 이렇게 답했거늘, 하물며 별 볼일 없는 중생이 어디에서 몇 자 주워들은 것을 가지고 자기의 쥐꼬리만한 지식이 모두 불변의 진리인 양 아는 체를 한다면 그건 오만이라고 말할 수밖에 없다. 따라서 『금강경』을 아는 사람은 겸손하고, 겸손한 사람이 성공하는 것은 너무 당연하다.

본래 빈 수레가 요란하고 소문난 잔치에 먹을 것 없다. 또, 똥 누는 소리 요란하면 똥개 먹을 것이 없다. 내공이 꽉 찬 사람은 묵직하지만, 버르장머리 없고 신통찮은 애송이일수록 온갖 오만을 떨며 촐랑촐랑 자발머리없게 짓까분다. 그러다가 제풀에 지쳐 나가떨어지거나 누군가의 돌팔매를 맞고 쓰러지게 마련이다.

겸손한 사람은 어디를 가든 대우를 받게 되어 있다. 그리고 겸손한 사람만이 어떤 제약도 받지 않고 자연스럽게 성공할 수 있다. 하지만 오만한 사람에게 돌아오는 것이라곤 날 돋친 비난과 따돌림밖에 없다. 겸손이 항상 오만을 이긴다. 그러므로 '겸손한 성공'은 생명력이 길다.

042
아닌 것은
아니기 때문에 아니다

✳

중생은 자기 나름의 관념에 젖어 있다. 자기가 만든 잣대로 모든 사물과 진리를 재기 때문이다. 진리란 그 명칭이 진리일 뿐 진리 그 자체일 수는 없다. 진리는 귀로 들을 수도 없고, 눈으로 볼 수도 없고, 입으로 맛을 볼 수도 없고, 코로 냄새를 맡을 수도 없고, 손으로 만질 수도 없다.

깨달음이라는 것 역시 형체가 있을 수 없다. 깨달음도 편의상 깨달음이라고 말할 뿐 깨달음이 뭐라고 정해진 법이 없다. 설령 법이 있다 한들 법 또한 관념이자 추상적인 용어일 뿐 법 그 자체일 수가 없다.

여래의 설법 또한 모두 얻을 수도 없고, 설할 수도 없고, 법도 아니고 법이 아닌 것도 아니다. 설법이 아니기 때문에 설법이라 말하고, 법도 아니기 때문에 법이라고 한다.

그런데도 중생은 자기의 생각이 곧 진리라 착각하고 맨땅에 박치기까지 불사한다. 하지만 무위법에서는 이것도 아니고, 그것도 아니고, 저것도 아니고, 아닌 것도 아니다. 그러니까 모든 관념으로부터 완전무결하게 시공을 초월하는 경지인 것이다.

그 반면, 깨달음을 얻지 못한 중생들에게는 모든 것이 관념적이고 유한하다. 보시와 복도 열반에 이르지 못하면 언젠가는 그 효력이 소멸된다. 그렇건만 중생들은 눈에 보이는 것만 좇아 헐떡인다. 예컨대 복 받을 일을 하지 않고서도 복을 받으려고 기를 쓴다.

아닌 것은 얼른 마음을 접어야 한다. 수도꼭지에서 황금덩어리가 쏟아져 나오기를 기대하는 것은 허황된 꿈이다. 권력을 잡을 수 없으면서 권력을 노리거나 부자가 될 수 없으면서 부자가 되려고 몸부림을 치거나 명예롭지 못한 일을 하면서 명예를 차지하려고 안간힘을 써봤자 헛수고만 하게 된다.

중생들의 이런 어리석음에 비추어 『금강경』은 시종 무위법으로 전개된다. 이를 역설적으로 뒤집어 보면 바로 여기에 『금강경』의 성공비결이 있다. 우리는 안 되는 일에 매달릴 것이 아니라 되는 일을 향해 매진해야 한다. 말하자면 못 올라갈 나무를 쳐다보지 말고 올라갈 수 있는 나무를 쳐다보아야 한다.

그렇다면 되는 일이란 무엇일까. 내 적성에 맞는 일, 내가 가장 잘할 수 있는 일, 개척할 값어치가 충분하다고 판단되는 일, 모든 사람들에게 유익한 일, 내 능력이 미치는 일 등등…… 그것을 열거하자면 한이 없다. 이와 함께 『금강경』 수련을 쌓으면 당신의 성공 질주에 훨씬 가속도가 붙을 것이다.

043
스트레스가 말끔히 사라진다

❋

『금강경』을 알면 우선 마음이 편안해진다. 마음속에 갈등이 생겨 스트레스가 쌓일 때마다 조용히 『금강경』을 눈으로 보거나 귀로 듣는다. 이와 함께 석가모니 부처님을 생각한다. 왕자의 지위도, 복된 가정생활도 과감히 떨쳐버리고 해탈과 열반의 길을 찾아 고행에 나선 부처님의 행로를 계속 명상한다. 그러면 마음이 한결 가벼워져서 평화를 얻게 된다.

본래 뜨거운 감자를 손에 쥐고 있으면 이래저래 힘들게 마련이다. 이 감자를 어떻게 먹을 것인가 생각하면 머릿속은 더욱 복잡해진다. 손은 화끈화끈하고 살갗이 익어 벗겨질 것 같은데, 그렇다고 얼른 먹어치울 수도 없다. 잘못했다간 입술과 잇몸을 델 것 같기 때문이다. 들고 있어야 하나, 먹어야 하나…… 그래서 갈등과 번뇌가 일어난다.

사실은 인간사가 다 그렇다. 그까짓 감자 한 알 탁 놓아버리면 그만인 것을, 별것도 아닌 그것을 쥐고 있으려니까 복잡한 상념들이 실타래 꼬이듯 엉켜든다. 그럴 때에는 그 감자를 손에서 미련 없이 놓아버리는 것이 훨씬 편하다.

그런 갈등과 번뇌가 일어날 때 먼저 『금강경』의 제목만이라도 계속 암송하면 놀라운 변화를 체험할 수 있다. 헛된 욕망에 짓눌렸던 마음이 훨씬 가벼워지면서 스트레스가 말끔히 사라지는 것이다.

만약 『금강경』을 써넣은 액자나 병풍이 있다면 그걸 바라보기만 해도 신묘한 효험이 있다. 『금강경』을 아로새긴 자수나 판각을 바라보는 것도 좋다. 물론 청자 항아리나 백자 항아리 같은 도자기에 상감으로 『금강경』이 들어가 있다면 그걸 바라보는 것도 괜찮다. 이때 테이프나 시디로 독경을 들을 수 있다면 더 바랄 나위가 없다.

스트레스가 켜켜이 쌓인 상태에서 성공을 꿈꾼다는 것은 언어도단이다. 그런 스트레스가 쌓이면 일은 점점 더 꼬일 따름이다. 하지만 『금강경』이 있는 곳에 스트레스 따위는 발붙일 틈이 없다. 우울증이니 뭐니 하는 것도 사실은 별것 아니다. 『금강경』을 수지하면 그런 '현대병'도 한순간에 날아간다.

달밤에 체조한다는 말이 있다. 조금만 부지런하면 얼마든지 건강 관리를 할 수 있으련만 굳이 달밤에 나가 체조할 게 뭐람. 그까짓 감자 한 알, 먹을까 말까 전전긍긍하다가 결정적 낭패를 볼 수 있다. 장고 끝에 악수 둔다는 것은 그런 경우를 두고 하는 말이다.

우리는 평소 금강석을 세공하듯 『금강경』 수련으로 열심히 내공을 쌓아 그런 어리석음을 거뜬히 뛰어넘을 수 있다. 직접 『금강경』을 수련해보면 그 효험을 즉각 알게 된다. 단언컨대 『금강경』으로 무장한 청정한 정신이라면 어떤 스트레스와 우울증도 얼마든지 녹여낼 수 있을 것이다.

044
몸에 새로운 활력이 넘친다

✳

일체유심조(一切唯心造)라 했다. '모든 것은 오로지 마음이 지어낸다'는 뜻이다. 사실 마음이 괴롭고 부산하면 머릿속이 복잡해지는 것은 물론 몸까지 힘들고 무거워진다. 암 따위의 속병이 왜 생기는가. 속을 많이 썩으면 그런 몹쓸 병이 찾아들게 마련이다. 의학적으로 여러 연구결과가 나와 있다시피 스트레스가 악성 질병의 주범인 것이다.

더군다나 극심한 스트레스를 받으면 어떤 약발도 잘 먹히지 않는다. 두 마리의 모르모트를 놓고 실험한 결과가 있다. 한 마리에게는 정상적인 조건을 부여하고, 다른 한 마리에게는 몹시 괴롭혀서 스트레스를 많이 받게 한 뒤 약물을 투여하였다. 아니나 다를까, 스트레스 없는 모르모트에게는 즉각 약효가 나타난 반면, 스트레스를 많이 받은 모르모트에게서는 도리어 부작용이 나타났다고 한다.

사람도 예외가 아니다. 고생을 많이 한, 그래서 스트레스를 많이 받은 사람은 표정이 어둡고 나이에 비해 훨씬 늙어 보인다. 그 반면, 즐겁게 사는 사람은 상대적으로 스트레스가 적어 표정이 밝고 나이보다 훨씬 젊어 보인다.

그런데 사실은 고생도 고생 나름이다. 희망찬 미래를 내다보며

고생을 달게 받아들이는 사람이 있는가 하면 사소한 고생 앞에서도 신세한탄이나 하며 죽지 못해 근근이 견디는 사람도 있다. 전자의 경우 스트레스가 적은 반면, 후자의 경우에는 스트레스가 더 쌓일 수밖에 없다. 스트레스는 만병의 근원이다. 『금강경』 수련은 스트레스 해소에 특별한 효과가 있고, 더 나아가 심신을 더욱 강건하게 다져준다.

물론 건강을 돌보기 위해서는 일정한 운동이 필수적이다. 하지만 그 밑변을 받쳐줘야 할 결정적 요소는 정신건강이다. 조기퇴직, 명예퇴직이라는 이름으로 어느 날 갑자기 직장에서 물러난 사람들이 젊은 나이에 왜 퍽퍽 쓰러지는가. 가족들에 대한 걱정, 희망이 보이지 않는 미래에 대한 걱정 등 극심한 스트레스로 정신건강이 허물어졌기 때문이다.

먼저 마음이 편해야 육신에도 고장이 생기지 않는다. 만약 뭔가 일이 잘 풀리지 않을 경우 『금강경』의 한 대목만이라도 열심히 독송하면 이런저런 스트레스가 씻은 듯이 해소되면서 몸에 새로운 활력이 넘친다.

아주 상식적인 말이지만, 건강은 건강할 때 돌보아야 한다. 건강하지 않은 사람이 어찌 성공을 향해 매진할 수 있을 것인가. 돈을 잃으면 조금 잃는 것이고, 친구를 잃으면 많이 잃는 것이고, 건강을 잃으면 모두를 잃게 되는 것이다. 그런 점에서 『금강경』은 금강석 같은 건강을 지켜주는 묘약이라 말할 수 있고, 당신은 『금강경』 수련을 통해 그 신비를 직접 체험할 수 있을 것이다.

045
빈손으로 왔다
빈손으로 간다

✳

공수래공수거(空手來空手去)란 '빈손으로 왔다가 빈손으로 간다' 는 뜻이다. 그렇다고 가만히 앉아서 빈손으로 갈 '그날' 만을 기다리고 있으라는 뜻은 아니다. 이 말에는 과도하게 욕심 부리지 말고 인생을 겸허하게 살라는 뜻이 깃들어 있다.

그런 점에서 『금강경』의 가르침은 우리에게 더욱 소중하다. 『금강경』 32분 중 여덟 번째 문단인 '8. 의법출생분(依法出生分, 부처와 깨달음의 어머니, 금강경)'을 통해 우리는 『금강경』이 얼마나 중요한 경전인지 재확인할 수 있다.

……수보리 어의운하 약인 만삼천대천세계칠보(須菩提 於意云何 若人 滿三千大千世界七寶)……(중략)……소득복덕영위다부(所得福德寧爲多不)……

— "수보리여! 그대 생각은 어떠한가. 어떤 사람이 삼천대천세계에 칠보를 가득 채워 보시한다면 이 사람의 복덕이 진정 많겠는가."

……심다세존(甚多世尊)……(중략)……시고여래설복덕다(是故如來說福德多)……

— "매우 많습니다, 세존이시여! 왜냐하면 이 복덕은 바로 복덕의

본질이 아닌 까닭에 여래께서는 복덕이 많다고 하셨기 때문입니다."

……약부유인 어차경중(若復有人 於此經中)……(중략)……소위불법
자 즉비불법(所謂佛法者 卽非佛法)……

— "다시 어떤 사람이 이 경의 사구게(四句偈)만이라도 받고 지니
고 다른 사람을 위해 설해 준다고 하자. 그러면 이 복이 저 복보다
더 뛰어나다. 수보리여! 왜냐하면 모든 부처님과 모든 부처님의 가
장 높고 바른 깨달음의 법은 다 이 경에서 나왔기 때문이다. 수보
리여! 부처의 가르침이라고 말하는 것은 부처의 가르침이 아니다."

사구게란 사구(四句)로 되어 있는 게송(偈頌)을 말한다. 예컨대 '5.
여리실견분(如理實見分, 여래의 참모습)'에 나오는 '범소유상 개시허망
약견제상비상 즉견여래(凡所有相 皆是虛妄 若見諸相非相 則見如來)'가
여기에 해당된다.

이렇듯 부처님께서는 사구게만이라도 받고 지니고 다른 사람을
위해 설해주는 것이 어떤 복보다도 뛰어나다고 설하면서 부처님의
가장 높고 바른 깨달음의 법은 다 이 경전에서 나왔기 때문이라고
밝혔다. 따라서 이 『금강경』을 '부처와 깨달음의 어머니'라고 하는
것이다.

그렇다면 왜 '부처의 가르침이라고 말하는 것은 부처의 가르침이
아니다'라고 했을까. 무위법으로 보면, 부처님의 가르침도 언어 또
는 문자로 된 가르침일 뿐 그 자체로서 가르침의 본질은 아니라는
뜻이다. 그러니까 달리 말하자면 설법과 경전은 달을 가리키는 손
가락일 뿐 달 그 자체는 아니라는 뜻이다.

우리는 무슨 일을 하든 비본질이 아닌 본질을 꿰뚫어야 한다. 그

렇지 않고서는 헛다리만 짚을 수밖에 없다. 아침부터 저녁까지, 저녁에서 다시 아침까지 본질을 꿰뚫으면서 뚜렷한 목표를 향해 매진하면 반드시 성공하게 된다. 공수래공수거를 가슴 속에 새기며 겸허한 마음으로 정진하면 무엇이든 못 이룰 것이 없다.

046
의리에 죽고 의리에 산다

✳

　P그룹은 1970년대 초까지만 해도 중견기업 수준에 지나지 않았다. 본래 P화학을 모체로 시작한 이 회사는 사업 다각화를 통해 현재 식품·제약·건설·의류·가정용품 등 여러 분야로 진출해 깃발을 날리고 있다.

　하지만 이 기업이 이렇게 대재벌로 성장하기까지에는 피눈물 나는 시련기가 있었다. 그 시련은 1972년 봄 이 기업의 창업주인 Q사장이 무리하게 사업을 확장하면서 비롯되었다. 그는 부사장·전무·상무 등 중역들의 완강한 반대를 무릅쓰고 안양공장을 증설했다. 이와 함께 그는 프랑스에서 최신식 기계까지 도입했다.

　아니나 다를까, Q사장은 급기야 자금난에 봉착했다. 은행에서 대출 가능한 최대금액까지 융자를 받았지만, 그것만으로는 도저히 자금난을 감당할 수가 없었다. 그는 사채업자들의 고리대금까지 끌어들이지 않으면 안 되었다. 그때 원리금이 눈뭉치처럼 불어나는 것을 보면서 부사장·전무·상무 등은 자기들 살아날 궁리에 급급했다.

　그들은 회사가 곧 망할 것으로 보고 다른 데 일자리를 알아보기에 바빴다. 사실 사채업자들 사이에서도 P화학 부도설이 나돌기 시작했다. 사정이 이렇다 보니 Q사장은 더 이상 자금을 조달할 길이 없었다. 집을 팔아서 회사에 집어넣었지만 그건 언 발에 오줌 누기나 다를 바 없었다.

본래 황해도 출신으로 1·4후퇴 때 단신 월남하여 자수성가한 Q사장은 존망의 기로에 서 있었다. 그때 안양공장 경비반장으로 있던 S가 사장실로 찾아와 돈뭉치를 내놓았다. Q사장이 그에게 물었다.

"이게 뭔가."

"돈입니다. 회사 자금사정이 어렵다는 것을 잘 알고 있습니다. 얼마 되지는 않지만 보태 쓰십시오."

"당신이 어디에서 이런 돈을 마련했단 말인가."

"저희 집을 은행에 담보로 주고 대출을 받았습니다."

그 말에 Q사장은 감동의 차원을 넘어 감루를 머금지 않을 수 없었다. 명색 본사 임원이라는 사람들은 자기들만 살아보겠다고 발버둥 치는 이 마당에 본사도 아닌 공장의 일개 경비반장이 대출까지 받아오다니 감격하고도 남을 일이었다.

물론 그 돈만으로는 태부족이었다. 하지만 S반장의 의리와 애사심에 감복한 Q사장은 심기일전하여 목숨 걸고 위기극복에 주력했다. 그런데 그해 여름 정부가 전격적으로 사채동결 조치를 발표했고, P화학은 부도 직전까지 내몰렸다가 극적으로 기사회생할 수 있었다.

사채업자들이야 난데없는 된서리를 맞았지만, P화학은 정부의 사채동결 조치로 일단 큰 위기를 벗어났다. 그와 동시에 프랑스에서 도입한 기계가 국내 최고의 신제품을 쏟아내면서 P화학은 하루가 다르게 새로운 역사를 써내려갔다.

얼마 후 부채를 모두 청산한 Q사장은 위기 앞에서 벌벌 떨던 임원들을 모조리 추방하는 대신 안양공장의 경비반장 S를 부사장으로 발탁했다. 경비반장에서 일약 부사장으로……. S는 회사 안팎에 신화를 남겼고, 그 후 P화학이 그룹체제로 발전하게 되자 Q사장은 그룹 총수인 회장으로, S부사장은 그 후임 사장으로 올라서서 P그룹을 이끌었다.

어느덧 Q회장은 고인이 됐고, S사장은 현직에서 은퇴했다. 하지만 P그룹은 국내 굴지의 재벌로 성장하여 금강석으로 다져진 탄탄대로를 달리고 있다.

047
진짜 고수는 스스로를
고수라 말하지 않는다

✳

세상에는 별 희한한 사람들이 다 있다. 벼슬이 높다고 뻐기고, 돈 좀 벌었다고 목에 힘주는 사람들을 보면 참으로 가소롭기 짝이 없다. 벼슬이 높아지면 높아질수록, 재물을 많이 만지면 많이 만질수록 더욱 겸손해져야 하건만 그 알량한 벼슬과 재물을 내세워 까불대는 것이다.

……수보리 어의운하(須菩提 於意云何)……(중략)……아득아라한도 부(我得阿羅漢道不)……

— "수보리여, 그대 생각은 어떠한가. 아라한이 '나는 아라한의 경지를 얻었다'고 생각하겠는가."

……불야세존(不也世尊)……(중략)……이명수보리 시요아란나행(而 名須菩提 是樂阿蘭那行)……

— "아닙니다, 세존이시여! 왜냐하면 실제 아라한이라 할 만한 법이 없기 때문입니다. 세존이시여! 아라한이 '나는 아라한의 경지를 얻었다'고 생각한다면 자아·개아·중생·영혼에 집착하는 것입니다. 세존이시여! 저를 다툼 없는 삼매를 얻은 사람 가운데 제일이고 욕망을 여읜 제일가는 사람이라고 말씀하셨습니다. 저는 '나는 욕망

을 여읜 아라한이다' 라고 생각하지 않습니다. 세존이시여! 제가 '나는 아라한의 경지를 얻었다' 고 생각한다면 세존께서는 '수보리는 적정행(寂靜行)을 즐기는 사람이다. 수보리는 실로 적정행을 한 적이 없으므로 수보리는 적정행을 즐긴다고 말한다' 라고 설하지 않으셨을 것입니다.”

『금강경』 32분 중 아홉 번째 문단인 '9. 일상무상분(一相無相分, 관념과 그 관념의 부정)' 의 끝부분이다. 인간은 누구나 주관적으로 살게 마련이지만, 어느 누구라도 자기중심적 주관이 진리라고 단정 지을 수는 없다.

수보리 존자는 이미 높은 경지에 올라 있었다. 따라서 부처님께서는 수보리 존자에게 '다툼 없는 삼매를 얻은 사람 가운데 제일이고 욕망을 여읜 제일가는 사람' 이라고 설했다. 하지만 수보리 존자는 정작 주관을 철저히 경계하면서 자신은 아라한이라 생각하지 않는다고 몸을 낮췄다.

여기에서 보듯 본래 진짜 고수는 스스로를 고수라 말하지 않는다. 그러므로 더 위대해진다. 하잘것없는 감투와 재물을 내세워 고수랍시고 뻐기는 것은 졸장부나 할 짓이고, 그런 사람들에게는 내리막길 곤두박질이 있을 뿐이다. 하지만 스스로를 고수라고 말하지 않는 진짜 고수는 '금강' 같은 '반야' 로 '바라밀' 을 향해 계속 뻗어나갈 것이다.

048 일신의 영달은 성공이 아니다

*

　우리나라의 경우 정권이 바뀔 때마다 이른바 대통령직인수위원회(약칭 인수위)라는 기구가 구성돼 임기 끝나가는 정부와 새로 출범하는 정부 사이의 가교 역할을 담당했다. 이때 인수위는 정부 고위 공무원을 불러 그동안 정부가 추진해온 업무를 파악하고 새 정부의 시정방향을 마련했다. 물론 당연한 일이라고 하겠다.

　그런데 이 과정에서 인수위의 오만무례한 행태와 정부 고위 공직자들의 비굴하기 짝이 없는 태도가 우리의 눈살을 찌푸리게 했다. 인수위 관계자들은 마치 수사관이 범법자 심문하듯 기세등등한 가운데 큰소리를 꽝꽝 쳐댔고, 그곳에 불려 나간 정부 고위 공무원들은 무슨 죽을죄라도 지은 듯 쩔쩔매곤 했다. 그 광경이란 차마 눈 뜨고 못 볼 지경이었다.

　언젠가 한번은 인수위가 어느 고위 공무원을 사정없이 질타하자 그 공무원 왈 '공무원은 영혼이 없는 사람들'이라고 답변했다. 애꿎은 공무원을 불러다 흉악범 다루듯 사정없이 닦달질하는 인수위의 가당찮은 작태도 그렇지만 '공무원은 영혼이 없는 사람들'이라는 그 슬픈 자책이야말로 필자가 듣기에는 사뭇 충격적이었다.

　그 공무원의 가족들, 특히 그의 자녀들이 그 말을 들었을 때 그

아버지를 어떻게 생각했을까. 또한 그의 선후배 또는 동료 공무원들의 비애는 어떠했을까. 그렇다면 그는 정녕 영혼이 없는, 넋 빠진, 껍데기에 지나지 않는 육신의 허깨비였단 말인가. 영혼도 없는 그런 사람이 어떻게 고위 공직에 올라 정부의 주요업무를 담당했단 말인가. 그 당시 필자는 대서특필된 언론보도를 접하면서 우리 사회의 현주소를 보는 것 같아 참으로 섬뜩함을 느꼈다.

단언컨대 어찌 영혼 없는 사람이 존재할 수 있겠는가. 그 공무원 역시 살아 있는 인간인 이상 영혼을 가진 것은 당연하다. 다만 인수위가 중죄인 다루듯 워낙 호통을 치니까 궁여지책으로, 아니면 얼떨결에 우발적으로 그렇게 진술했을 수도 있다. 하지만 그 답변의 속내랄까, 진실을 잘 분석해보면 '공무원들은 영혼과는 관계없이 위에서 시키는 대로만 한다' 는 의미가 담겨 있다.

그렇다면 영혼을 어디엔가 맡겨놓거나 누군가에게 저당 잡힌 채 위에서 시키는 대로, 그러니까 자신의 의사와는 무관하게 기계적으로만 움직였다는 뜻이 된다. 그것도 아니라면 애오라지 '윗사람에게만 충성하는 잘못된 영혼' 을 가지고 살아간다는 뜻일 수도 있다. 얼마나 딱한 일인가. 뚜렷한 주관도 없이, 이렇다 할 소신도 없이 위에서 시키는 일만 기계적으로 고분고분했다는 그 행위 자체가 형편없이 치졸하고 비열하게 느껴지는 것이다.

그런 공무원들은 생래적으로 간에 붙었다 쓸개에 붙었다 기회주의자로 전락할 수밖에 없다. 정권이 바뀐 뒤에는 지난 정부에서 충성한 '과오 아닌 과오' 를 탕감 받고 새 정부에서 더 높은 평점을 받아 살아남기 위해 목숨 바쳐 박박 기며 발버둥 칠 것은 물어볼 나위조차 없다. 동서고금의 역사가 말해주듯 출세지향주의의 그런 공무원에게는 국민 따위야 안중에 있을 리 만무하다. 그런 사람은 오로지 일신의 영달만을 위해 수단과 방법을 가리지 않을 뿐이다.

　일신의 영달이 성공인가. 아니다. 영혼도 없이 차디찬 기계처럼 움직이는 가운데 권력에 빌붙어 아첨과 아부로 고위직에 올라갔다 한들 무슨 의미가 있을 것인가. 당사자는 잠시 등 따시고 배불러 만족할지 모르지만 남들이 우러러보기는커녕 여기저기서 비웃고 손가락질한다는 사실을 알아야 한다. 따라서 그것은 절대로 성공일 수가 없다.

049
그 영혼에 불을 밝혀라

✳

그렇다면 인수위 쪽에 속한 몇몇 관계자들은 또 어떠했던가. 그처럼 솔직하고 눈물겨운 답변이라도 할 수 있었던 공무원은 그런대로 순박하다 치고, 인수위의 몇몇 관계자들은 더 가관이었다. 전부 그런 것은 아니지만, 그들 가운데 몇몇은 점령군이 패잔병 소탕하듯 끝나가는 정권의 공직자들을 무자비하게 궁지로 몰아붙였다.

사실 그들의 영혼이야말로 더욱 심각한 중병에 걸려 있었다. 제아무리 권력이 막강하다 한들 상대적으로 약자인 공무원의 입에서 그런 슬픈 고백이 나와야 할 정도로 인정사정 볼 것 없이 마구 '잡아 족쳐서' 뭘 어쩌겠다는 것인가.

권력의 농단이 성공인가. 절대로 아니다. 인수위에서 쩔쩔매는 공직자에게는 차라리 동정심이라도 생기지만, 권력의 칼을 함부로 휘둘러대는 몇몇 덜떨어진 인수위 관계자들은 도리어 국민들의 노여움과 빈축만 증폭시켰을 따름이다. 따라서 그들이야말로 영혼이 없다는 공무원들보다 더 가련한 것이다.

사실 인수위 관계자나 문제의 공무원뿐만 아니라 우리 사회에는 영혼을 잃어버린 사람들이 너무 많다. 자기 자신이 어떤 존재인지도 모르면서 너도나도 권력과 재물과 명예만을 추구하는 경향이 보편화되어 있다. 실로 안타까운 현상이 아닐 수 없다.

차제에 분명히 말하겠다. 잠시 누렸던 사이비 권력 앞에 무참한 추락이 있다. 잠시 움켜쥐었던 사이비 재물 앞에 처참한 몰락이 있다. 잠시 얻었던 사이비 명예 앞에 쓰라린 타락이 있다. 병든 영혼에게 부귀영화가 무슨 소용이랴. 인생이란 어차피 남가일몽(南柯一夢)이라 하지 않았던가. 참다운 성공이란 건강한 영혼 위에서만 튼튼한 생명력을 가질 수 있는 것이다.

결론적으로 말하자면, 영혼이 건강한 사람은 인생의 진리를 알고 우주만물의 이치를 아는지라 권력이든 재물이든 명예든 그런 것을 많이 가지면 가질수록 거기에 비례하여 더욱 겸손해진다. 그리고 약자에게 권력을, 재물을, 인정을, 사랑을 나누고 베풀 줄 안다. 그래야만 그 성공이 오래오래 지속될 수 있는 것이다.

그런 점에서 『금강경』의 가르침은 아무리 강조해도 지나침이 없다. 『금강경』은 우리의 영혼을 맑게 씻어주는 청량제이자 특효약이다. 이처럼 값진 『금강경』을 단순히 불교도들이나 달달 외우는 경전으로 오인한다면 그것이야말로 근시안적 단견이 아닐 수 없다. 바로 이 경전에 헤아릴 수 없는 성공비결과 지혜가 담겨 있고, 그 지혜를 '내 것'으로 만들 수만 있다면 당신은 분명 큰 성공을 거둘 수 있다.

모름지기 『금강경』은 우리의 영혼을 밝혀주는 등불과 같다. 사이비 성공이 아닌, '짝퉁 성공'이 아닌, 만인으로부터 존경받는 금강석 같은 '명품성공'을 기약코자 하면 먼저 그 영혼에 불을 밝혀라.

050
몸에 맞는 옷을 입어라

　우리 주위에는 내실보다 외형을 더 중시하는 사람들이 있다. 따라서 외화내빈(外華內貧) 현상이 도처에 널려 있다. 정부만 해도 그렇다. 나라 빚이 날로 늘어나고 있지만 이에 대한 적절한 처방을 내놓기는커녕 방만한 사업 확장으로 재정적자를 키운다.

　공기업에 개혁해야 할 과제가 많다는 것은 삼척동자도 다 아는 사실이다. 하지만 어떤 정권도 손을 대지 못했다. 교육도 예외가 아니다. 공교육보다 사교육이 더 큰 비중을 차지함으로써 학부모들은 모두 허리가 휠 지경이다.

　기업은 기업대로 외형 키우기에만 급급하다. 외상이라면 소도 잡아먹는다는 말이 무색할 정도로 부채를 늘리면서까지 덩치를 키운다. 그러다가 금리라도 인상되면 죽겠다고 아우성을 친다.

　사회 전체가 이렇듯 외형 중심으로 돌아가다 보니 개인도 이런 분위기에 휩쓸려 겉모양, 겉치장에 더 신경을 쓴다. 예컨대 월셋방에 살면서 고급 승용차를 타고 다닌다거나 빚을 내서 해외여행에 나서는 사례가 흔하다.

　……수보리　어의운하(須菩提　於意云何)……(중략)……보살　장엄불

토부(菩薩 莊嚴佛土不)……

— "수보리여, 그대 생각은 어떠한가. 보살이 불국토를 아름답게 꾸미는가."

……불야세존(不也世尊)……(중략)……즉비장엄 시명장엄(則非莊嚴 是名莊嚴)……

— "아닙니다, 세존이시여! 왜냐하면 불국토를 아름답게 꾸민다는 것은 아름답게 꾸미는 것이 아니므로 아름답게 꾸민다고 말하기 때문입니다."

『금강경』 32분 중 열 번째 문단인 '10. 장엄정토분(莊嚴淨土分, 불국토의 장엄)'의 한 대목이다.

불국토는 '부처님이 계시는 국토 또는 부처님이 교화하는 국토'를 말한다. 이런 불국토는 꾸민다고 해서 꾸며지는 것이 아니다. 중생의 기준으로는 아름다운 것도, 무위법으로 볼 때에는 아름다운 것은 아름다운 것이 아니므로 아름답다고 하는 것이다.

따라서 성공의 요건은 외형보다 본질, 즉 그 내용이라고 말할 수 있다. 몸에 맞는 옷을 입어야 한다. 외화내빈이 아닌, 비록 외형은 보잘것없어도 내용이 탄탄해야 '바라밀'에 이르는 완전무결한 성공을 거둘 수 있다.

051
새우가 고래를 먹는다

R건설은 굴지의 종합건설회사로 경쟁력이 높다. 전통적으로 경영의 내실을 다져왔기 때문이다. 이 회사의 H회장은 본래 영세한 단종 방수업자 출신이다. 그는 큰 업체의 하도급을 받아 방수공사를 하다가 지금은 내로라하는 R건설의 총수가 되었다.

사실 하도급 업자 시절 그는 이만저만 설움을 받은 것이 아니었다. 하지만 그는 어떤 경우에라도 꿋꿋이 참고 버티면서 성실하게 일했다. 그의 기술과 명성이 건설업계로 번져 나갈 무렵, 그는 다 쓰러져서 껍데기뿐인, 그리하여 아무도 쳐다보지 않는 어느 소규모 종합건설 업체를 헐값에 인수했다. 말하자면 그 종합건설회사의 사업자등록만 사들인 셈이었다.

이를 계기로 그는 종래의 단종 방수업자에서 일약 종합건설의 사장이 되었다. 하지만 H사장의 그 종합건설은 무늬만 종합건설일 뿐 공사다운 공사를 수주할 수가 없었다. 자본도, 기술도, 인력도, 도급실적도 없기 때문이었다. 그는 이렇듯 열악한 조건 속에서 여기저기 하도급을 받아 서서히 회사를 키워 나갔다.

그에게는 가장 믿음직한 동지가 있었다. 건축 기술자인 W소장이었다. 원가절감의 귀재인 그는 함바에서 아침과 점심과 저녁 식사를 마치면 반드시 자전거를 타고 현장을 한 바퀴씩 돌았다. 그의 자전거에는 나일론 끈으로 묶어 늘어뜨린 큼지막한 자석이 매달려 있었고, 현장을 한 바퀴 돌고 나면 그 자석에는 여기저기 떨어져 나뒹굴던 못이 주렁주렁 달라붙어 있었다.

W소장은 어쩌면 땅에 묻히거나 다른 폐기물과 함께 쓸려 나갈 수 있는 못 한 개라도 살려내기 위해 그런 노력을 기울였다. 따라서 그가 근무하는 현장에서는 목재 한 뼘, 철근 한 동가리, 시멘트 한 줌이라도 허투루 새나가는 법이 없었다. W소장이 그렇게 알뜰하게 공사를 진행하다 보니 일용직 근로자들까지 모든 자재를 소중히 다루었다.

방수업자 시절부터 현장에서 열정을 다 바치며 살아온 H사장은 그런 W소장과 손발이 잘 맞았다. 그들이 약 십 년 동안 호흡을 맞추는 사이 회사는 단단하게 성장했다. 그때 원청업체인 R건설이 경영난에 빠져 휘청휘청 흔들리기 시작했다. H사장의 영세한 회사가 부쩍부쩍 성장하는 동안 R건설은 내리막길을 걷고 있었던 것이다.

그러던 어느 날 R건설에서 H사장에게 구원을 요청해왔다. 그동안 자본금을 꽤 축적해놓았던 H회장은 흔쾌히 R건설의 주식 상당 부분을 인수하면서 부회장으로 취임했다. 그 후 이런저런 우여곡절을 거쳐 H부회장은 R건설의 주식 대부분을 더 인수하여 명실상부한 지배주주가 되었다. 말하자면 새우가 고래를 집어삼킨 형국이었다.

그 직후 그는 자신이 이끌어오던 하청 전문 종합건설을 R건설과 합병했다. 이를 계기로 R건설은 새로운 전환점을 맞게 되었고, 한때 극심한 경영난에 휘둘렸던 R건설은 H회장 취임 이후 욱일승천의 기세로 쭉쭉 도약했다. 특히 H회장 특유의 원가절감 노력과 맞물려 경쟁력이 부쩍 치솟았기 때문이었다. R건설은 어떤 공사든 입찰에 참여했다 하면 거의 모두 낙찰을 받아냈다.

단단한 땅에 물이 고이듯 금강석처럼 탄탄한 H회장은 몸에 밴 근검절약을 바탕으로 마침내 R건설을 견고한 반석 위에 올려놓았다. 그는 번영의 일등공신이라 할 W소장을 중역으로 발탁하여 그와 머리를 맞대고 R건설을 멋지게 이끌어 나가고 있다.

052
굴보다 호랑이가
더 크면 어찌 되나

✳

집채 같은 파도에도 배가 뒤집히지 않는 것은 균형을 잡고 있기 때문이다. 배는 기우뚱기우뚱 뒤집힐 듯 말듯 자맥질을 하면서도 뒤집히지 않는다. 배는 복원력으로 균형을 되찾아 거친 파도를 헤치며 앞으로 나아간다.

항공모함과 유조선과 컨테이너선 같은 거함은 말할 것도 없지만 작은 조각배라 하더라도 반드시 그 나름의 균형과 복원력이 있다. 물론 파도에 요동치는 정도의 차이가 있을 뿐이다. 거대한 선박은 파도에 견디는 힘이 강하지만 소형 선박은 그만큼 위험성이 높다. 그럼에도 불구하고 선박의 크기에 관계없이 배가 균형을 잃었을 때에는 전복될 수밖에 없는 것이다.

세상 이치가 다 그렇다. 균형이 잘 맞아야 한다. 배보다 배꼽이 더 크면 기형이라고 말할 수밖에 없다. 그건 굴보다 호랑이가 더 큰 형국이라고 말할 수 있다. 그럴 경우 호랑이는 평생 그 굴에 들어갈 수가 없다. 따라서 호랑이는 자기 몸집을 들이밀 수 있는 더 큰 굴을 찾아나서야 한다.

식사할 때 밥보다 고추장이 많으면 어떻게 될까. 그건 불균형도 이만저만한 불균형이 아니다. 만약 밥보다 더 많은 고추장을 넣어

비빔밥을 만들게 되면 밥도 버리고 고추장도 버린다. 말하자면 돌이킬 수 없는 낭패를 보는 셈이다.

국가 경영, 회사 경영, 부서 운영 등에서 균형감각을 가져야 금강석 같은 성공을 획득할 수 있다. 인사·예산·연구·생산·영업·교육·홍보 등 모든 것을 총괄적으로 널리, 멀리, 깊게 살펴보아야 한다. 가정생활에서도 균형이 있어야 한다. 가족 상호 간의 사랑과 협조가 잘 조화를 이룰 때 그 가정은 잘 굴러가게 되어 있다.

그런데 유감스럽게도 우리 사회에는 균형감각을 잃은 사람들이 적지 않다. 그들은 전체를 보지 못하고 일부에 집착하는 경향이 있다. 말하자면 외눈박이 시각으로 현상을 보기 때문에 균형을 잃는다. 그럴 경우 나무를 보고서도 숲을 보지 못하거나, 숲을 보고서도 나무를 보지 못하게 된다.

하지만 『금강경』을 수지하면 그런 실책이 나오지 않는다. 『금강경』은 옳고 그름, 해야 할 일과 하지 말아야 할 일 등등 우리의 깊은 성찰에 항상 신선한 기름을 부어주기 때문이다.

053
복덕은 멀리
있는 것이 아니다

✽

　권력과 재물과 명예를 찾아 헐레벌떡 좇아다니는 사람들이 있다. 오죽하면 정승 집 개 죽은 데는 가도 정승 죽은 데는 안 간다는 말이 있다. 그런 사람들은 소위 끗발 있는 누군가에게 줄을 대기 위해 안간힘을 쓴다. 이른바 힘 있는 사람에게 빌붙어서 손쉽게 모종의 특혜를 받아보려는 것이다.

　하지만 그건 도리어 복을 내쫓는 행위가 아닐 수 없다. 그렇게 편법으로 뭔가를 도모했다 한들 그 결과가 좋을 리 없기 때문이다. 특권과 반칙은 어떤 경우에라도 결코 정의일 수 없고, 따라서 우리가 반드시 뿌리 뽑아야 할 병폐라 하겠다.

　두말할 나위도 없이 변칙은 필연적으로 부작용을 낳게 되어 있다. 그리고 그 부작용이 곪아 터졌을 때에는 걷잡을 수 없는 불행과 재앙을 불러온다. 그렇게 될 경우 불행과 재앙의 분량을 가늠하기 어렵다.

　따라서 우리는 항상 원칙을 지키며 올곧게 정도를 걸어야 한다. 그러면 복이 저절로 굴러들어오게 되고, 그 복은 금강석처럼 단단하고 고귀해서 쉽게 허물어지지 않을 뿐만 아니라 높은 가치를 지니게 되는 것이다.

……약선남자선여인(若善男子善女人)……(중략)……이차복덕 승전 복덕(而此福德 勝前福德)……

─ "선남자 선여인이 이 경의 사구게만이라도 받고 지니고 다른 사람을 위하여 설해준다면 이 복이 저 복보다 더 뛰어나다."

『금강경』 열한 번째 문단인 '11. 무위복승분(無爲福勝分, 무위법의 뛰어난 복덕)'의 끝부분이다.

부처님께서는 '8. 의법출생분(依法出生分, 부처와 깨달음의 어머니, 금강경)'에서 이미 『금강경』의 사구게만이라도 수지하여 다른 사람에게 설해준다면 어떤 복보다도 뛰어나다고 강조한 바 있다. 거기에서는 부처님과 모든 깨달음의 법이 이 경에서 나왔음을 밝힌 반면, 여기 이 대목에서는 무위법의 뛰어난 복덕에 무게중심이 실려 있다.

굳이 복덕을 좇아 이리저리 헐레벌떡 뛰어다닐 일이 아니다. 그럴 시간과 정력이 있다면 차라리 그 시간에 『금강경』을 한 번 더 공부하는 편이 훨씬 더 낫다. 복덕은 멀리 있는 것이 아니라 바로 이 책을 손에 쥔 당신 곁에 있다.

054
사람 위에 사람 없고,
사람 밑에 사람 없다

✳

　권력을 싫어할 사람은 거의 없다. 그렇다고 인간 모두가 권력 그 자체를 최고의 가치로 여기는 것은 아니다. 도리어 권력을 혐오하는 사람도 적지 않다. 권력이 잘못 나가면 잘못 나갈수록, 까불면 까불수록 권력에 대한 불신과 냉소는 더욱 증폭되게 마련이다.

　인격적으로 결함이 많은 사람일수록 그 평범한 이치를 잘 모른다. 따라서 그런 사람일수록 자기가 최고랍시고 우쭐대는 가운데 국민 위에 군림하려 든다. 권력이라는 완장을 차고 거들먹거리는 함량미달의 허깨비들을 볼라치면 울컥 구역질이 치받친다.

　'화무십일홍(花無十日紅)'이요 '권불십년(權不十年)'이라 했다. 한 번 핀 꽃은 언젠가는 반드시 지게 되어 있다. 권력도 이와 같다. 한 번 틀어쥔 권력이라고 해서 영원무궁토록 보장되는 것이 아니다. 언젠가는 그 자리에서 내려와야 하고, 그 평가는 죽은 뒤까지 두고 두고 이어진다.

　진시황이 죽었고, 네로 황제도 죽었다. 광개토대왕이 훙서했고, 세종대왕도 승하했다. 조지 워싱턴 대통령과 이승만 대통령도 서거했다. 모든 사람이 그렇듯 동서고금의 제왕과 대통령 등 최고 권좌에 있던 인물들도 죽음 앞에서는 예외가 없었다.

특히 권좌에 앉아 있다가 성난 민심의 벼락같은 철퇴를 맞고 나가떨어진 제왕과 대통령도 한둘이 아니었다. 그들은 민심을 능멸하는 동안 스스로 무덤을 판 꼴이었다. 예나 지금이나 오만한 권력일수록 무너질 때 비참하게 무너지는 것이 불변의 천리(天理)이다. 따라서 그들이 한때 최고 권좌에 있었다 한들 그걸 성공이라고 말할 수는 없다.

그 반면, 정작 권좌에 있을 때에는 별로 두드러지지 못했지만 역사에 의해 높이 평가 받는 권력이 있다. 그것은 성공한 권력이다. 만약 현세에서 존경 받고 후세에서도 높이 평가 받는 권력이 있다면 가장 이상적인 최상의 성공이라고 말할 수 있을 것이다.

사람 위에 사람 없고, 사람 밑에 사람 없다. 만인은 평등하다. 따라서 권력은 무엇보다도 민심을 하늘처럼 받들어 잘 섬길 줄 알아야 한다. 권력의 칼을 잘못 휘두르면 언제라도 다치게 되어 있다. 정치하는 사람들, 권력을 가진 사람들이 '금강'과 '반야'와 '바라밀'의 뜻만이라도 제대로 깨달으면 반드시 크게 성공할 수 있을 것이다.

055
메기는 입이 크다

❋

민물고기 가운데 메기는 유난히도 입이 넓적하다. 아마 몸에 비해 메기처럼 입 큰 물고기도 흔치 않을 것이다. 그렇다고 메기가 강물을 다 들이켜는 것은 아니다. 메기는 자기가 필요한 만큼만 물을 마실 따름이다.

우리 사회에는 입을 크게 벌리는 사람들이 수두룩하다. 예컨대 이렇다 할 실력도 없으면서 분수에 넘치는 대우를 기대하는 경우가 그렇다. 인간적으로 설익은, 아직 속이 덜 찬, 그리하여 더 분발해야 할 사람들이 괜히 눈만 높아가지고 높은 자리와 더 많은 품삯을 요구하는 것이다.

가령 악덕 기업주가 근로자에게 인간 대우를 안 해주는 것은 움직일 수 없는 부당행위라 말할 수 있다. 그 반면, 별 실력도 없으면서 턱없이 월등한 대우를 요구하는 것 또한 부당행위일 수밖에 없다.

하기야 우리 사회가 이렇게 된 데에는 여러 가지 복합적인 원인이 있다. 그중에 한 가지 사례만 들자면 신의 직장으로 알려진, 그리하여 철밥통으로 통하는 공공기관 임원들 연봉이 너무 높다. 언론에 보도되는 그들의 어마어마한 몸값은 빈곤층 서민들을 절망케 함으로써 살맛 자체를 사그리 앗아가 버린다.

그들이 잘나면 얼마나 잘났고, 똑똑하면 얼마나 똑똑하기에 그 천문학적 몸값을 매기는지 알 수가 없다. 그들의 몸값은 사회 전반에 거품을 키울 뿐만 아니라 계층 간 위화감 조성은 물론이려니와 서민대중의 분노를 자아내기에 모자람이 없다. 사정이 이렇다 보니 대학을 졸업하고서도 취업하지 못한 이른바 '청년백수'들 입장에서는 천불과 울화증이 치밀 수밖에 없다.

하지만 울화증을 앓는다고 해서 해결될 일은 없다. 만약 울화증을 앓아서 해결될 일이 있다면 얼마든지 앓아야 한다. 하지만 울화증을 앓게 되면 건강만 해칠 뿐 실지로 성사되는 것은 아무것도 없다.

그렇다면 좀 더 슬기롭게 대처할 필요가 있다. 야망의 눈높이를 낮추고 허리띠를 바짝 졸라맨 채 물밑에서 시간을 버는 것도 좋은 방법이다. 예로부터 사실 굶어죽기가 정승 되기보다도 더 어렵다고 했다. 당장은 형편이 어렵더라도 늠연하게 대처하면서 꾸준히 내공을 쌓는 것이다.

사람에게는 반드시 '때'가 있다. 준비한 사람에게는 일생에 걸쳐 최소한 세 번 이상 기회가 온다. 그 기회가 왔을 때 그걸 정확하게 포착하여 실수 없이 '내 것'으로 연결시키면 성공한다. 축구의 예를 들자면, 내 앞으로 공이 날아왔을 때 그 공을 멋지게 골인으로 연결시키면 된다. 하지만 준비되지 않은 사람은 아무리 좋은 어시스트가 이루어져도 골인으로 연결시키기는커녕 헛발질을 할 수밖에 없다.

메기처럼 꼭 필요한 만큼만 물을 마시면서 내 인생의 앞날에 다가올 그 절호의 기회를 기다리는 동안 우리는 열심히 내공을 쌓아야 한다. 그러면 우선 마음이 평화로워지고, 금강석 같은 지혜가 쌓여서 성공에 이르는 길이 보일 것이다.

056
모두가 더불어
다 함께 살아야 한다

✻

우리 주위에 보면 혼자만 고대광실에서 떵떵거리는 사람들이 있다. 그건 진정한 성공이 아니다. 나도 잘살고, 이웃도 잘살고, 겨레도 잘살고, 더 나아가 지구촌 전 인류와 뭇 중생이 다 잘살아야 한다. 최소한 그렇게 되도록 애쓰는 마음가짐과 자세를 가져야 참된 성공이라 말할 수 있다.

『금강경』 '3. 대승정종분(大乘正宗分, 대승의 근본 뜻)'에서 보듯 석가모니 부처님께서는 문자 그대로 대승을 지향했다. 대승이란 뭇 중생을 통째로 완전한 열반에 들게 하는 것이었다. 그러니까 부처님께서는 어느 한 대상만이 아닌 모든 중생을 위해 고행과 교화를 실천하신 것이다.

……부차수보리 수설시경 내지사구게등(復次須菩提 隨說是經 乃至四句偈等)……(중략)……약시경전소재지처 즉위유불약존중제자(若是經典所在之處 則爲有佛若尊重弟子)……

— "또한 수보리여! 이 경의 사구게만이라도 설해지는 곳곳마다 어디든지 모든 세상의 천신·인간·아수라가 마땅히 공양할 부처님의 탑묘(塔廟)임을 알아야 한다. 하물며 이 경 전체를 받고 지니고

읽고 외우는 사람이랴! 수보리여! 이 사람은 가장 높고 가장 경이로운 법을 성취할 것임을 알아야 한다. 이와 같이 경전이 있는 곳은 부처님과 존경받는 제자들이 계시는 곳이다."

『금강경』 32분 중 열두 번째 문단에 해당하는 '12. 존중정교분(尊重正教分, 올바른 가르침의 존중)' 전문이다.

이 설법에 나오는 탑묘란 탑과 묘당(廟堂)을 합친 말인데, 묘당은 성인의 초상이나 좌상을 모신 방으로 사찰의 법당과 같다. 여기에서 보듯 이 『금강경』의 사구게만이라도 설해지는 곳은 부처님의 탑묘임을 알아야 한다 했으니 이 경전이 얼마나 중요한가를 알고도 남는다 하겠다.

특히 부처님께서는 이 대목에서 『금강경』을 수지한 사람은 가장 높고 가장 경이로운 법을 성취한다고 설했다. 그리고 경전이 있는 곳은 부처님과 존경받는 제자들이 계시는 곳이라고 했다.

이를 통해 알 수 있는 것처럼 『금강경』에 심취하면 어느 누구라도 존경받는 경지에 이를 수 있다. 그리고 그런 사람은 반드시 성공하게 마련이다. 그것도 혼자만의 성공이 아니라 모든 중생과 더불어 어깨동무하고 제대로 성공할 수 있다.

이렇듯 부처님께서는 우리 모두 '금강' 같은 '반야'로 '바라밀'에 이르는 성공을 극명하게 제시해주었다. 말하자면 우리의 성공을 위해 부처님께서 몸소 보증을 서준 셈이다. 따라서 우리의 성공은 떼놓은 당상이나 다름없다. 이제 우리에게는 성공을 향해 힘껏 질주하는 일만 남아 있다고 하겠다.

057
콩나물 값 깎지 마라

✳

　종종 방송에 나오는 여성들의 성공담을 듣는다. 신문이나 잡지 또는 단행본 등을 통해 성공수기도 읽는다. 이른바 성공했다고 자부하는 알뜰주부 또는 알뜰여성의 수기들. 그런데 그런 성공담을 듣거나 읽다 보면 거의 대부분 살림에 쪼들려 고생했던 시절의 이야기가 나온다.

　그중에서도 시장 갔을 때 콩나물 값까지 깎았다는 내용이 약방의 감초처럼 빠지지 않고 등장한다. 그만큼 절약했다는 뜻이라는 것을 모르는 바 아니지만, 그럼에도 불구하고 필자의 경우 그런 말에는 얼른 수긍하고 싶지 않다.

　사실은 콩나물을 사기 전에, 그리고 그런 말을 하기 전에 콩나물을 파는 사람 생각도 해야 한다. 콩나물을 팔아서 이익을 얻으면 얼마나 얻겠는가. 설령 콩나물을 시루째 판다 한들 이익이 남으면 얼마나 남겠는가.

　만약 실제 생활이 아닌 상징적인 예를 들었다 하더라도 그건 매우 적절치 못하다. 물건 값을 흥정할 때 깎을 게 따로 있지 콩나물 값을 깎는다는 것은 있을 수 없는 일이다. 그건 아니다. 돈이 없어서 그랬다면 차라리 콩나물을 사지 않는 편이 훨씬 낫다.

이름만 대면 누구나 알 수 있는, 전 국무총리 부인인 T여사가 있다. 그녀는 동네에서 악명이 높다. 평소 최고급 명품 의상을 입고는 외제 승용차 편으로 특급호텔을 자주 출입한다. 그런데 동네 음식점이나 편의점 또는 노점상들에게는 인색하기 짝이 없다.

그뿐이 아니다. T여사는 어쩌다 동네 음식점이나 편의점에 들를 경우 자기가 국무총리라도 되는 듯 그곳 주인이나 종업원들을 업신여기고 하대하는 가운데 오만하게 처신함으로써 인심을 팍 잃었다. 그뿐 아니라 노점상이나 행상 같은 약자들의 물건 값을 사정없이 후려치면서 얼마나 도도하게 구는지 동네 주민들은 혀를 내두르고 있다.

사실 자기가 국무총리라 해도 목에 힘을 주어서는 안 된다. 만약 그녀 자신이 국무총리라면 더 겸손해야 한다. 하지만 그녀의 오만 무례한 처신으로 말미암아 국무총리를 지낸 그녀의 부군 역시 동네에서는 별로 존경받지 못한다. 소위 관운이 좋아 국무총리까지 지냈을지는 몰라도, 동네 주민들의 여론인즉 그의 인품과 성격에는 문제가 많다는 것이다.

이렇듯 T여사에 대한 좋지 않은 평판이 동네 안팎에 파다하게 퍼져 있다. 부군이 국무총리까지 지냈으면 거기에 걸맞은 품위 유지는 물론이려니와 이것저것 각별히 처신에 조심해야 하련만 T여사는 시정의 다른 주부들보다 별로 나을 것이 없다.

그들 부부는 『금강경』을 모른다. 이렇게 볼 때, 이 책을 손에 들고 성공비결을 함께 공부하는 당신이야말로 국무총리 또는 국무총리의 부인보다 훨씬 우위에 올라섰다. 그러니까 인간적으로는 그들 내외보다 훨씬 성공한 것이다.

058

이론보다 실천이 우선이다

✳

이 세상에는 말 잘하는 사람들이 참 많다. 그들의 경우 입으로는
안 되는 것이 없다. 예컨대 정치학자들은 정치이론에, 경제학자들
은 경제이론, 사회학자들은 사회이론에 밝다. 하지만 그 이론대로
실천하여 성공할 수 있느냐 하는 것은 별개의 문제가 아닐 수 없다.

정치학자들이 직접 정치를 하면 성공할 것 같지만 사실은 그렇지
않다. 경제학자들이 직접 사업 등 경제활동에 나서면 성공할 것 같
지만 그것 또한 반드시 그런 것은 아니다. 이론과 현실은 엄연히 다
르기 때문이다.

……세존 당하명차경 아등운하봉지(世尊 當何名此經 我等云何奉
持)……

— "세존이시여! 이 경을 무엇이라 불러야 하며 저희들이 어떻게
받들어 지녀야 합니까.

……시경 명위금강반야바라밀(是經名爲金剛般若波羅蜜)……(중
략)……어의운하 여래유소설법부(於意云何 如來有所說法不)……

— "이 경의 이름은 『금강반야바라밀』이니, 이 제목으로 너희들
은 받들어 지녀야 한다. 그것은 수보리여! 여래는 반야바라밀을 반

야바라밀이 아니라 설하였으므로 반야바라밀이라 말한 까닭이다. 수보리여! 그대 생각은 어떠한가. 여래가 설한 법이 있는가.”

　……세존 여래무소설(世尊 如來無所說)……

　— “세존이시여! 여래께서는 설하신 법이 없습니다.”

　『금강경』 32분 중 열세 번째 문단인 ‘13. 여법수지분(如法受持分, 이 경을 수지하는 방법)’의 한 대목이다.

　부처님은 이 경의 이름을 『금강반야바라밀』이라 일러준 뒤 반야바라밀을 반야바라밀이 아니라고 하였다. 이는 ‘○○은 ○○이 아니고 그 이름이 ○○이다’라는 『금강경』 특유의 논법이다. 그러니까 관념 자체를 송두리째 허물어 이것도 아니고 그것도 아니고 저것도 아니고 아닌 것도 아닌 완전무결한 ‘공무(空無)’를 추구하는 것이다.

　우리 주위에는 『금강경』 전문을 달달 외우는 사람들이 부지기수로 많다. 아주 바람직한 일이다. 그들은 이미 누구보다도 성공적인 삶을 살고 있다. 그러나 보다 더 중요한 것은 『금강경』의 가르침을 받들어 직접 실천하는 일이다.

　모름지기 모든 경전은 단순히 외우기 위해 존재하는 것이 아니다. 부처님의 가르침을 수지하는 것은 실천을 위한 전제조건이다. 만약 우리가 『금강경』의 가르침을 전부 실천할 수만 있다면 세속적인 성공의 차원을 훌쩍 뛰어넘어 이내 부처가 될 수 있다.

　하지만 선지식(善知識)이 아닌 우리네 중생들에게는 이래저래 한계가 있을 수밖에 없다. 그럼에도 불구하고 『금강경』 수련을 쌓아 가능한 범위 안에서 차분히 실천해나가면 그 어떤 복덕보다도 큰 복덕을 받을 수 있다. 따라서 이 책을 읽고 있는 당신은 바로 그 복덕의 주인공으로 벌써 큰 성공을 거두었다.

059
쇠뿔 고치려다 소 잡는다

✳

요즘 학생들은 딱하기 짝이 없다. 기성세대, 즉 어른들의 지나친 욕심으로 건강하고 씩씩하게 자라나야 할 우리 꿈나무들이 큰 수난을 당하고 있다. 이 수난의 발단은 경쟁을 부추기는 어른들, 보다 구체적으로 말해서 1등이 아니면 살아남을 수 없다는 학부모들의 무한경쟁 논리에서 비롯된다.

특히 1960년대 초, 가족계획 실시 이후 핵가족 시대를 가로질러 저출산 시대를 맞이하면서 이 같은 경쟁은 더욱 치열해졌다. 한 가정에 자녀가 하나 아니면 둘인지라 그 자녀에게 거는 기대는 이루 말할 수가 없다.

과거 5남매, 6남매, 7남매, 8남매 등 여러 자녀들을 두었을 때에는 우리 부모들이 먹고사는 문제, 즉 어떻게 하면 자녀들을 굶기지 않고 잘 키워낼 수 있을 것인가 하는 문제로 고심했다. 그 시절에는 그래도 정서적으로 여유로움이 있었다. 설령 엄청난 가난에 시달린다 해도 그 시절 부모의 마음은 여러 남매 가운데 한 녀석만 잘 풀리면 다른 동기간들을 굶겨 죽이지 않고 보살펴 주리라는 소박한 기대와 희망이 있었다.

하지만 자녀를 하나 아니면 둘만 낳기 시작하면서 상황이 급변했다. 부모 입장에서 볼 때 하나뿐인, 또는 둘뿐인 자녀가 인생의 모든 것이 되어버렸다. 그러니까 자녀가 흥하면 집안 전체가 흥하는 것이요, 자녀가 망하면 집안이 송두리째 무너지는 결과를 낳게 되었다. 달리 말하자면 윷판의 '모' 아니면 '도'처럼 한두 자녀의 미래가 한 집안의 흥망으로 양분되는 상황을 맞이했다.

이에 따라 자녀를 가진 엄마들은 학교를 찾아다니며 소위 치맛바람과 함께 이른바 과외 열풍을 일으켰다. 그리고 이 과정에서 '사교육'이라는 해괴한 용어까지 등장해 보통명사로 자리를 잡게 되었다. 그동안 역대 정권은 예외 없이 교육개혁을 외쳤지만, 지금까지 어느 정부도 이 문제를 해결하지 못했다.

학부모들은 학부모들대로 사교육비 때문에 허리가 휘다 못해 파산지경에 이르렀다. 작금 국가적 과제로 대두된 저출산 문제만 해도 끝없이 불어나는 사교육비에서 비롯되었다 해도 과언이 아니다. 젊은 부부들 입장에서 볼 때 자녀를 둘 경우 장차 사교육비를 감당할 길이 너무 벅차기 때문인 것이다.

어린 학생들 역시 죽을 맛이 아닐 수 없다. 학교 가랴, 학원 가랴, 숙제하랴, 시험 보랴…… 숨 돌릴 틈이 없다. 아이들은 지금 가정과 학교에서 인간중심의 전인교육을 받는 것이 아니라 오래전부터 '시험 기술자' 연수를 받고 있다. 어른들이 아이들을 들들 들볶아 이처럼 가당찮은 '시험 기술자'를 만들어내고 있는 것이다.

만약 자녀의 시험성적이 부모의 기대치에 못 미칠 경우 그 부모는 자녀를 이만저만 압박하는 것이 아니다. 이 얼마나 불행한 일인가. 교각살우(矯角殺牛)란 '소의 뿔을 바로잡으려다가 소를 죽이듯 방법이나 정도가 지나침'을 일컫는 말이다.

지금 우리나라 기성세대들은 이렇듯 시험성적에 얽매여 자녀의 인성까지 망치고 있다. 이제는 모두가 각성해야 한다. 가정과 학교와 사회가 교육다운 교육, '시험 기술자' 양성이 아닌 인간교육에 초점을 맞춰야 할 것이다. 어차피 '시험 기술자'에게 성공이 보장되는 것은 아니므로…….

060
말을 아껴라

✳

과유불급(過猶不及)이란 『논어』「선진편(先進編)」에 나오는 말로서 '정도를 지나침은 미치지 못함과 같다'는 뜻이다. 그만큼 중용(中庸)이 중요하다는 의미를 내포하고 있다.

우리가 일상적으로 쓰는 말도 예외가 아니다. 꼭 해야 할 말, 하지 말아야 할 말, 해서는 안 될 말이 있다. 세 치 혀끝에서 나오는 말 한마디로 역사의 물줄기를 바꿔놓은 사람이 있는가 하면 말 한마디로 천 냥 빚을 갚은 사람이 있다.

미국 제16대 대통령 에이브러햄 링컨(1809~1865)은 '국민의, 국민에 의한, 국민을 위한 정부'라는 한마디 말로 민주주의 역사에 금자탑을 쌓았다. 그 반면, 문제의 입놀림 때문에 개인의 인생은 물론 나라를 망친 사람들도 한둘이 아니다.

동양이든 서양이든 옛 왕실에서 일어났던 일련의 굵직굵직한 사건들은 중상모략 등 거의 모두 말에서 비롯되었다. 현대에도 구설과 설화(舌禍)는 끊이지 않고 있다. 권부의 권력다툼에서 전쟁에 이르기까지 모든 사건들이 말에서 비롯된다는 사실을 인정한다면 말의 중요성은 새삼 언급할 필요조차 없다.

일반인도 예외가 아니다. 말 한마디가 불화를 일으키고 돌이킬 수 없는 사태를 빚어낼 수도 있다. 어느 신혼부부가 유명한 관광지로 신혼여행을 떠났다. 그들은 호텔에 투숙했다. 첫날밤을 보내고 그 이튿날이 되었다. 마침 비가 내리고 있었다. 그때 창밖을 물끄러미 내다보고 있던 신부가 말했다.

"내가 신혼여행만 왔다 하면 비가 내리네……."

그 여자는 무심코 내뱉은 그 말 한마디로써 자신의 과거를 모두 들통 내고 말았다. 누군가가 지어낸, 다분히 장난기 섞인 우스갯소리이긴 하지만 이 이야기 속에는 말을 아무런 생각 없이 함부로 내뱉어서는 안 된다는 강력한 메시지가 담겨 있다. 아무튼 말 많은 사람은 신뢰성이 떨어진다. 그뿐 아니라 말을 많이 하면 어김없이 실수하게 되어 있다. 그렇다고 아주 입을 다물고 살 수는 없다. 따라서 말을 하되, 꼭 필요한 말만 할 수 있도록 신중하지 않으면 안 된다.

……수보리 여래시진어자 실어자 여어자 불광어자(須菩提 如來是眞語者 實語者 如語者 不誑語者)……

— "수보리여! 여래는 바른 말을 하는 이고, 참된 말을 하는 이며, 이치에 맞는 말을 하는 이고, 속임 없이 말하는 이며, 사실대로 말하는 이다."

『금강경』 열네 번째 문단인 '14. 이상적멸분(離相寂滅分, 관념을 떠난 열반)' 의 한 대목이다.

말은 곧 인격이다. 따라서 우리는 바른 말, 참된 말, 이치에 맞는 말을 거짓 없이 사실대로 말할 수 있어야 한다. 그러니까 꼭 필요한 말만 하는 것이 정답이다. 말을 잘 절제하면 당신은 여러 사람으로부터 존경과 신뢰를 받아 틀림없이 성공할 수 있다.

061
성공을 대물림할 수 있다

✳️

　자녀들로부터 효도하기를 바라는 부모들이 있다. 그런 사람들은 자기 자신이 과연 부모님께 효도하고 웃어른들을 잘 공경했는지 돌아봐야 한다. 콩 심은 데 콩 나고 팥 심은 데 팥 나듯 효자·효녀는 효자·효녀 가문에서 나오는 것이 철칙이다.

　손아랫사람 입장에서는 당연히 웃어른들을 극진히 공경해야 한다. 그 반면, 손아랫사람들로부터는 아무것도 기대하지 않는 것이 좋다. 웃어른들을 잘 섬겨야 하는 것은 당연한 도리이지만, 그렇다고 손아랫사람들로부터 뭔가를 바란다면 그때부터 내면에 실망이 싹트고 삶 자체가 피곤해진다.

　자녀들만 해도 그렇다. 당신의 자녀들은 태어나는 순간 이미 부모에게 해야 될 효도를 다 했다. 그 자녀가 태어났을 때 당신은 이미 신의 섭리와 우주의 신비와 생명의 경이로움을 만끽했다. 다만 당신이 그 자녀에게 무엇인가를 바라고 기대한다면 그 자녀가 태어났을 때의 그 첫 기분과 느낌을 새까맣게 잊었을 뿐이다.

　자녀의 학교생활이나 시험성적 따위에도 지나치게 연연하지 않는 것이 좋다. 자녀에게 과분한 기대를 했다가 실망하거나, 만약 자녀의 능력 이상을 요구했다가 그 자녀가 비뚤어진 길로 나간다면 그때는 감당할 길이 없다.

공들인 자식이 병신 된다는 격언은 결코 헛말이 아니다. 공을 들여도 자녀의 능력만큼, 그 능력의 범위 안에서 공을 들여야지 그 범위를 넘어서면 어떤 험악한 결과를 초래할지 아무도 예측할 수가 없다.

본래 못생긴 나무가 조상 산소를 지킨다. 잘생긴 나무는 누군가가 재목으로 쓰기 위해 베어내기 때문에 온전히 살아남을 수가 없다. 그 대신 우불꾸불한, 재목으로서는 별로 쓸모없는 나무가 도리어 그 자리에 오래도록 떠억 버티고 서서 조상 산소를 수호한다.

공부 많이 하고, 돈 많이 번 자식만 자식인가. 물론 공부 많이 하고, 돈 많이 번 자식이 효도까지 한다면 더 바랄 나위 없는 금상첨화라고 말할 수 있겠지만 인간사가 그렇게 단순하지는 않다. 더욱이 공부와 돈과 효도가 상호 비례해야 할 무슨 원리나 법칙이 있는 것도 아니다. 따라서 자식에게 너무 공을 들였다가 이것도 저것도 아닌 쭉정이 병신을 만드느니 이웃과 더불어 살 수 있는 건강한 민주시민으로 잘 길러내는 것이 훨씬 더 중요하다 하겠다.

당신이 나이 들어 늙어 쪼그라진 이후에도 자녀들에게 뭣뭣을 기대한다는 것은 바람직하지 않다. 물론 자녀 입장에서는 늙고 병든 부모를 극진히 모셔야 하겠지만, 그러나 부모 입장에서는 어떻게 하면 자녀들의 짐을 덜어줄 것인가 끊임없이 고민해야 한다.

아무튼 자녀들을 키우는 부모가 『금강경』을 수지하고 실천한다면 자녀들 또한 그 부모를 본받아 더욱 훌륭하게 성공할 수 있다. 그러니까 부모의 성공을 자손들에게까지 두고두고 대물림할 수 있는 것이다.

062
정승처럼 벌어서
정승처럼 써라

✳

옛날에는 개처럼 벌어서 정승처럼 쓰라고 했다. 벌 때는 개, 즉 인간 이하의 수단과 방법으로 악착같이 돈을 벌었다 해도 쓸 때는 정승처럼 쓰라는 말이었다. 이 말에는 다분히 '버는' 쪽보다 '쓰는' 쪽의 미덕에 무게중심이 실려 있다.

하지만 이제는 그 개념이 바뀌지 않으면 안 된다. 어찌하여 하필이면 개처럼 벌어야 하는가. 그건 아니다. 벌 때도 정승처럼 벌어야 한다. 돈이든 지식이든 그걸 벌 때에도 인간다운 도리를 다 해서 정승처럼 점잖고 품위 있게 벌어야 한다.

누군가의 등을 쳐서 빼앗은 돈, 어디에선가 도적질로 훔친 돈은 '번 돈'이 아니다. 그런 돈은 '검은 돈' '썩은 돈' '냄새 나는 더러운 돈'일 뿐이다. 범죄에도 이른바 죄질(罪質)이라는 것이 있다. 어쩔 수 없는 과실 또는 생계형 범죄가 있는가 하면 애당초 인간이기를 포기한 극악무도한 범죄도 있다.

돈도 이와 같다. 땀 흘려 벌어들인 깨끗한 돈이 있는가 하면 그야말로 공갈·협박·사기 등 수단과 방법을 가리지 않고 남의 피눈물을 짜내 갈취한 더럽고 추악한 돈이 있다. 이렇게 볼 때 돈이라고 해서 다 똑같은 돈이 아니다.

예컨대 사업을 하더라도 협력업체 또는 소비자들을 울려서 긁어 모은 돈은 정말 개 같은 돈이 아닐 수 없다. 만약 누군가가 그런 편법으로 돈을 챙겼다면 그는 오래지 않아 큰 재앙을 받게 된다. 만약 얄팍한 눈속임으로 우물쭈물 당대를 무난히 넘겼다 해도 그 죄업과 앙화는 반드시 후대의 그 자손에게까지 미칠 것이다.

우리 주위에는 돈이 좀 있다고 해서 가난한 사람들 앞혀 놓고 '돈 자랑' 하는 고약한 사람들이 있다. 참으로 넋 빠진 꼴불견들이 아닐 수 없다. 그래봤자 자기에게 돌아오는 것이라곤 비난과 비판과 욕설과 손가락질밖에 없다.

한편, 돈을 쓸 때에도 가량없이 허투루 쓸 일이 아니다. 돈을 쓰는 데에도 품위와 격조가 있어야 한다. 최소한 콩나물 값 깎는 따위의 치사한 짓은 삼가야 한다. 그래야 만복이 들어오고 그 성공이 오래간다.

……수보리 재재처처(須菩提 在在處處)……(중략)……이제화향 이산기처(以諸華香 而散其處)……

— "수보리여! 이 경전이 있는 곳은 어디든지 모든 세상의 천신·인간·아수라들에게 공양을 받을 것이다. 이곳은 바로 탑이 되리니 모두가 공경하고 예배하고 돌면서 그곳에 여러 가지 꽃과 향을 뿌릴 것임을 알아야 한다."

『금강경』 32분 중 열다섯 번째 문단인 '15. 지경공덕분(持經功德分, 경을 수지하는 공덕)'의 한 대목이다. 『금강경』을 수지하면 참으로 꽃과 향기 같은 대성을 누릴 수 있다.

063
특권과 반칙에 침을 뱉어라

✳

벼락출세와 일확천금과 요행수를 노리는 사람들이 있다. 열심히 노력해서 성공을 이룩하겠다는 비장한 각오 대신 잔꾀를 써서 뭔가를 손쉽게 도모해보려는 풍조가 널리 확산돼 있다. 따라서 남이야 어떻게 되든 나 한 사람만 잘 되면 그만이라는 이기적인 생각이 난무하고 있다.

하지만 진짜로 성공하고 싶은 사람이라면 애당초 그런 허황된 생각일랑 꿈도 꾸지 말아야 한다. 왜 그럴까. 특권과 편법으로 잠깐 권좌에 오르고 추악한 재물을 챙겼다 한들 그걸 성공이라고 말할 수는 없기 때문이다.

심판이 매수되지 않은 정당한 운동경기에서는 반칙을 용인하지 않는다. 아니, 반칙한 선수에게는 그에 상응하는 벌칙이 내려진다. 축구경기의 경우 반칙한 선수에게는 옐로카드로 경고한다. 그래도 또다시 반칙을 범하면 레드카드를 보여주고 퇴장을 명령한다.

우리 사회도 그렇다. 꼼수의 경우 잠시 남의 눈을 속일 수는 있어도 그 속임수가 영원히 통하는 것은 아니다. 설령 남의 눈을 속여서 잠깐 모종의 이익을 도모했다 한들 그건 아무런 의미도 없다. 언젠가는 반드시 이 인간사회에서 퇴장명령을 받을 것이다.

남을 해쳐서 얻은 이익은 이익이 아니다. 남도 살고 나도 살고 모두가 함께 더불어 사는 이익이 진짜 이익이다. 동서고금을 막론하고 남의 눈에서 억울한 피눈물을 흘리게 하고 잘된 사람이 없다. 그런 사람은 당대 아니면 후대에라도 어김없이 앙화의 응징을 받게되어 있다.

그 반면, 정직하게 사는 사람의 경우 당대에는 좀 고단할지 몰라도 후대로 가면서 대대손손 큰 복덕을 받는다. 정직의 중요성은 아무리 강조해도 지나침이 없다. 『금강경』의 진리를 알면 후회 없는 멋진 삶을 살 수 있다.

진정한 성공은 그 과정에 크고 높은 가치가 있다. 우리가 히말라야를 완등한 산악인에게 박수를 보내는 것은 산의 정상을 밟기까지의 과정이 값지기 때문이다. 그 금강석 같은 투혼과 극기의 과정 없다면, 예컨대 누군가가 헬기 같은 수단으로 훌쩍 히말라야 정상에 도달했다면 그건 아무런 의미가 없는 것이다.

특권과 편법을 멀리 하는 사람은 존경받을 수 있다. 하지만 반칙을 일삼는 사람에게는 손가락질과 비아냥거림과 비판이 소나기처럼 날아갈 뿐이다. 그리고 정직한 사람들은 그런 반칙을 향해 사정없이 가래침을 뱉을 것이다.

064
어려울수록 더욱 힘내라

✳

강자 앞에서 약하고 약자 앞에서 강한 사람이 있다. 그런 사람일수록 강자 앞에서 발발 기는 반면, 약자 앞에서 괜히 큰소리 꽝꽝 치면서 은근히 군림하려는 습성이 있다. 그건 결코 올바른 자세가 아니다. 사실은 강자 앞에서 약할 것도 없지만, 쥐뿔이나 약자 앞에서 강하고 자시고 할 것도 없다.

『금강경』의 관점에서 본다면, 즉 좀 더 고차원적으로 말하자면 근본적으로 강자와 약자가 따로 있는 것은 아니다. 여기에서 말하는 소위 강자니 약자니 하는 것도 사실은 편의상 용어에 불과할 따름이다. 하지만 소위 출세지향주의자들은 상대방이 강자로 보이고 뭔가 좀 '영양가'가 있다 싶으면 똥 무더기에 똥파리 꾀듯 그곳으로 몰려드는 경향이 있다.

그 반면, 그들의 눈높이에 맞추어 별 볼일 없는 상대다 싶으면 사정없이 깔아뭉개고 얕잡아 본다. 그래서 약자들이 상처와 설움을 받는다. 이렇듯 다른 사람에게 상처와 설움을 안겨준 그런 나쁜 사람들은 반드시 천벌을 받게 되어 있다.

한편, 누군가로부터 능멸을 당했다고 해서 크게 분개할 필요는 없다. 사실은 누군가가 나를 능멸했다면 전생에 지은 내 죄업일 수도 있기 때문이다. 더 나아가 내가 억울하게 피해를 입었다고 하면 그 피해의 부피만큼 그에 따른 업보가 고스란히 상대방에게 돌아갈 것이기 때문이다.

……부차 수보리(復次 須菩提)……(중략)……당득아누다라삼먁삼보리(當得阿耨多羅三藐三菩提)……

― "또한 수보리여! 이 경을 받고 지니고 읽고 외우는 선남자 선여인이 남에게 천대와 멸시를 당한다면 이 사람이 전생에 지은 죄업으로는 악도(惡道)에 떨어져야 마땅하겠지만 금생에 다른 사람의 천대와 멸시를 받았기 때문에 전생의 죄업이 소멸되고 반드시 가장 높고 바른 깨달음을 얻게 될 것이다."

『금강경』 32분 중 열여섯 번째 문단인 '16. 능정업장분(能淨業障分, 업장을 밝히는 공덕)'의 첫 대목이다. 이 설법에서 보듯『금강경』을 수지한 사람이 누군가로부터 업신여김을 당했을 경우 이로써 전생의 죄업을 씻었다고 생각하면 된다. 그뿐 아니라 그 멸시당한 사람은 반드시 가장 높고 바른 깨달음을 얻게 될 것이므로 더욱 용기를 얻어야 한다.

따라서 누군가로부터 놀림이나 업신여김을 당할수록 더욱 강인한 정신력을 발휘해『금강경』수련에 매진할 필요가 있다. 그러면 반드시 금강석처럼 영롱한 성공을 차지할 수 있을 것이다.

065
고름은 살이 될 수 없다

✳

금강석은 푸석돌이 아니다. 금강석은 억겁을 두고 다져진 탄소·질소·알루미늄의 결정체이다. 물로 녹일 수도 없고 불로 태울 수도 없는 금강석은 그래서 그 어떤 보석보다도 품위가 높다.

인생에서도 내공을 다지고 또 다져 품위를 높여야 한다. 그리고 그 고품위 유전자가 후대에까지 이어질 수 있도록 끊임없이 심신을 다져야 한다. 심신이 강건한 사람은 성공할 수 있지만, 그렇지 못한 사람은 뒤로 처질 수밖에 없다. 특히 영혼은 금강석처럼 투명하고 단단해야 한다.

대충대충 껄렁껄렁 살려고 하면 그건 큰 오산이 아닐 수 없다. 그런 사람에게 성공의 여신이 미소를 보낼 까닭이 없다. 정신 똑바로 차리고 살아도 성공하기가 하늘의 별 따기보다 어려운 현실을 감안한다면 한눈 팔 겨를이 없다.

재물도 예외가 아니다. 일부 지각없는 사람들은 한탕을 노리지만 그렇게 손에 쥔 재물은 결코 오래가지 않는다. 과연 도박으로 딴 돈이나 복권당첨으로 생긴 돈, 뇌물로 받은 검은 돈이 오래갈까. 그렇지 않다. 그런 돈은 재산이 될 수 없다.

부모로부터 물려받은 재산이 오래갈까. 그렇지 않다. 창업보다 수성이 더 어렵다는 것은 세인이 다 아는 사실이다. 부모는 창업을 통해 성취를 이루어냈건만 자식은 수성도 못한 채 망쳐먹는 경우가 허다한 것이다.

직장에서의 승진만 해도 그렇다. 뇌물을 갖다 바치고 치사한 아부와 아첨으로 앞질러 승진했다 한들 그건 바스락바스락 바스러지는 푸석돌에 지나지 않을 뿐이다.

미스코리아 부정선발, 미술전·사진전 부정심사, 음악콩쿠르 부정심사, 베스트셀러 조작 등등 누군가와 결탁하여 편법으로 잠시 명성을 날렸다 한들 그건 결코 명예일 수가 없다. 도리어 명예를 더럽혔을 뿐이다.

철광석은 쇠가 아니다. 그 철광석에서 철분을 추출해 쇳물을 만들고 제련해야 하는 등 일정한 과정을 거쳐야 쇠를 얻을 수 있다. 특히 좋은 쇠를 만들려면 고열의 불에 달구어 찬물에 담갔다 뺐다 하면서 담금질까지 되풀이하지 않으면 안 된다. 이렇듯 담금질을 많이 한 쇠가 강한 쇠로 태어나는 것은 의심할 나위가 없다.

부정한 권력, 검은 돈은 병균으로 썩어가는 고름과 같다. 고름은 살이 될 수 없다. 그것은 성공을 가로막는 불결한 물질일 뿐이다. 다이아몬드가 억겁을 두고 다져진 결정체인 것처럼 성공이란 피와 땀과 눈물로 다져진 결정체라고 말할 수 있다.

『금강경』 성공비결의 핵심은 고름이 아닌, 차돌처럼 강건한 근육질 같은 성공이다. 하찮은 푸석돌이 아닌, 투명하면서도 단단한 다이아몬드 같은 품위 높은 성공인 것이다.

066
사람을 섬겨라

✳

어느 신문사에서 있었던 일이다. 하루는 당직 근무자들이 밤새도록 공무국 숙직실에서 권커니 잣거니 술을 마셨다. 그 사이 자동으로 돌아가는 윤전기에서는 줄기차게 신문이 찍혀 나오고 있었다. 그런데 웬걸, 새벽녘에 보니 밤사이 윤전기가 찍어낸 신문에는 사진 한 컷이 거꾸로 뒤집힌 채 인쇄돼 있었다. 그야말로 돌이킬 수 없는 '대형사고'가 발생한 것이었다.

신문은 이미 상당 부분 경향 각지로 발송되어 사실상 회수조차 불가능한 상황이었다. 당직자들은 몇 시간 동안 마신 술이 확 깨는 것은 물론 눈앞이 노래지는 것을 느끼면서 부랴부랴 윤전기를 세웠고, 재빨리 사태 수습에 들어가 사진판을 정상으로 수정한 뒤 다시 윤전기를 돌렸다. 하지만 때는 늦어도 한참 늦어 있었다. 당직자들이 아무리 사태를 수습한다 한들 그것은 사후약방문(死後藥方文)이라고나 할까, 엎질러진 물을 쓸어 담는 형국에 불과했다. 나중에 나온 일부 신문이 정상적으로 인쇄되었다는 것 이외에는 사실상 별 의미가 없었다.

날이 밝아 사장을 비롯한 전 직원들이 속속 출근하고 있었다. 편집국·공무국은 물론 신문사의 모든 부서가 벌집 쑤신 듯 발칵 뒤집했다. 전국 각지에서 독자들의 항의 전화가 빗발치고 있었다.

당직자들은 부서별 상급자를 통해 일제히 사직서를 제출했다. 간밤에 발생한 사태로 말미암아 회사에 피해보상은 못할지언정 사직서를 제출하는 것 이외에는 어떻게 해볼 도리가 없기 때문이었다. 그때 사장이 문제의 당직 근무자들을 사장실로 불렀다. 당직 근무자들은 바짝 긴장한 채 사장실로 올라갔다. 그들 중 몇몇은 아직도 풀풀 술 냄새를 풍기고 있었는데, 사장 테이블 위에는 조금 전에 작성해 제출한 사직서 봉투들이 겹겹이 놓여 있었다. 당직자들은 사장 앞에 차마 낯을 들 수가 없었다. 사장이 당직자들에게 물었다.

"어떻게 된 건가."

"죽을죄를 지었습니다. 사실은……."

"당직 근무 중 술을 마셨다 이거지?"

"뭐라 드릴 말씀이 없습니다."

"알았네. 당신들 술 좋아하는 모양인데 이거 갖다 마시게."

본래 통 크기로 유명했던 그 사장은 캐비닛에 보관해오던 양주를 주섬주섬 꺼내 골고루 나눠주었다. 이와 함께 당직자들의 사직서를 모두 반려했다. 당직자들 입장에서는 이게 웬일인가 싶었다. 일찍이 사람을 가장 존귀하게 여겼던 사장은, 그러나 직무에 태만했던 당직자들에게 예상을 훨씬 뒤엎는 관용을 베풀어주었다.

그날 이후 당직자들은 결초보은(結草報恩)의 자세로 앞 다투어 술을 끊고 신문사를 위해 모든 것을 다 바쳤다. 이를 계기로 다른 직원들도 심기일전하여 근무 자세를 가다듬었다. 그리하여 그 신문사는 전성시대를 맞이하면서 깜짝 놀랄 만한 급성장을 거듭했다. 진정으로 사람을 섬길 줄 알았던 사장의 바다와 같은 도량이 금강석 같은 성공을 불러일으켰던 것이다.

067
좁쌀은 아무리 굴러도
멀리 갈 수 없다

✻

밤하늘의 별들은 반짝반짝 빛난다. 하지만 우리는 그 많은 별들에 무엇이 있는지 알지 못한다. 천문학에 의하면 우리 시야에 잡히지 않는 별들도 헤아릴 수 없이 많다. 그래도 우리가 바라볼 수 있는 별들은 큰 별 또는 거리상으로 지구와 가까이에 있는 별들인 것이다.

별들 쪽에서 보면 지구도 다를 바 없다. 가까운 별들 쪽에서는 지구가 크게 보이겠지만, 우주의 저쪽 어딘가의 별에서는 지구가 아예 보이지 않을 수도 있다. 그런 지구에 우리가 살고 있다.

한편, 우주선에서 촬영한 지구는 푸른색의 둥근 공처럼 보인다. 물론 인간 따위는 보이지도 않는다. 그런 인간들이 이 지구 안에서 네가 옳으니, 내가 옳으니 서로 찧고 빻고 복대기를 치면서 살아가고 있다. 조물주나 우주의 위치에서 본다면 참으로 가소로운 일이 아닐 수 없다.

……수보리 약보살작시언(須菩提 若菩薩作是言)……(중략)……여래설명진시보살(如來說名眞是菩薩)……

— "수보리여! 보살이 '나는 반드시 불국토를 장엄하리라' 말한

다면 이는 보살이라 할 수 없다. 왜냐하면 여래는 불국토를 장엄한다는 것은 장엄하는 것이 아니라고 설하였으므로 장엄하다고 말하기 때문이다. 수보리여! 보살이 무아의 법에 통달한다면 여래는 이런 이를 진정한 보살이라 부른다."

『금강경』 32분 중 열일곱 번째 문단인 '17. 구경무아분(究竟無我分, 궁극의 가르침, 무아)'의 결말부분이다.

여기에서 보듯 『금강경』의 궁극적인 가르침은 무아의 경지에 이르는 길이라고 말할 수 있다. 문제는 자아·개아·중생·영혼 등 인간이 스스로 만든 관념이다. 부처님에 의하면 『금강경』에 통달할 경우 이런 모든 관념이 말끔히 없어지는 것은 물론 궁극적으로는 '나'라는 자의식도 없어진다는 것이다.

사실 우주에서 바라볼 경우 인간은 하찮은 존재에 지나지 않는다. 제아무리 몸이 크다 한들 티끌 이상의 아무런 의미가 없다. 눈에 보이지도 않는 관념 따위는 더 말할 나위가 없다. 인간 스스로 뭔가 틀을 만들어놓고 네가 잘났느니 내가 잘났느니 다투고 떠드는 것 자체가 부질없는 짓이다.

그런데도 소인(小人)은 자기 관념이 진리라고 박박 우겨대면서 눈앞에 보이는 작은 이익만 좇아 좁쌀을 굴린다. 하지만 대인(大人)은 자아를 잊은 무아의 경지에서 거대한 호박을 굴린다. 좁쌀이 만 바퀴 굴러도 호박 한 바퀴 구르는 거리를 따를 수 없다. 소아(小我)를 버리면 대아(大我)가 보이고, 그 대아까지 버리면 세속적인 성공의 차원을 훌쩍 초월하여 저 위대한 성자의 반열에 들 수 있을 것이다.

068
졸부는 스스로 무덤을 판다

✻

B라는 사람이 있었다. 그는 어느 상장회사의 임원이었다. 『금강경』의 '금' 자도 모르는 그는 글로 옮기기조차 치사한 인간이었다. 그는 지인들을 만나도 쓴 커피 한 잔, 불어터진 자장면 한 그릇 사는 법이 없었다. 차를 마시거나 식사를 하고 나서 계산할 때가 되면 어김없이 다른 약속이 있다면서 자리를 뜨는 것이었다.

그건 B의 얄팍한 꼼수였다. 찻값, 식대를 내지 않기 위한 낯간지러운 꼼수. 오죽하면 그는 회사 동료들 사이에서도 '빈대'로 통했다. 그러니까 그는 다른 사람들에게 빌붙어 얻어먹을 줄만 알았지 접대할 줄을 몰랐다.

B는 돈이 아까워 남의 경조사에도 가는 법이 없었다. 지갑 사정이 어려워서 그런 것도 아니었다. 회사에서 받는 봉급도 봉급이지만, 그는 자리에 앉았다 하면 자신이 재테크의 달인이라는 듯 돈 번이야기를 장황하게 늘어놓곤 하였다. 하지만 필자가 볼 때에는 B야말로 재테크의 달인이라기보다는 부질없는 탐욕으로 똘똘 뭉친 악덕 졸부의 화신이었다.

그는 직장에 다니면서도 아파트다 뭐다 부동산을 수시로 샀다 팔았다 하면서 시세차익을 챙겼다. 그뿐 아니라 증권투자로 꽤 재미를 보았다. 그런가 하면 가난한 사람들을 상대로 돈을 빌려주고 높은 이자를 따먹기도 하였다.

그는 돈에 눈이 멀어 자리에 앉기만 하면 돈, 돈, 돈⋯⋯ '돈 노래'를 불렀다. 정신병자가 무색할 정도로 돈에 환장한 사람이었다. 그런데 웬걸, 돈 좀 있다고 뻐기던 B가 몇 해 전 사기꾼에게 덜컥 걸려들었다. 원숭이도 나무에서 떨어질 날이 있다더니 재테크의 달인임을 자처하던 그가 먹고 먹히는 돈의 세계에서 물려도 호되게 물린 것이었다.

그리하여 B는 알거지가 되었다. 입을 것 안 입고, 먹을 것 안 먹고 그렇게 죽자 살자 돈을 모았건만 하루아침에 전 재산을 사기꾼에게 올려 바쳤다. 말하자면 한 톨 한 톨 호박씨 까서 한 입에 탁 털어 넣은 형국이었다.

그 여파로 B는 부글부글 속을 끓이다가 중병이 들었고, 결국 50대 중반의 나이에 죽고 말았다. 우리 시대의 전형적 졸부였던 B는 돈만 밝히다가 결국 모든 것을 다 잃고 스스로 죽음을 자초한 셈이었다. 사실 B뿐만 아니라 우리 사회에는 그런 사람들이 시글시글 들끓고 있다. 단언컨대 만약 B가 『금강경』의 '금' 자라도 알았더라면 그토록 비참하게 추락하지는 않았을 것이다.

069
당신의 귀에 성공의 씨앗이 있다

✳

슬기로운 사람은 남의 말을 잘 귀담아 듣는다. 그 반면, 어리석은 사람은 아무리 귀한 말이라도 한 귀로 듣고 다른 한 귀로 흘려버린다. 왜 그럴까. 그 이유는 간단하다. 슬기로운 사람은 자기가 무슨 말을 할 때 깊이 생각해서 꼭 필요한 말만 골라서 하기 때문에 남의 말을 귀하게 여긴다. 따라서 상대방이 말을 할 때 귀를 쫑긋 세우고 그 표정까지 놓치지 않으면서 정확히 들으려고 애쓴다.

하지만 어리석은 사람은 저 자신이 늘 별로 쓸모없는 말만 지껄이기 때문에 남의 말도 그러려니 하고 하찮게 여긴다. 여기에서 성공과 실패의 길이 확연히 갈린다. 남의 말을 똑바로 들으면 몰랐던 것을 새로 알게 되고, 거기에서 미처 생각하지 못한 기발한 영감을 '공짜로' 얻게 된다. 번개처럼 스쳐 지나가는 힌트와 아이디어. 그것은 바로 성공의 씨앗이다. 그리고 그 씨앗은 머지않아 움을 틔우고 꽃을 피워 좋은 열매를 맺게 될 것이다.

견문(見聞)이란 '보고 들음' 또는 '보거나 듣거나 하여 깨달아 얻은 지식'을 말한다. 견문이 넓은 사람은 지식이 풍부하다. 따라서 무슨 말을 하든, 무슨 행동을 하든 막힘이 없고 활달하다.

하지만 견문이 짧은 사람은 우물 안 개구리에 지나지 않는다. 따라서 생각의 틀이 좁고 시야가 한정될 수밖에 없다. 그것은 저 드넓은 세상을 제쳐놓은 채 이불 속에서 활개 치는 것과 다를 바 없다. 여기에서 인생의 승패가 갈린다.

'알아야 면장을 한다'는 것은 상식 중의 상식이다. 쥐뿔도 모르는 사람이 아는 체를 한다면 그는 아는 체를 하다가 무식만 들통 나고 말 것이다.

'가만있으면 중간은 간다'는 말이 있다. 맞는 말이다. 하지만 함량미달의 얼간이일수록 자기 존재를 확인하기 위해서, 즉 자기도 한 몫 끼기 위해서 말을 떠벌이는 특성이 있다. 말을 하지 않으면 입이 근지러워 못 견디기 때문이다. 하지만 슬기로운 사람은 말을 하기보다 듣는 데 더 열중한다.

우리 인간이 왜 학교에 가는가. 아주 쉽게 말하자면 스승의 가르침을 듣고 뭔가 깨닫기 위해서 간다. 따라서 스승의 말씀을 빠뜨리지 않고 잘 듣는 학생은 좋은 성적으로 성공의 길을 달린다. 하지만 아무리 좋은 가르침이라도 듣는 둥 마는 둥 건성으로 흘려버리면 뒤처질 수밖에 없다.

이제 남의 말을 잘 듣고 지식을 넓힐 것인가, 아니면 아무리 좋은 말이라도 그저 지나가는 개방귀처럼 무의미하게 흘려버릴 것인가. 그것은 순전히 당신의 선택에 달려 있다. 사회적으로 크게 성공한 사람들은 다른 사람과 대화를 나눌 때 귀를 기울이는 좋은 덕목이 있다. 그 반면, 남의 말을 경청하지 않는 사람은 한때 잠시 성공했다 하더라도 곧 자멸할 수밖에 없다.

예컨대 권력자가 귀담아 들어야 할 것은 국민의 여론이다. 만약 권력자가 귀 막고 눈 감으면 독재자가 된다. 우리는 동서고금의 역사를 통해 독재자의 종말이 어떠했던가를 똑똑히 보아왔다. 기업인들도 예외는 아니다. 주위의 조언을 무시한 채 분수에 넘치는 경영권을 농단하다가 쓰러진 경우는 헤아릴 수 없이 많다. 『금강경』이 가르쳐주는 성공비결을 꿰뚫고 싶은 사람은 남의 말에 귀를 잘 기울일 줄 알아야 한다.

070
잘 들어야 잘 보인다

✳

사람의 안면에는 이목구비, 즉 귀와 눈과 입과 코가 있다. 이 이목구비는 어느 것 하나 소중하지 않은 것이 없다. 만약 이 가운데 어느 한 부위만 없어도 우리의 삶이 얼마나 불편할까. 그런데 이목구비라는 어휘의 구성을 잘 살펴볼 필요가 있다. 이 인체기관 가운데 눈·입·코를 뒤로 미뤄놓고 맨 앞에 귀를 배치한 것은 자못 예사롭지 않다.

총명(聰明)이란 말이 있다. '총(聰)'은 '귀 밝을 총'이고 '명(明)'은 '밝을 명'이다. 여기에서 보듯이 총명이라는 말에는 귀와 눈이 교묘하게 연계돼 있다. 그러니까 귀가 밝으면 눈까지 밝아진다는 뜻을 내포하고 있다.

사실 인체공학이나 의학적으로 볼 때에도 이목구비는 근육뿐만 아니라 미세한 신경으로 긴밀히 연결돼 있다. 그중에서도 눈과 귀는 불가분의 관계에 있다. 귀로 들리는 것이 희미하면 눈에 보이는 것도 뚜렷하지 않다. 또, 눈이 게슴츠레하면 귀에 들어오는 소리 또한 흐리멍덩하게 마련이다.

따라서 총명이라는 어휘를 통해 귀와 눈이 아주 절묘하게 조합돼 있음을 알 수 있다. 두말할 나위도 없이 총명이란 '보거나 들은 것을 오래 기억하는 힘' 또는 '썩 영리한 재주'를 의미한다. 기억력 좋은, 재주가 뛰어난 사람을 '총기(聰氣) 좋다'고 표현하는 것도 결코 우연이 아니다.

그렇다면 총기 좋은 사람은 어떤 사람인가. 남의 말을 허투루 듣지 않고 잘 들어서 똑똑히 기억해두는 사람이다. 총기 좋은 사람은 막힘이 없다. 언제, 어디에서, 누구한테 무슨 말을 들었고, 무슨 책에서 어떤 내용을 보았다는 것까지 훤히 꿰뚫고 있기 때문에 답답함이나 막힘이 없다.

'들은풍월'이란, 별반 아는 것은 없는데 들은 것만으로 풍월을 읊는다는 뜻이다. 그러니까 그 풍월은 자작(自作)이 아닌, 남이 지은 풍월을 의미한다고 하겠다. 하지만 남이 지은 풍월이라도 자주 읊다 보면 자기도 모르게 실력이 향상되어 언젠가는 반드시 직접 풍월을 읊을 수 있다.

'귀동냥'이라는 말도 있다. 직접 공부하지는 않았지만, 동냥하듯이 귀로 얻어 들어서 나름대로 어떤 내용을 알게 되었다는 뜻이다. 귀동냥은 결코 부끄러운 것이 아니다. 귀동냥이야말로 크게 힘들이지 않고 내면의 실력을 키울 수 있는 가장 초보적인 성공비결이다.

세속적인 학벌과 개개인의 학식은 비례하지 않는다. 학사네, 석사네, 박사네…… 어디를 가나 학벌 높은 사람들이 넘쳐난다. 그렇다고 반드시 그들의 학식마저 높은 것은 아니다. 물론 학벌에다 학식까지 높으면 금상첨화라고 말할 수 있겠지만, 현실은 그렇지도 않다는 것을 알아야 한다. 비록 학벌은 별 볼일 없을지라도 학식 높은 사람들이 얼마나 많은가. 그들에게 공통점이 있다면, 남의 말을 귀담아 듣는 데 적극적이라는 사실이다.

넓은 의미에서 본다면 독서도 일종의 귀동냥이다. 독서란 책을

170

통해 그 안에 담겨 있는 남의 지식과 정보를 듣기 위한 행위이기 때문이다. 불멸의 경전 『금강경』을 가까이 하면 그야말로 금강석 같은 참된 성공의 길이 확실하게 보일 것이다.

071
눈으로 말한다

✳

눈은 마음의 창이다. 부처님 눈에는 돼지도 부처님으로 보이고, 돼지의 눈에는 부처님도 돼지로 보인다. 이는, 눈이 마음의 창임을 단적으로 입증해주는 결정적 증거라 하겠다.

실지로 마음이 청정한 사람은 눈이 맑다. 그 반면, 마음이 탐욕으로 가득한 사람은 눈에 탐욕이 그득먹하게 고여 있다. 또, 정서적으로 불안정한 사람은 눈동자를 한 곳에 두지 못한다.

마음이 투명한 사람의 눈동자는 또렷또렷하지만, 뭔가를 숨기는 사람의 눈동자는 음험하고 흐리멍덩하게 마련이다. 사랑하는 사람의 눈동자는 사랑으로 넘쳐나고, 삿된 사람의 눈동자는 탐욕으로 가득하다. 그런 탐욕스런 눈으로는 사물을 올바로 준별하기 어렵다.

『금강경』 32분 중 열여덟 번째 문단인 '18. 일체동관분(一體同觀分, 분별없이 관찰함)'에 의하면, 부처님에게는 육안(肉眼)과 천안(天眼)과 혜안(慧眼)과 법안(法眼)과 불안(佛眼)이 있다. 그뿐 아니라 부처님은 국토에 있는 중생의 여러 가지 마음도 다 꿰뚫고 있다. 하지만 부처님은 이 문단의 결말에 이르러 『금강경』 특유의 논법으로 이를 부정했다.

……이소국토중 소유중생(爾所國土中 所有衆生)……(중략)……과거
심불가득 현재심불가득 미래심불가득(過去心不可得 現在心不可得 未來
心不可得)……

　― "그 국토에 있는 중생의 여러 가지 마음을 여래는 다 안다. 왜
냐하면 여래는 여러 가지 마음이 모두 다 마음이 아니라 설하였으
므로 마음이라 말하기 때문이다. 그것은 수보리여! 과거의 마음도
얻을 수 없고 현재의 마음도 얻을 수 없고 미래의 마음도 얻을 수
없는 까닭이다."

　이렇듯 부처님은 굳이 눈과 마음의 경계와 분별을 두지 않고 있
다. 눈이 곧 마음이고, 마음이 곧 눈일 뿐만 아니라, 눈도 눈이 아니
고, 마음도 마음이 아니고, 아닌 것도 아니기 때문이다.

　그럼에도 불구하고 세속을 살아가는 중생은 지혜로 번뜩이는 혜
안을 가져야 한다. 사물을 정확하게 관통하는 안목을 갖추지 않고
서는 길을 잃은 채 갈팡질팡 헤맬 수밖에 없다. 달리 말하자면 쓸데
없는 탐욕을 버린 무욕의 청정한 마음을 가질 때 우리는 그런 혜안
을 가질 수 있고, 그런 혜안을 가진 사람은 매사를 멀리, 정확히, 올
바로 보고 명쾌하게 판단함으로써 반드시 성공하게 된다.

072
사랑에는 조건이 없다

✳

우리가 목숨을 부지하고 건강을 유지하기 위해서는 밥이든 죽이든 무엇인가를 먹어야 한다. 그런 음식에 들어 있는 여러 가지 영양소를 섭취해야 하기 때문이다. 그렇다고 그 영양소 가운데 꼭 필요한 인자만 쏙쏙 골라서 먹는 것은 아니다. 여러 가지 음식을 먹다 보면 우리 몸은 내 몸에 필요한 성분만을 섭취하고 나머지는 자연스럽게 배설해낸다.

그런 점에서 우리 몸은 아주 '자동적'이다. 땀을 많이 흘려 몸에 수분이 부족해지면 갈증이 나서 물을 마시게 되고, 소화기관으로 들어간 음식이 다 소화되고 나면 배가 고파져서 음식을 먹게 된다. 이 모든 일들이 자연계의 순환처럼 '저절로' 이루어진다.

사람 사는 일도 다를 바 없다. 모든 일이 자연스럽게 이루어져야 한다. 하지만 우리 주위에는 어떤 일을 도모할 때 이런저런 까다로운 조건을 다는 사람들이 있다. 가령 네가 주면 나도 주겠다는 식의 조건이 이에 해당한다고 하겠다. 사랑도 그런 식으로 조건을 내세우면 이미 사랑의 본질을 상실한 것이다.

보시도 마찬가지이다. 내게 뭔가 복덕이 들어오리라는 기대를 걸면 그건 보시는 보시를 위한 보시일 수는 있어도 진정한 보시가 될 수 없다. 사랑도, 보시도 마음속에서 샘물처럼 저절로 우러나는 것이어야 한다.

……수보리 어의운하(須菩提 於意云何)……(중략)……이시인연 득복다부(如是因緣 得福多不)……

— "수보리여! 그대 생각은 어떠한가. 어떤 사람이 삼천대천세계에 칠보를 가득 채워 보시한다면 이 사람이 이러한 인연으로 많은 복덕을 얻겠는가."

……여시세존 차인 이시인연 득복심다(如是世尊 此人 以是因緣 得福甚多)……

— "그렇습니다, 세존이시여! 그 사람이 이러한 인연으로 매우 많은 복덕을 얻을 것입니다."

……수보리 약복덕유실 여래불설득복덕다 이복덕무고 여래설득복덕다(須菩提 若福德有實 如來不說得福德多 以福德無故 如來說得福德多)……

— "수보리여! 복덕이 실로 있는 것이라면 여래는 많은 복덕을 얻는다고 말하지 않았을 것이다. 복덕이 없기 때문에 여래는 많은 복덕을 얻는다고 말한 것이다."

『금강경』 32분 중 열아홉 번째 문단인 '19. 법계통화분(法界通化分, 복덕 아닌 복덕)'이다. 부처님께서 복덕이 없기 때문에 복덕을 얻는다고 설한 것은 역시『금강경』특유의 논법이라 하겠다.

사랑과 보시에는 전제조건이 없어야 한다. 이와 같이 매사에 그 어떤 조건을 걸지 않고 완벽하게 텅 빈 순수한 마음으로 접근하면 더 큰 성공을 획득할 수 있으리라 믿는다.

073
귀는 왜 줄곧 열려 있나

✳

대화를 나누다 보면 남의 말을 귀담아 듣기는커녕 중간에 나서서 톡톡 상대방의 말을 가로채는 사람이 있다. 단언컨대 그런 사람은 성공할 수 없다. 그런 사람이 부처님 말씀을 귀담아 들을 리 만무하다. 아니, 부처님 설법이나 공자님 말씀도 하찮게 여길 사람이다.

그런 사람은 성공을 포기한 사람이거나 아니면 아주 어리석은 사람이다. 그뿐 아니라 그런 사람은 상대방의 말을 존중하지 않음으로써 이미 괘씸죄에 걸린 셈이다. 따라서 그런 사람과는 어느 누구도 상대하지 않으려 할 것이다.

예나 지금이나 모든 사람의 귀는 줄곧 열려 있다. 목숨은 끊어져도 청각 신경이 가장 오래도록 살아남아 있다가 맨 마지막에 끊어진다고 한다. 혼수상태에 빠졌다가 살아난 사람들의 증언, 일단 숨이 멎어 저승 문턱까지 갔다가 되살아난 사람들의 증언이 이를 뒷받침한다. 그러니까 남들이 볼 때에는 죽어 있었지만, 잠시 죽어 있는 동안 주위에서 하는 말을 모두 다 들었다는 것이다.

아주 특별한 경우이기는 하지만, 필자는 묘한 인연으로 숱한 사람들의 임종을 지켜보았다. 그때 필자는 그 분들을 위하여 엄숙하면서도 간절한 기도를 바쳤다. 비록 심장이 멎고 호흡이 멎었을지라도 청각 신경만은 얼마 동안 살아 있다는 것을 잘 알고 있기에 죽어가는 사람들에게 작은 위안이라도 드리고자 그렇게 기도했다.

사실 스님과 신부님과 목사님 같은 성직자들이 임종하는 이 앞에서 엄숙하게 기도하는 것을 볼 수 있다. 그 반면, 경망스런 사람들은 가족이나 친지가 죽어가는, 그래서 어느 때보다 더 숙연해야 할 그 마지막 시간에도 "죽었어" "죽었군" "죽었네" 어쩌고 시끌벅적 떠들면서 울고불고 우당탕퉁탕 호들갑을 떤다. 그들은 임종하는 이의 청각 신경이 얼마 동안 살아 있다는 사실을 모른 채 그렇듯 방정을 떠는 것이다.

두말할 나위도 없이 귀는 남의 말을 잘 들으라고 항상 열려 있다. 그런데 사람마다 얼굴이 다른 것처럼 귀의 생김생김도 각기 다르다. 잘 생긴 귀, 못생긴 귀, 여러 모양의 귀가 있다. 소위 관상쟁이들은 귀를 보고 그 사람의 운명을 점치기도 한다.

귀 중의 귀로 따지자면 부처님 귀를 따를 수가 없다지만, 우리네 중생들 중에도 귀가 잘생겨서 눈에 확 돋보이는 사람들이 적지 않다. 소위 관상쟁이들 역시 그렇게 잘생긴 귀를 볼 때에는 항용 널리 덕을 베풀고 큰 복을 받아 잘 살게 되리라는 예언이랄까 덕담을 아끼지 않는다.

하지만 그런 외형보다도 더 중요한 것은 귀가 가진 본래의 덕목이라고 하겠다. 귀의 기능은 기본적으로 말이나 소리를 듣는 데 있다. 그러나 귀가 있으되 불행하게도 듣지 못하는 사람들이 의외로 많다.

마음과 귀를 틀어막은 답답한 사람들. 그런 사람들이 발전이나 성공을 기대한다는 것은 어불성설이다. 그 반면, 잘 듣는 사람은 저절로 성공하게 되어 있다.

074
멀쩡한 귀머거리가
불쌍하다

❋

　선천적인, 또는 후천적인 청각장애로 고생하는 사람들의 경우 얼마나 답답할까. 귀가 있으나 들을 수 없는 사람들. 선천적으로 듣지 못하는 청각장애자들은 통상 언어장애까지 동반하고 있다. 귀머거리이자 벙어리인 그들의 그 답답함이란 이루 말할 수가 없을 것이다. 물론 그들끼리는 능수능란한 수화(手話)로 의사소통을 하지만 다른 사람들과는 원활한 대화를 나누기가 어렵다.

　청각장애자(언어장애자)들을 대거 고용한, 널리 존경받아 마땅한 L사장이 있다. 그의 말인즉슨 청각장애자들을 채용해 생산현장에 투입해보니 정상적인 근로자들보다 일을 더 열심히 한다는 것이었다. 듣지도 말하지도 못하는 그들은 최소한 동료들과 쓸데없는 잡담을 하지 않고 일에만 몰입한다는 것이다.

　그런데 언젠가 한번은 그의 공장에 화재가 발생했다. 공장 전체에 비상벨이 울렸고, 정상적인 사람들은 황급히 대피소동을 벌였다. 하지만 벨소리를 감지하지 못하는 청각장애 사원들은 뭉클뭉클 치솟는 연기를 보고서야 비로소 대피하는 것이었다. 그때 L사장 이하 모든 임직원들이 그들을 구출해내느라 공장 전체가 발칵 뒤집혔다.

그런 어려움을 겪었는데도 L사장은 여전히 청각장애인들을 대거 고용하고 있다. 그뿐 아니라 장애인들에게는 별도의 장애인 수당까지 지급하고 있다. 장애인들을 진정으로 아끼는, 사랑을 직접 몸으로 실천하는, 즉 장애인들에게 정상적인 사람과 동일한 일자리를 마련해줌으로써 그들에게 새로운 희망을 심어주는 덕망 큰 사업가인 것이다.

그는 청각장애 사원들을 위해 직접 수화까지 배웠다. 장애인들과 자연스럽게 나누는 수화를 볼라치면 신기하게 느껴질 정도이다. 그 회사의 경우 유난히 사내 결혼이 많다. 말을 못하고 듣지도 못하는 사원들끼리 짝을 이루기 때문에 그런 것이다.

그런 사원들이 결혼할 때에는 거의 예외 없이 L사장이 주례를 선다. 주례사를 할 때에는 하객들과 신랑·신부가 다 함께 알아들을 수 있도록 말과 수화를 동시에 병행한다. 아니, 결혼식 진행자가 말을 하면 주례가 신랑·신부에게 직접 수화로 통역까지 해준다.

물론 L사장은 크게 성공했다. 무엇보다도 L사장과 청각장애 사원들 사이에는 인간적 신뢰와 원활한 소통이 있다. 따라서 청각장애 사원들이 회사 일을 자기 자신의 일처럼 여긴다. 사실 그 회사에는 사랑 가득한 가족적인 분위기가 넘쳐흐른다.

L사장에 의하면, 정작 장애인보다 더 답답한 것은 청각 기능에 아무런 장애가 없으면서도 말귀를 알아듣지 못하는 사람들이라고 한다. 그런 사람들이야말로 귀 열린 귀머거리가 아닐 수 없다는 것이다. 까막눈 또는 '눈 뜬 봉사'라는 말이 있듯 귀가 있어도 남의 말귀를 알아듣지 못하는 사람들의 경우 선천적 청각장애자보다 훨씬 더 불행할 수밖에 없다.

그렇다면 답은 이미 나와 있다. 슬기로운 사람이라면 남의 말을 잘 새겨들을 줄 알아야 한다. 부처님 제자라고 해서 전부 다 똑같은 제자가 아니다. 그 가르침을 잘 알아들은 사람이 10대 제자의 반열에 오른 사실을 감안한다면 우리는 멀쩡한 귀머거리가 되지 않도록 항상 깨어 있어야 한다.

075
장난하다 애 밴다

✳

사려 깊지 못한 행동은 예측불허의 심각한 사태를 초래할 수 있다. 예컨대 우리 사회에는 날씨에 따라 기분 내키는 대로 처신하는 사람들이 적지 않다. 이렇다 할 철학도 원칙도 없는 사람들의 경우 그런 현상이 심하다.

그런 사람은 성공하기 어렵다. 설령 잠깐 잘나간다 해도 언제 삐끗할지 모른다. 만약 그런 사람이 권좌에 앉으면 나라를 망친다. 이리 갈까, 저리 갈까 갈팡질팡 헤매다가 시간을 다 까먹는 것은 물론이고 종당에는 길까지 잃게 될 것이기 때문이다.

『사기(史記)』「평준서(平準書)」에 조령모개(朝令暮改)란 말이 나오는데, 이는 '아침에 내린 명령을 저녁에 고친다는 뜻으로 법령을 자꾸 고쳐서 갈피를 잡기가 어려움'을 일컫는다. 이와 유사한 말로는 조변석개(朝變夕改), 조삼모사(朝三暮四) 등이 있다.

음주운전이 무색할 정도로 이리 비틀 저리 비틀 좌충우돌하다 보면 그 결과는 뻔할 수밖에 없다. 그렇건만 얄팍한 사람일수록 변덕이 죽 끓듯 한다. 따라서 그런 사람과 일을 하려면 어느 장단에 춤을 추어야 할지 종잡을 수가 없다. 따라서 매사에 신중하지 않으면 안 된다.

……수보리 어의운하 여래가이구족제상견부(須菩提 於意云何 如來 可以具足諸相見不)……

— "수보리여! 그대 생각은 어떠한가. 신체적 특징을 갖추었다고 여래라고 볼 수 있겠는가."

……불야세존(不也世尊)……(중략)……즉비구족 시명제상구족(卽非 具足 是名諸相具足)……

— "아닙니다, 세존이시여! 신체적 특징을 갖추었다고 여래라고 볼 수는 없습니다. 왜냐하면 여래께서는 신체적 특징을 갖춘다는 것이 신체적 특징을 갖춘 것이 아니라고 설하셨으므로 신체적 특성을 갖춘 것이라고 말씀하셨기 때문입니다."

『금강경』 32분 중 스무 번째 문단인 '20. 이색이상분(離色離相分, 모습과 특성의 초월)' 의 한 대목이다.

외양이 좋다고 내용까지 좋은 것은 아니다. 빛 좋은 개살구라는 말도 있다. 우리는 과대포장을 해서도 안 되고, 과대포장에 속아서도 안 된다. 권력이든, 재물이든, 명예든 외양이 아닌 내실에 우선순위를 두어야 한다. 가령 부자가 되더라도 '겉만 부자' 가 아닌 '알부자' 가 되어야 하는 것이다.

076
권력의 칼보다
역사의 펜이 더 무섭다

＊

벼슬과 출세, 출세와 성공을 혼동하는 사람들이 있다. 분명히 말하지만 출세와 성공은 결코 동의어일 수가 없다. 출세란 '사회적으로 높은 지위에 오르거나 유명하게 됨' 또는 '숨어 살던 사람이 세상에 나옴'을 의미하지만 그런 출세가 곧 성공이라고 말할 수는 없다.

소위 출세가 목적이었던 사람에게는 출세 그 자체만으로 성공이라 여길 수 있다. 하지만 그 출세라는 것이 곧 성공과 직결되는 것은 아니다. 달리 말하자면 출세가 성공의 목표일 수는 있어도 자타가 공인하는 성공의 완성일 수는 없다는 뜻이다.

이른바 출세라는 것이 일장춘몽(一場春夢)으로 끝나는 경우는 얼마든지 있다. 아니, 출세가 도리어 화를 불러 역사의 죄인이 된 경우도 수두룩하다. 제왕 또는 대통령이라는 최고의 권좌에 올랐다가 하루아침에 곤두박질친 사람들이 얼마나 많은가.

우리나라의 경우 역대 제왕들과 대통령들이 대부분 성공과는 거리가 멀었다. 물론 역사에 길이 남을 몇몇 인물이 없는 것은 아니지만, 그런 경우는 극소수에 지나지 않는다. 특히 무소불위의 권력을 휘둘렀던, 그리고 부정과 부패에 눈멀어 역사를 먹칠했던 역대 대통령의 경우 천 길 벼랑으로 떨어졌다.

벼슬아치들도 예외가 아니었다. 한때 높은 벼슬에 올라 한 시대를 풍미했던 인물들이 멸문지화(滅門之禍) 또는 부관참시(剖棺斬屍) 당한 경우도 역사에서는 너무 흔하다. 예컨대 이완용을 비롯한 매국노들은 영원토록 패역도당의 죄업을 면할 길이 없다. 그들은 높은 벼슬에 올라 하늘 무서운 줄 모르고 세상을 쥐락펴락했던 당대 최고의 권력 실세들이었다.

이완용의 경우 출세에 관한 한 둘째가라면 서러워할 사람이다. 경기도의 한 농촌에서 태어난 그는 과거에 급제한 이후 여러 요직을 두루 거치면서 승승장구했다. 규장각대교(奎章閣待敎)를 시작으로 학부대신에다 내각총리대신까지 올랐으니 더 올라갈 데가 없었다. 하지만 그는 매국노라는, 영원히 씻을 수 없는 대역죄인(大逆罪人)으로 역사를 더럽혔다. 그는 권력의 단맛만 알았을 뿐 역사의 준엄함을 몰랐다.

그 반면, 최악의 국난 앞에서 가족들의 목을 베고 황산벌에 나아가 장렬히 산화한 계백장군은 역사를 찬연히 빛내주고 있다. 수양대군이 휘두르는 무소불위의 권력 앞에 굴하지 않고 한 목숨 기꺼이 초개처럼 던진 사육신의 절의도 역사 앞에 당당하다. 아무런 끗발도 없었던, 그리하여 끊임없이 권력으로부터 억압만 받았던 녹두장군 전봉준도 그 웅대한 뜻을 이루지 못한 채 형장에서 희생되고 말았지만 역사를 통해 화려하게 부활했다. 세월이 흐를수록 그에 대한 역사적 평가는 더욱 크게 부각될 것이다.

벼슬이 높다고 설레발치면 반드시 다치게 돼 있다. 권력을 등에 업고 호가호위하는 사람들의 경우 언젠가는 민심의 철퇴를 맞을 수밖에 없다. 그 대신 출세했을 때, 즉 권좌에 올랐을 때 선정을 베풀면 얼마든지 성공할 수 있다.

권력의 칼은 무섭다. 그러나 역사의 펜은 그보다 훨씬 더 무섭다. 역사 앞에 몸을 낮추고 겸손해질 때 출세와 성공이라는 두 마리 토끼를 모두 잡아 역사 위에 빛나는 이름을 올릴 수 있다.

077
성공의 열쇠가
당신 손 안에 있다

✳

본래 좋은 약은 입에 쓰고 바른 말은 귀에 거슬린다. 그렇다. 유익한 말은 이해하기 어렵거나 귀에 거슬리는 경우가 있다. 하지만 설령 귀에 거슬리는 말이라도 그것을 잘 들어 분별하고 용해할 줄 아는 지혜가 있어야 한다.

감언이설(甘言利說)이란 '귀가 솔깃하도록 남의 비위를 맞추거나 이로운 조건을 내세워 꾀는 말'을 뜻한다. 그러니까 '달콤한 말' 또는 '꾐 말'이라 할 수 있다. 모름지기 달콤한 말에는 삿된 음모가 도사리고 있다.

아담과 이브는 간교한 뱀의 감언이설에 속아 원죄를 지었다. 우리는 달착지근한 감언이설에 속지 않아야 한다. 불행하게도 오늘날 우리 사회에는 백해무익의 거짓말이 넘쳐나고 있다. 입에 침도 바르지 않고 거짓말을 늘어놓아 선량한 이들을 등쳐먹는 무뢰배들이 도처에서 준동하고 있다.

그중에서도 사기꾼들은 입에 발린 감언이설로 선량한 사람을 현혹하는 데 도통한 작자들이다. 심지어 어떤 사기꾼의 경우 그의 입에서 나오는 것이라고는 숨 쉬는 것 빼놓고 다 거짓말이다. 바로 그 거짓말의 이면에 달착지근한 사탕발림이 있다. 우리는 그것을 조심해야 한다. 아무리 성공했다 해도 사기꾼에게 걸려들었다 하면 인생 그 자체를 한 방에 다 날려버리는 수가 있다.

그 반면, 참된 말은 경우에 따라 귀에 거슬리기도 한다. 하지만 그 말에 진실이 있다고 판단되면 참고 받아들이는 자세가 필요하다. 상대방의 말이 조금 귀에 거슬린다고 해서 가랑잎에 불붙듯 패그르르하거나 조건반사적으로 즉각 대응한다면 대중들 사이에서 기피인물로 낙인찍힐 수가 있다.

만약 상대방의 유익한 정보제공이나 조언까지도 받아들이지 않는다면 그 다음부터는 '왕따' 취급을 받아 좋은 정보나 지식을 얻기 어렵게 될 것이다.

설령 상대방이 참고할 값어치조차 없는 엉터리 같은 말을 할지라도 그냥 웃어넘기면 된다. 취사선택은 순전히 나의 몫이니까. 내가 내면으로 삭이고 분석하여 도저히 받아들일 수 없다고 판단되면 그 말을 그냥 슬그머니 웃어넘기거나 일정 기간 시효가 지난 시점에 폐기처분해도 되는 것이다.

남의 말을 들을 때에는 귀를 활짝 열어놓고 정말 잘 들어야 한다. 건성으로 대충대충 들으면 그 말에 담긴 진위를 파악하기 어렵다. 하지만 귀를 활짝 열어놓고 상대방의 말을 잘 새겨들으면 그 속에서 뼈가 되고 살이 될 만한 지식과 교훈을 얻을 수 있다.

『금강경』에는 보배로운 교훈이 넘쳐난다. 그 교훈을 어떻게 받아들이느냐에 따라 성공의 질도 달라질 수밖에 없다. 물론『금강경』은 세속의 운명철학 따위와는 근본적으로 차원이 다르다. 그렇기 때문에 이 경전을 대하면 저절로 숙연해진다.

우리는 이러한 숙연함을 교훈으로 진실한, 진정한, 인간적으로 성숙한, 참으로 모범이 되는, 그리하여 어느 누구도 이의를 제기할 수 없는 확실한 성공을 이룩해야 하는 것이다.

남의 말을 잘 귀 여겨 듣는, 『금강경』을 통해 부처님의 귀한 가르침까지 듣게 된 당신은 이미 성공의 열쇠를 손에 쥐었다.

078
누가 잔잔한 연못에
조약돌을 던지랴

✳

공부 못하는 녀석이 책갈피는 척척 잘 넘긴다. 하지만 진짜로 공부 잘하는 사람은 함부로 책갈피를 넘기지 않는다. 한 자, 한 줄, 한 문단, 한 갈피를 허투루 보지 않기 때문이다. 그런 사람은 행간에 담긴 의미까지도 짚어내기 위해 최선을 다하는 것이다.

그렇게 열심히 공부 잘하는 사람에게는 깨달음이 있다. 그 반면, 책갈피를 건성으로 넘기는 사람에게는 깊은 성찰이 있을 수 없다. 책갈피에서 진리를 찾아내고자 힘쓰는 사람은 건축물을 지어도 명물을 만들어내지만, 그렇지 않은 사람은 빨리빨리 싸게싸게 대충대충 날림공사로 밀어붙일 따름이다.

생각이 짧은 사람들은 무심코 잔잔한 연못에 조약돌을 던진다. 그 사람에게는 조약돌 던지는 행위가 심심풀이일지 모르지만, 그러나 연못의 다른 생명체들에게는 사활이 걸린 심각한 문제가 아닐 수 없다.

아닌 밤중에 홍두깨도 분수가 있지, 가령 연못에서 평화롭게 노니는 붕어와 피라미와 버들치와 송사리와 소금쟁이와 물방개와 거미 같은 생명체들 입장에서는 갑자기 날아드는 조약돌이 날벼락이나 다를 바 없다. 그 생명체들은 그 조약돌을 맞아 죽을 수도 있고,

여기저기 흩어져 자라나는 연약한 수초(水草)의 경우에는 치명상을 입을 수 있다.

　……세존 파유중생 어미래세 문설시법 생신심부(世尊 頗有衆生 於 未來世 聞說是法 生信心不)……

　— "세존이시여! 미래에 이 법 설하심을 듣고 신심을 낼 중생이 조금이라도 있겠습니까."

　……수보리 피비중생(須菩提 彼非衆生)……(중략)……여래설비중생 시명중생(如來說非衆生 是名衆生)……

　— "수보리여! 저들은 중생이 아니요 중생이 아닌 것도 아니다. 왜냐하면 수보리여! 중생 중생이라 하는 것은 여래가 중생이 아니 라고 설하였으므로 중생이라 말하기 때문이다."

　『금강경』 32분 중 스물한 번째 문단인 '21. 비설소설분(非說所說 分, 설법 아닌 설법)'의 한 대목이다.

　우리네 중생이 인생을 제대로 살아 성공하려면 깊은 성찰이 있어 야 한다. 다이아몬드 원석을 깎고, 다듬고, 쪼고, 갈고…… 정교하 게 세공하고 또 세공하여 명품 보물을 만들어내듯 『금강경』의 경문 을 한 자 한 자 새겨보면서 행간의 의미까지 찾아낼 수만 있다면 당 신은 벌써 성공의 반석에 올라섰다.

079
세상을 보는 안목이 넓어진다

✳

　사람들이 많이 모이는 곳, 예컨대 동창회나 친목회 같은 모임에 나가 보면 다양한 화제가 봇물을 이룬다. 정치인 헐뜯는 이야기, 살아가는 이야기, 골프 이야기, 아파트나 땅값으로 대표되는 부동산 이야기, 주식이나 펀드 등 소위 재테크 이야기, 룸살롱 이야기, 고스톱이나 포커 이야기, 군대 이야기, 연애한 이야기, 남의 집 흉보는 이야기, 심지어 해서는 안 될 이야기에 이르기까지 입에 오르내리는 화제는 이루 열거할 수가 없다.

　사실 오늘날 우리 사회가 혼탁해질 대로 혼탁해지다 보니 그중에는 잘 간수해야 할 이야기보다는 버려야 할 이야기가 훨씬 더 많다. 그럼에도 불구하고 남의 이야기를 잘 듣다 보면 오다가다 더러는 깊이 참고할 내용이 있다. 바로 그것을 건져내야 한다. 아무리 무모한 이야기가 춤을 춘다 해도 잘 귀담아 듣다 보면 그중에는 반드시 건질 만한 것이 있게 마련이다.

　들으면 들을수록 짜증나는 이야기가 없지 않다. 하지만 그런 이야기까지도 기꺼이 들어줄 수 있는 도량이 있어야 한다. 정의에서 빗나간, 그리하여 해독을 퍼뜨리는 논의에 대해서는 상대방이 상처를 받지 않을 만한 적당한 범위 안에서 반론을 제기할 수도 있겠지만 그렇지 않을 경우에는 조용히 들어주는 것이 성공비결이다.

왜 그런가. 시도 때도 없이 상대방의 말을 무찌르면 도리어 상대방의 반발심리만 키울 뿐이다. 하지만 조용히 듣다 보면 상대방의 의식수준, 그의 관심사 등이 종합적으로 눈에 들어온다. 설령 상대방의 말에 전혀 알맹이가 없고, 들으면 들을수록 피곤하다 할지라도 그 말을 듣는 동안 내 자신의 인내력이 커지고 있다는 것을 알아야 한다. 그뿐 아니라 상대방은 아무리 객담을 늘어놓는다 할지라도 나만큼은 입을 열어 말할 때 조심해야겠다는 자성(自省)이 생긴다.

타산지석(他山之石)이란 『시경(詩經)』 「소아편(小雅篇)」에 나오는 말로, '다른 산에서 나는 보잘것없는 돌이라도 자기의 옥(玉)을 가는 데에 소용이 된다' 는 뜻이다. 반면교사(反面敎師)라는 말도 있다. 이는 '다른 사람이나 사물의 부정적인 측면에서 가르침을 얻는다' 는 뜻이다.

말 많은 사람 앞에서 말 많다고 탓하거나 꾸짖을 것이 아니라 조용히 들어주면서 타산지석 또는 반면교사로 삼는다면 그 또한 얼마나 훌륭한 깨달음인가. 그 사이 당신의 인격은 그만큼 수양되고, 더 나아가 한 단계 높은 경지로 발전할 수 있다. 그리고 그런 인내와 수양이 쌓이면 쌓일수록 당신의 내면에는 세상을 바라보는 안목과 옥석을 분명하게 가릴 줄 아는 능력이 쑥쑥 자라게 될 것이다.

이제 옥석을 가리는 것은 당신의 몫이다. 말의 옳고 그름, 타당성, 진실성 여부를 정확히 분별할 수 있는 능력이야말로 성공의 척도가 아니고 무엇인가. 그런 능력을 갖추면 좋은 인재를 만날 수 있고, 그런 인재들의 조언과 지혜를 받아들이기만 하면 성공은 이미 떼놓은 당상이나 다름없다.

080
사람이 책을 만들고
책이 사람을 만든다

✳

이런저런 앙케트의 취미란에 '독서'라 쓰는 사람이 적지 않다. 과연 독서는 취미 항목에 머무는 것일까. 만일 누군가가 독서를 취미 정도로 인식한다면 그건 잘못된 생각이다. 독서는 취미가 아니라 생활 그 자체여야 한다. 그러니까 독서야말로 필수 중의 필수라는 뜻이다.

두말할 나위도 없이 독서는 인격도야의 기본적 요소일 뿐만 아니라 폭넓은 지식과 정보획득의 가장 중요한 수단이다. 따라서 책을 읽지 않고서는 도저히 지식인으로 행세할 수가 없다. 책을 많이 읽고 성공한 사람은 많아도, 책을 읽지 않고 성공한 사람은 찾아볼 수가 없다.

책 속에 길이 있다. 요즘 젊은이들의 경우 학벌은 높아도 학식이 낮은 것은 그만큼 독서량이 부족하기 때문이다. 자기 전공과목에서는 실력을 발휘할 수 있을지언정 그 이외의 다른 분야에서는 기본조차 몰라 헤매는 경우를 얼마든지 볼 수 있다.

무역업으로 크게 성공한 C사장이 있다. 그는 시간만 났다 하면 어디서든지 열심히 책을 읽는다. 그의 손에서 책이 떠날 날 없다. 지방의 야간대학을 간신히 나온 그의 학력은 별로 자랑할 만한 수준이 못 된다. 하지만 대화를 나누다 보면 언제 그토록 문학·사학·철학 등 다방면에 걸쳐 풍부한 지식을 축적했는지 혀를 내두르지 않을 수 없다.

세계정세에 대한 해박한 지식은 미래학자들을 뺨치고도 남는다. 경제지식 또한 웬만한 경제학자를 찜 쪄 먹고도 남는다. 그래서 그는 인간적으로 사원들의 존경을 받고, 더 나아가 해외 각국의 바이어들과 상담을 벌일 때에도 그들보다 몇 수 우위에서 그들의 상투 꼭지를 잡고 자유자재로 흔들며 격조 높은 '고급 비즈니스'를 한다.

그런 C사장이 여러 분야를 학교에서 동시다발적으로 전공한 것은 아니다. 그는 순전히 남의 말을 귀담아 듣고, 끊임없는 독서를 통해 그처럼 놀라운 실력을 쌓았다. 그의 성공비결은 바로 그것이었다. 그런데 우리 사회 전반의 독서량은 미미한 수준에 지나지 않는다. 각 가정별 월 생활비 가운데 도서구입비가 차지하는 비중은 평균 1%도 못 된다. 따라서 전국의 서점들이 현상유지도 못해 속속 문을 닫는 실정이다. 이는 국가의 장래를 내다볼 때 아주 암울한 현상이다.

책을 많이 읽어야 지식이 풍부해지고, 지식이 풍부해야 다른 사람들로부터 존경을 받는다. 그렇게 될 때 모든 면에서 경쟁력도 생긴다. 따라서 독서와 경제는 동떨어진 개념이 아니라 동전의 양면처럼 밀접한 연관이 있다고 하겠다.

선진국 국민들은 시간이 날 때마다 책을 읽는데 우리나라 국민들은 독서를 너무 등한시한다. 개인 경쟁력의 총화가 곧 국가경쟁력임을 감안한다면 범국민적 독서운동이라도 적극 벌여야 할 형편이다. 이런 상황에서 꾸준히 독서량을 늘려 나간다면 당신의 성공의 부피와 무게가 훨씬 더 커질 것이다.

081
넓게 파야 깊이 판다

✳

우리는 누가 뭐래도 전문성 시대에 살고 있다. 전문성은 성공을 담보하는 가장 확실한 자산이라고 말할 수 있다. 하지만 전문성이란 하루아침에 획득되는 것이 아니다. 전문성을 획득하기 위해서는 타고난 재능 이외에도 후천적 노력, 즉 헤아릴 수 없는 피와 땀과 눈물이 뒷받침되어야 한다.

올림픽을 위시하여 각종 세계대회에서 우승한 운동선수들의 경우 그들이 얼마나 각고의 노력을 기울였는지 재론의 여지가 나위가 없다. 예컨대 권투·유도·레슬링 같은 종목에서 발군의 기량으로 우승한 선수들을 보면 한결같이 몸이 망가져 있다.

권투선수의 경우 콧잔등이 두루뭉술하고, 유도와 레슬링선수의 경우 귀가 납작하게 쪼그라들어 있다. 연습과정에서, 그리고 여러 경기에서 전적을 착실히 쌓아올리는 동안 상대방의 펀치를 맞거나 또는 헤아릴 수도 없이 매트에 몸을 굴려서 그렇게 된 것이다.

모든 분야가 다 그렇다. 명필이 되려면 수십 수백 개의 벼루가 맞창 날 정도로 필력을 연마해야 하고, 화강석을 나무나 밀가루 반죽 다루듯 하려면 망치와 정 끝에서 톡톡 튀어 오르는 돌가루에 눈이 멀어야 할 만큼 인고의 세월이 필요한 것이다.

그런데 각 분야에서 대성한 사람들은 대부분 시야가 넓다. 자기 전공이라고 해서 그것만 후벼 파는 것은 아니다. 가령 고승대덕과 석학들의 경우 자기 전공 이외의 다른 분야에도 아주 해박하다. 이를 뒤집어서 말하자면, 한 분야에서 일가를 이룬 대가들이야말로 시작부터 터를 넓게 잡았기 때문이다. 지름 1미터의 원을 그려놓고 그 밑을 천착하면 아무리 깊이 들어가도 그 범주에서 벗어날 수가 없다. 하지만 지름 10미터의 원을 설정해놓고 그 밑으로 파 들어가면 지름 1미터로 착수한 것보다 열 배 이상 깊이 들어갈 수 있을 뿐만 아니라 훨씬 더 넓은 영역을 확보할 수 있다.

……세존 불득아누다라삼먁삼보리 무위소득야(世尊 佛得阿耨多羅三藐三菩提 無爲所得耶)……

— "세존이시여! 부처님께서 가장 높고 바른 깨달음을 얻은 것은 법이 없는 것입니까."

……여시여시(如是如是)……(중략)……시명아누다라삼먁삼보리(是名阿耨多羅三藐三菩提)……

— "그렇다, 그렇다, 수보리여! 내가 가장 높고 바른 깨달음에서 조그마한 법조차도 얻을 만한 것이 없었으므로 가장 높고 바른 깨달음이라 말한다."

『금강경』 32분 중 스물두 번째 문단인 '22. 무법가득분(無法可得分, 얻을 것이 없는 법)'의 한 대목이다. 아누다라삼먁삼보리는 바로 '가장 높고 바른 깨달음'이다. 아누다라삼먁삼보리…… 어떤 목표를 세울 때 터를 넓게 잡으면 그만큼 더 높은 전문성을 확보할 수 있고, 그럼으로 해서 더 큰 성공을 획득할 수 있다.

082
말 한마디가 운명을 바꾼다

✱

저 옛날 어느 산골마을에 젊은 과부가 여남은 살 된 외동아들과 함께 살고 있었다. 삶은 고단했다. 청춘에 과부 된 운명도 그렇지만, 가난 속에 아직 철모르는 어린 아들을 데리고 살아가려니 이만 저만 힘든 것이 아니었다. 그래도 그 과부에게는 소박한 꿈이 있었다. 어머니라면 누구나 갖게 되는, 어린 외동아들이 장차 잘되기를 바라는 그런 희망이었다.

과부는 어린 외동아들에게 모든 희망을 다 걸고 뒷바라지를 아끼지 않았다. 그러니까 그 외동아들이야말로 과부에게는 인생의 전부인 셈이었다. 그런데 웬걸, 과부의 눈에 비친 외동아들은 항상 기대에 미치지 못했다.

참다못한 과부는 급기야 회초리를 들었다. 그녀는 어린 아들의 종아리를 때렸고, 그 횟수가 점차 늘어났다. 그런데도 외동아들은 별로 나아지는 기미를 보이지 않고 있었다. 그러던 어느 날이었다. 그날도 과부는 회초리를 들고 외동아들의 종아리를 때렸다.

바로 그때 탁발을 나왔다가 그 집 앞을 지나던 노승(老僧)이 그 광경을 목도하고는 걸음을 멈추었다. 노승이 과부에게 물었다.

"왜 그렇게 어린 아들을 때리십니까."

과부는 다소 멋쩍어하면서 대답했다.

"말을 안 들어서 그럽니다."

"매를 멈추십시오. 어허, 그 아들이 어떤 아들인지 아십니까. 장차 정승이 될 귀한 아들입니다. 나무관세음보살……."

그 말을 듣는 순간 과부의 귀가 번쩍 띄었다. '장차 정승이 될 귀한 아들' 라는 말에 그만 입이 떡 벌어지는 것이었다. 그 순간 외동아들도 깜짝 놀라 귀를 의심했다. 내가 장차 정승이 된다고? 정말 놀라운 일이 아닐 수 없었다.

그날 이후 그들 모자(母子)의 내면에 큰 변화가 찾아왔다. 과부는 외동아들, 비록 자기 아들이기는 하지만 장차 정승이 될 귀한 몸에 감히 회초리를 댈 수가 없었다. 외동아들 역시 장차 정승이 될 자신을 생각하며 몸가짐을 단정히 하고 학업에 정진했다. 그리하여 훗날 그 외동아들은 과거에 장원급제한 뒤 실지로 정승의 반열에 올랐다.

이렇듯 노승의 말 한마디가 그들 모자의 운명을 바꾸었다. 오늘 이 순간이 힘들다고 해서 운명을 탓해 무엇 하랴. 마음가짐에 따라 얼마든지 그 운명을 바꿀 수 있다. 만일 운명을 탓할 시간이 있다면 그 시간만이라도 아껴 운명을 바꾸기 위해 꾸준히 정진해야 한다. 그러면 내면에 변화가 오고, 그 변화는 반드시 당신에게 성공의 서광을 아낌없이 비쳐줄 것이다.

083
창의력이 없으면
하청업자로 머문다

✳

　예나 지금이나 어느 분야에서 한 우물만 파면 달인이 될 수 있다. 하지만 그보다 더 중요한 것은 영혼이다. 영혼이 없으면 창의력도 나올 수 없기 때문이다. 창의력 없는 달인은 단순 기능공이 될 수는 있어도 명장의 반열에 오를 수가 없다.

　앞서가는 사람에게는 독특한 창의력이 있다. 어렵게 생각할 필요 없이 동서고금의 문화재를 보면 그 창의력이 얼마나 뛰어난가를 피부로 느낄 수 있다. 이 같은 창의력은 현대에 들어와 더욱 강조되고 있다. 세계적인 명품들은 바로 창의력의 산물인 반면, 세계적인 짝퉁들은 별 볼일 없는 모방과 복제의 산물이다.

　창의력이 뛰어난 사람은 신작·명작·명품·신제품을 만들 수 있지만, 창의력이 없는 사람은 창의력 뛰어난 사람이 개발한 신작·명작·명품·신제품의 수준을 뛰어넘을 수가 없다. 따라서 창의력이 부족한 사람은 제아무리 기술이 좋다 한들 항상 뒷북이나 치면서 최초의 창안자가 요구하는 대로 제품을 생산해내는 하청업자 신세를 면할 길이 없다.

　실지로 창의력이 탁월한 사람은 결코 자기의 고정관념에 의존하지 않는다. 늘 새로운 것, 더 높은 이상과 가치를 추구하기 때문이다.

……부차 수보리 시법평등 무유고하(復次 須菩提 是法平等 無有高下)……(중략)……소언선법자 여래설 즉비선법 시명선법(所言善法者 如來說 卽非善法 是名善法)……

— "또한 수보리여! 이 법은 평등하여 높고 낮은 것이 없으니, 이것을 가장 높고 바른 깨달음이라 말한다. 자아도 없고, 개아도 없고, 중생도 없고, 영혼도 없이 온갖 선법을 닦음으로써 가장 높고 바른 깨달음을 얻게 된다. 수보리여! 선법이라는 것은 선법이 아니라고 여래는 설하였으므로 선법이라 말한다."

『금강경』 32분 중 스물세 번째 문단인 '23. 정심행선분(淨心行善分, 관념을 떠난 선행)' 이다. 『금강경』은 이렇듯 자아·개아·중생·영혼 같은 고정관념을 초극한 선법을 닦음으로써 아누다라삼먁삼보리, 즉 가장 높고 바른 깨달음을 얻게 된다고 가르쳐 준다.

고정관념은 창의력을 가로막는 최대의 적이다. 어느 고정관념에도 얽매이지 않는, 그리하여 저 드넓은 창공을 활달하게 넘나들 수 있을 때 창의력이 콸콸 분출한다. 그렇게 되면 당신은 벌써 성공의 한복판을 질주하고 있을 것이다.

084
오늘날에도
양반과 상놈이 있다

옛날에는 신분상 양반과 상놈이 뚜렷이 구분돼 있었다. 하지만 신분에 따른 반상(班常)의 차등이 철폐된 오늘날에도 분명 양반과 상놈이 있다. 예의를 깍듯이 지키는 사람이 양반이라면, 기초질서조차 지키지 못하는 부류는 상놈이라고 말할 수밖에 없다. 인간의 성향과 자질을 크게 분류하면 대략 다섯 가지 계층이 있다고 한다.

· 특질(特質) : 아주 특출한 계층
· 양질(良質) : 어진 계층
· 범질(凡質) : 평범한 계층
· 저질(低質) : 수준이 낮은 계층
· 악질(惡質) : 악독한 계층

인류역사상 신에 버금갈 정도로 최고의 경지에 오른 인물은 당연히 특질에 속할 것이며, 비록 그렇게까지는 아니더라도 옳은 일, 좋은 일, 뛰어난 일을 많이 한 인물은 양질에 속한다. 우리처럼 평범하게 살아가는 중간계층은 대체로 범질이다. 최소한 이 같은 범질 이상의 계층은 양반이거나 또는 잠재적 양반이라고 말할 수 있다.

하지만 저질과 악질은 사정이 다르다. 예의를 모르는, 상식을 벗어난 사람은 저질일 수밖에 없다. 예컨대 아무 데나 탁탁 가래침을 뱉는 사람, 담배꽁초나 휴지를 마구 버리는 사람, 노상에서 방뇨를 하는 사람, 험악한 욕설을 퍼붓는 사람, 거친 행동으로 남에게 불쾌감을 안겨주는 사람, 공공장소에서 목소리 높여 깩깩 떠드는 사람, 버스나 전동열차 안에서 휴대전화로 시끄럽게 통화하는 사람, 난폭운전 하는 사람, 불법주차를 일삼는 사람, 사이버 공간에 시도 때도 없이 악플을 다는 사람 등등 그런 저질들은 결코 양반이 아니다.

악질은 더 말할 나위가 없다. 악덕기업주·독재자·흉악범·매국노·반역자·전쟁광 따위는 죽었다 깨어나도 양반이 될 수 없다. 그들은 인류가 존재하는 한 두고두고 영원히 저주를 받게 되어 있다. 그들은 '금강'과 '반야'와 '바라밀'에서 멀리 벗어나 있기 때문이다.

현실적으로나 역사적으로나 양반은 성공할 수 있지만 상놈은 영원히 성공할 수 없다. 오늘날 사회가 무척 혼탁해진 것도 결코 양반이 될 수 없는 천하 불상놈들이 설쳐대기 때문이다. 그런 불상놈들은 권력 끄나풀이나 잡았다고, 돈 좀 있다고, 목소리 좀 크다고, 주먹 좀 크다고…… 그걸 전가의 보도처럼 휘둘러대는 것이다.

하지만 그들은 진짜로 중요한 것을 모른다. 그들이 『금강경』의 '금' 자라도 안다면 당장 태도가 달라질 것이다. 『금강경』은 오늘도 우리에게 양반의 길과 성공비결을 극명하게 가르쳐 주고 있다.

085
낡은 옷을 새 옷으로 갈아입어라

무지몽매한 인간들은 세상 무서운 줄 모르고 자기가 최고라고 뻐긴다. 자아도취란 바로 그런 현상을 두고 하는 말이다. 그런 사람들은 마치 신문지에 구멍을 뚫어놓고 사물을 바라보듯 자기만의 옹졸한 시각으로 세상과 인간사를 진단하려 든다. 그러니까 자기가 미리 짜놓은 틀에 모든 현상을 꿰맞추려 드는 것이다.

따라서 그런 사람은 아집이 강해 우겨대기를 좋아한다. 다른 사람들이 하는 일은 틀렸고, 자기가 하는 일만이 옳다고 생각하기 때문이다. 정말이지 우겨대기 좋아하는 사람 앞에서는 어쩔 도리가 없다. 실지로 서울에 가본 사람보다 서울에 가보지 않은 사람의 말발이 센 것도 다 그런 아집 때문이다.

좀 오래된 우스갯소리이긴 하지만 기차바퀴는 박달나무 재질로 되어 있고, 숭례문 문턱은 대추나무로 되어 있다고 우겨댈 경우 이렇다 할 대책이 없다. 예컨대 안중근 의사는 내과의사, 이봉창 의사는 외과의사, 윤봉길 의사는 치과의사라고 우기는 사람, 구제역(口蹄疫)은 서울 지하철 3호선 홍제역(弘濟驛) 옆에 있는 역 명칭이라고 우기는 사람, 복상사(腹上死)를 복상사(腹上寺)로 둔갑시켜 사찰 이름이라고 우겨대는 사람 앞에서는 더 이상 할 말이 없다.

하지만 우리 사회에는 이렇듯 말도 안 되는 소리를 가지고 어거지를 쓰는 사람들이 의외로 많다. 모르면 알아야 하고, 알면 생각을 고쳐야 하는데, 그런 사람들일수록 낱낱 처음부터 끝까지 자기 생각이 옳다고 믿는 그릇된 고정관념에 풍덩 함몰되어 그 속에서 헤어날 줄을 모른다.

『금강경』은 그런 사람을 용인하지 않는다. 부처님께서 말씀하신 대로 그런 사람은 열반에 들 수가 없다. 우리는 이제 고정관념이라는 낡은 옷을 벗고 영원한 평안, 완전한 평화에 도달할 수 있는 열반을 향해 새로운 옷을 갈아입어야 한다. 우리는 관념에 사로잡힌 보살이 아닌, 관념을 훌쩍 뛰어넘은 보살이 되어 열반의 경지로 올라서야 한다.

뭔가 일이 잘 안 풀려서 답답하거나 괜히 조급해질 때 『금강경』의 한 대목만이라도 독송하면 새로운 깨달음이 분출하면서 당신의 마음에 열반의 평화가 가득 넘치게 된다. 마음이 청정하고 온전히 평화로울 때 모든 일이 잘 풀리게 마련이다. 그런 평화로움 속에 당신은 성공을 향해 질주하는 자신의 모습을 발견하게 될 것이다.

086

외양간을 지으면
소가 생긴다

✳

개장수를 하려면 최소한 개 모가지 묶을 올가미 정도는 장만해야한다. 공부를 하려면 적어도 책과 연필 정도는 준비해야 한다. 『금강경』을 가까이하지 않고 『금강경』 수련을 쌓는다는 것은 뜬구름 잡는 이야기나 다를 바 없다.

예로부터 떡 줄 사람은 생각지도 않는데 김칫국부터 마신다는 말이 있었고, 아기를 낳기도 전에 포대기부터 장만한다는 말이 있어왔다. 이 말의 참뜻은 헛다리 짚지 말라는 데 있다. 그러나 성공을 꿈꾸는 사람이라면 이러한 낡은 관념의 틀로부터 과감히 벗어나야한다.

달리 해석하자면 김칫국부터 마시는 것은 떡을 먹고 싶은 간절한 소망에서 나온 행동이다. 포대기를 장만하는 것도 아기를 낳고 싶은 절절한 염원의 발현이다. 이렇듯 절실한 소망을 가진 자가 그 소망을 이룰 수 있다.

떡 먹고 싶으면 김칫국부터 마신 다음 떡을 찾아나서야 한다. 아기를 낳고 싶으면 포대기부터 장만해놓고 아기가 태어나도록 노력해야 한다. 그러면 떡 먹고 싶은 사람의 경우 떡을 먹을 수 있고, 아기 낳고 싶은 사람은 아기를 낳을 수 있다.

성공은 당연히 준비한 사람의 몫일 뿐 두 손 놓고 기다리는 사람의 몫이 아니다. 아무나 공짜로 거저 차지할 수 있는 것이 성공이라면 애당초 성공이라는 말 자체가 생겨나지도 않았을 것이다.

나무를 심으면 쑥쑥 자란다. 특히 유실수를 심으면 꽃이 피고 열매를 맺는다. 연못을 파면 개구리가 생기고, 외양간을 지으면 소가 생긴다. 아무리 빈한한 형편일지언정 살림을 살다 보면 하다못해 걸레라도 생긴다.

……수보리 약삼천대천세계중(須菩提 若三千大千世界中)……

(중략)……백천만억분 내지산수비유 소불능급(百千萬億分 乃至算數 譬喩 所不能及)……

— "수보리여! 삼천대천세계에 있는 산들의 왕 수미산만큼의 칠보 무더기를 가지고 보시하는 사람이 있다고 하자. 또 이 『반야바라밀경』의 사구게만이라도 받고 지니고 읽고 외워 다른 사람을 위해 설해주는 사람이 있다고 하자. 그러면 앞의 복덕은 뒤의 복덕에 비해 백에 하나에도 미치지 못하고 천에 하나 만에 하나 억에 하나도 미치지 못하며 더 나아가서 어떤 셈이나 비유로도 미치지 못한다."

『금강경』 32분 중 스물네 번째 문단인 '24. 복지무비분(福智無比分, 경전 수지가 최고 복덕)'이다.

이 대목에서 보듯 칠보 무더기 보시보다 더 중요한 것이 있다. 그것은 『금강경』을 수지하는 일이다. 범소유상 개시허망 약견제상비상 즉견여래…… 최소한 『금강경』의 이 사구게만이라도 수지하면 우리는 그 어떤 보시보다 백 배, 천 배, 만 배, 억 배에 이르는 복덕을 받아 크게 성공할 수 있다.

087
우선 먹기는 곶감이 달다

✳

속담에, 우선 먹기는 곶감이 달다고 했다. '앞일은 생각해보지도 아니하고 당장 좋은 것만 취하는 경우를 비유적으로 이르는 말'이다. 그러니까 앞으로 어떤 일이 있을지 궁리해보지도 않고 그거 괜찮다 싶으면 덥석 저질러놓고 본다는 뜻을 내포하고 있다.

물론 곶감도 먹을 수 있으면 먹어야 한다. 하지만 앞으로 다가올 일을 생각하지 않은 채 무턱대고 먹을 일은 아니다. 먼저 그 곶감을 먹음으로 해서 앞으로 어떤 일이 생길 것인가를 생각해야 한다. 곶감 자체가 밥과 같은 주식은 아닐 뿐더러 잘못 먹으면 뒤탈이 날 수 있기 때문이다.

물고기가 왜 낚시에 걸리는가. 조심하지 않고 미끼를 물었기 때문이다. 심심하면 툭툭 불거져 나오는 일부 정치인과 고위 공직자들의 부정과 비리, 정경유착, 경영자들의 불법 비자금 조성 등등 그것은 앞일을 생각하지 않은 채 곶감만 먹어치운 결과라 하겠다.

말이 나왔으니까 얘기지만, 정치인들과 고위 공직자들의 검은 비리가 불거져 나올 때마다 거의 예외 없이 변명 아닌 변명이 쏟아져 나온다. 대가성이 없다느니 떡값이라느니 하는 말이 그것이다. 대가성이 없으면 그 금품을 왜 주고받았을까. 몇십 억 원, 몇백 억 원을 떡값이라고 하니 그 말을 누가 신뢰할 것인가. 떡방앗간을 몇 개씩 차리고도 남을 그 어마어마한 천문학적 거금을 늘큼늘큼 집어삼키고도 떡값 운운한다는 것 자체가 넋 빠진 소리에 지나지 않는다.

말도 말 같아야 믿는다. 소위 정치권에서 괜히 목에 힘주고 큰소리 깨나 치던 사람들이 그런 시답잖은 말을 하면 말조개가 하품할 일이다. 그런데도 우리 사회에서는 이 같은 권력층 비리가 끊임없이 불거져 나온다. 한마디로 말하자면 곶감이 먹기 좋고 달다는 것만 알았지 그 뒤에 일어날 파장을 간과했기 때문이다.

빙공영사(憑公營私)란 '공적인 일을 빙자하여 사적인 이익을 도모하는 행위'를 말한다. 하지만 어떻게 살아야 할 것인가를 조금이라도 성찰하는 사람이라면 결코 그 따위 어리석은 짓은 하지 않을 것이다.

예로부터 오얏나무 아래에서는 갓 끈 고쳐 매지 말고, 참외밭에서는 신발 끈 고쳐 매지 말라고 했다. 남의 오해를 받을 만한 일을 하지 말라는 뜻이다. 이렇듯 언제 어디에서나 오해 받을 일을 삼가야 하건만, 국민들 무서운 줄 모르고 부정을 저지르는 자들이나 불법 탈법을 일삼는 악덕 모리배들은 그렇게 해본들 오래가지 못하고 머지않아 멸망한다는 사실을 깊이 깨달아야 한다.

한때 고위직에 올라 큰소리 뻥뻥 쳤다 해도 그 신변에 부정과 비리가 개입되었다면 그건 성공이 아니라 직책을 이용한 독직(瀆職)이요, 자멸행위일 뿐이다. 공직사회의 선후배 동료들을 욕되게 하고, 사회 전체를 병들다 못해 썩어문드러지게 하는 추악한 무리들. 그들은 거죽만 인간일 뿐 인생이 무엇인가를 모르는, 아무 짝에도 쓸모없는 허깨비들인 것이다.

088
공짜는 없다

✴

　진정한 성공을 꿈꾸는 사람이라면 부정과 비리를 단호히 배척해야 한다. 우리는 어느 누구와도 결탁하지 않고 정정당당하게 얼마든지 성공할 수 있다. 그래서 『금강경』은 우리에게 더욱 소중하다. 어쩌면 오염될 수도 있는 우리의 영혼을 맑고 깨끗하게 밝혀주는 등불과 같기 때문이다.

　이 세상에 공짜는 없다. 내가 입고 있는 옷에는 그걸 만든 사람의 공력(功力)과 정성이 담겨 있다. 내가 먹는 쌀 한 톨에는 농민의 땀과 눈물이 깃들어 있다. 내가 사는 집에는 집을 지은 사람들의 손길이 스며 있다. 하찮게 여기는 연필 한 자루, 볼펜 한 자루, 종이 한 장에도 원료생산에서 완제품에 이르기까지 그걸 정성들여 만들어준 사람이 있다.

　동네 골목길도 누군가 그 길을 내준 사람이 있다. 길가나 정원의 화초도 씨를 뿌리고 모종을 심은 사람과 가꾸는 사람이 있다.

　교통기관만 해도 다를 바 없다. 자동차면 자동차, 전동열차면 전동열차, 그것을 만든 사람들과 정비하는 사람들과 운전하는 사람 등등 거기에 종사하는 고마운 사람들이 있다. 내 눈에 보이지 않는 곳에서 남모르게 땀 흘리는 사람들이 있는 것이다.

진짜로 성공하는 사람은 누구인지 알 수 없는 그 '익명의 고마움'에 감사할 줄 안다. 하지만 공짜를 바라는 사람은 그런 고마움을 모른다. 아니, 소유하고 싶은 그 이익의 뒤안길에 누군가의 땀과 눈물이 있다는 것을 안다면 어떤 이익이라도 공짜로 보일 리가 없다.

시주는 선행으로 공덕을 쌓기 위해 아무런 대가성 없이 식량이나 금품을 사찰에 봉헌한다. 땡초가 아닌, 정통파 고승대덕일수록 시주를 귀하고 소중하게 받아들이는 것은 물론 그 시주가 헛되지 않도록 심혈을 기울인다.

비구라고 해서 공것만 얻어먹는 것이 아니다. 일부 종단에서 재산싸움이나 세력다툼을 벌이는 이상한 스님도 없지 않지만 그건 옥의 티라고 말할 수 있다. 사실은 그런 사판(事判)들과 비교할 수 없는 은둔의 이판(理判)들이 훨씬 더 많다. 예컨대 안거(安居) 전후 논밭으로 울력에 나서는 스님들도 얼마든지 있다. 스님들이 사유재산을 갖지 않았다고 해서, 대중의 시주로 살아간다고 해서 거저 놀고먹는 것이 아니다.

수행자들도 이렇건만 하물며 우리 같은 중생들이야 더 말할 필요도 없다. '기브 앤 테이크(give and take)'란 본래 의견교환 또는 서로 돕고 양보하는 호양의 정신을 의미하지만, 뭔가를 챙기기 위해 그에 상응하는 대가를 준다는 뜻으로도 통한다.

경제학에서 종종 '공짜 점심은 없다'는 말을 인용한다. 성공하고 싶으면 공짜를 멀리해야 한다. 공짜에 눈멀어 아무것이나 함부로 꿀꺽꿀꺽 집어삼켰다가 배탈 나면 그대로 목숨을 잃을 수도 있다. 금강석 같은 지혜로 큰 성공에 이르는 사람은 결코 공짜를 탐하지 않는다.

089
큰 배는 느릴 수밖에 없다

✳

 강이나 바다의 유원지에 가면 모터보트를 볼 수 있다. 경쾌한 엔진소리와 함께 물살을 가르며 쌩쌩 달리는 모터보트. 그런 모터보트는 속력이 여간 빠른 것이 아니다. 따라서 눈 깜짝할 사이에 이쪽과 저쪽을 날렵하게 누비고 다닌다.

 한편, 외항이나 망망대해에 나가면 항해 중인 거대한 선박을 볼 수 있다. 그런데 그런 거함들을 보고 있을라치면 가는 듯 안 가는 듯 늘 제자리에 있는 것 같다. 바다가 넓고 시계(視界)가 멀기 때문이기도 하지만 사실 그런 거함일수록 항속 자체가 별로 빠르지 않다.

 그렇다면 유원지의 모터보트로 대양 항해에 나설 수 있을까. 모터보트와 거함은 각기 용도가 다르지만, 그럼에도 불구하고 유원지의 모터보트가 제아무리 엔진소리 야무지고 속력이 빠르다 한들 유원지의 모터보트는 어디까지나 유원지의 모터보트일 뿐이다.

 그 반면, 유조선이나 컨테이너선 또는 항공모함 같은 거함은 느릿느릿 항속이 둔중할 수밖에 없다. 선박 자체의 몸집이 워낙 큰 데다 적재톤수도 많을 뿐만 아니라 바닷물의 저항까지 더 심하게 받기 때문이다.

 그러나 그런 거함은 어떤 기상조건에서도 파도를 헤치며 며칠이

걸리든 묵묵히 대양을 건넌다. 그 많은 원유, 그 많은 화물, 그 많은
전투기와 전쟁 물자를 싣고 일망무제의 드넓은 바다를 누비는 것이다.

냄비와 가마솥의 차이점도 이와 유사한 측면이 있다. 열을 가할
경우 냄비는 즉각 반응을 나타내고, 가마솥은 장시간 가열해야 서
서히 뜨거워지기 시작한다. 따라서 냄비는 식기도 쉽게 식지만, 한
번 달궈진 가마솥은 그 열을 오래오래 보존한다.

……수보리 여래설 유아자(須菩提 如來說 有我者)……(중략)……범
부자 여래설즉비범부(凡夫者 如來說卽非凡夫)……

― "수보리여! 자아가 있다는 집착은 자아가 있다는 집착이 아니
라고 여래는 설하였다. 그렇지만 범부들이 자아가 있다고 집착한
다. 수보리여! 범부라는 것도 여래는 범부가 아니라고 설하였다."

『금강경』 32분 중 스물다섯 번째 문단인 '25. 화무소화분(化無所
化分, 분별없는 교화)' 이다.

중생이 자아에 집착한다면 그거야말로 작은 모터보트에 지나지
않는다. 하지만 범부들은 모터보트 정도에 집착한다. 하지만 부처
님 시각으로는 범부도 범부가 아니다. 따라서 범부들이 뭔가에 집
착한다 한들 범부가 아니므로 아닌 것이 아닌 것을 주장하면 아무
것도 아닌 것이다.

대기만성(大器晩成)이란 『노자(老子)』에 나오는 말로서 '큰 그릇은
만드는 데는 시간이 걸린다는 뜻으로, 큰 사람이 되기 위해서는 많
은 노력과 시간이 필요함' 을 일컫는다. 비록 시간이 걸리더라도 꾸
준히 노력하고 또 노력하면 언젠가는 큰 성공과 함께 세인이 모두
우러러 보는 거인으로 우뚝 설 수 있다.

모름지기 대양은 강을 받아들일 수 있지만, 강은 대양을 받아들일 수 없다. 『금강경』을 수지하면 이런 경지가 보인다. 큰 배는 느릴 수밖에 없다. 하지만 가마솥이 열을 받으면 그 열이 오래 지속되듯 거함은 널리 보고 멀리 간다는 사실을 알아야 한다.

090
경제동물은
존경받지 못한다

＊

　선진 일류기업은 자사의 이익보다 고객, 더 나아가 장기적 안목으로 인간의 편익을 먼저 생각한다. 그 반면, 악덕기업주가 경영하는 나쁜 기업은 오직 제 몫만 챙기기에 눈독을 들인다. 고객이야 죽건 말건 자사의 이익만 추구하다 보니 가짜든 뭐든 열심히 형편없는 상품만 만들어서 남에게 바가지를 씌운다.

　가짜 휘발유, 가짜 보석, 가짜 의류, 엉터리 불량식품, 각종 부실공사 등등 가짜를 열거하자면 한이 없다. 그런 가짜의 행진 속에서 일류기업은 나올 수 없다. 고객을 생각하지 않은 채 당장 눈에 보이고 손에 잡히는 작은 이익만을 생각한다면 그런 기업은 사회에 해독만 끼칠 뿐이다. 그리고 이처럼 졸렬한 기업은 오래 존속될 수 없을 뿐만 아니라 언젠가는 반드시 그보다 훨씬 더 가혹한 응징을 받게 마련이다.

　하지만 일류기업은 우선 품격이 다르다. 세계에서 손꼽히는 일류기업의 경우 인간중심의 감동적인 경영으로 존경을 받는다. 특히 그런 기업일수록 종업원을 아끼는 것은 물론 사회에 기부를 많이 함으로써 더 많은 복덕을 받는다. 말하자면 아낌없는 보시를 통해 스스로 몇십 배 또는 몇백 배의 성공을 불러들이는 것이다.

그러나 우리나라 기업들은 아직도 이윤추구와 몸집 불리기에만 총력을 기울이고 있다. 급히 먹는 밥이 체한다는 것을 잘 알면서도 어떻게 해서든 급속한 고도성장을 달성코자 몸부림친다. 물론 몇몇 기업은 사회를 위해 그 나름대로 크게 기여하고 있지만, 대부분의 기업들은 자사의 이익만을 위해 수단과 방법을 가리지 않는다. 정치권과 결탁해 모종의 특혜만을 노리는 기업은 그 대표적 사례라 할 수 있다. 그러므로 기업에 대한 국민들의 신뢰구축보다는 정경유착이라는 부작용이 근절되지 않는다.

　국가도 다를 바 없다. 일류국가는 자국의 이익만을 챙기는 것이 아니라 모든 인류의 공동번영을 추구한다. 그러니까 달리 표현하자면 일류국가란 인류와 함께, 인류와 더불어 공존 공영하는 소중한 가치를 실현코자 최선을 다하는 이상적인 나라라고 말할 수 있다. 그런 일류국가들은 앞 다투어 기아와 질병 등 어려움에 처한 개발도상국을 적극 돕는다. 따라서 일류국가 국민들은 세계 어디를 가더라도 환영과 존경을 받는다.

　하지만 다른 나라야 죽든 말든 자기네 나라만 잘 살면 그만이라는 나라는 아무리 경제대국이 된다 해도 선진국 반열에 오를 수 없다. 그렇게 인색한 나라의 국민들은 선진국 국민이라기보다 돈만 밝히는 경제동물 취급을 받게 마련이다. 개인이든 기업이든 국가든 모름지기 보시할 줄을 알아야 한다. 그래야 금강석 같은 성공을 차지할 수 있다.

　말이 나왔으니까 얘기지만 우리나라는 지구촌의 최빈국이었던 시절 외국의 무상원조를 많이 받았다. 그 무상원조는 국가 경제발전의 중요한 밑천이 되었고, 이제 우리나라는 국민들의 땀과 눈물로 세계가 깜짝 놀랄 만한 경제성장을 일궈냈다.

따라서 이제는 우리도 결코 남남일 수 없는 북녘 동포는 물론 더나아가 인류사회에 뭔가를 베풀 때가 되었다. 사람이라면 응당 은혜에 보답할 줄 알아야 한다. 정부와 민간부문에서 해마다 해외원조를 늘리고 있지만 현재 수준으로는 턱없이 부족하다. 펑펑 쓰는국가예산, 줄줄 새는 재정만 잘 관리해도 지금보다는 훨씬 많은 원조를 할 수 있다.

우리가 조금씩 덜 먹고 덜 쓰면 얼마든지 '집착 없는 보시'를 실현할 수 있다. 그리하여 국제사회에서 존경받는 국가가 될 때 우리나라의 국위가 크게 향상되는 것은 물론이려니와 더 자동적으로 더큰 복덕을 받아 더욱 부강한 선진국으로 도약할 수 있으리라 믿는다.

091
인생에는 공식이 없다

✴

　그림을 잘 그리는 사람은 별로 힘을 들이지 않는다. 연필이든 볼펜이든 사인펜이든 크레파스든 붓이든 막대기든 빗자루든 하여간 뭔가를 가지고 슥슥 그었다 하면 훌륭한 그림이 태어난다. 물론 그런 경지에 이르기까지 얼마나 많은 시간과 노력이 투입되었을까만 어쨌든 훌륭한 화가일수록 남들이 볼 때에는 심심풀이로 장난하듯 그림을 술술 그려낸다.

　그 반면, 그림을 잘 그리지 못하는 사람은 뭔가를 그리려고 끙끙 애만 쓸 뿐 제대로 그려내지 못한다. 따라서 용을 그리려다 뱀을 그리는가 하면, 뱀을 그리려다 미꾸라지를 그리기도 한다. 그런가 하면 미꾸라지를 그린다는 풍신이 기껏 실뱀장어 새끼를 그려놓기도 한다.

　이러한 맥락에서 새와 비행물체를 보면 재미있는 현상을 발견할 수 있다. 본래 날짐승은 하늘을 자유로이 날 수 있는 생명체로 태어났다. 그러나 수시로 땅에 내려앉지 않고서는 살 수가 없다. 그들의 생명을 영위해줄 모든 먹이가 땅에 있기 때문이다. 인간이 만든 항공기도 땅에서 날아올랐다가 땅으로 돌아온다.

　그런데 문제의 본질은, 새든 비행물체든 뉴턴의 만유인력(萬有引

力)으로부터 자유로울 수 없다는 사실이다. 새가 날개를 접거나 항 공기가 엔진고장 또는 연료소진 등으로 추진력을 잃게 되면 여지없 이 추락하게 마련이다.

하지만 예외가 있다. 인공위성이 그것이다. 일단 대기권을 벗어 나 우주에 진입하기만 하면 추락하지 않는다. 인간의 능력도 이와 같다. 앞에서 화가의 예를 들었지만 어느 누구라도 자기가 가고자 하는 방향에서 어떤 경지에 도달하면 기존 틀이나 격식에 얽매이지 않고 사통오달의 활달한 자유를 얻을 수 있다. 이는 인공위성이 대 기권을 벗어나 궤도에 진입한 경우와 같다고 하겠다.

······약이색견아 이음성구아 시인행사도 불능견여래(若以色見我 以 音聲求我 是人行邪道 不能見如來)······

— "형색으로 나를 보거나 음성으로 나를 찾으면 삿된 길을 걸을 뿐 여래를 볼 수 없으리라."

『금강경』 32분 중 스물여섯 번째 문단인 '26. 법신비상분(法身非 相分, 신체적 특징을 떠난 여래)'의 끝부분이다.

인생에는 산술적·수학적·과학적 공식이 없다. 만약 인생에 공식 이 있는 것이라면 그 공식을 이용해 고차방정식에다 미분·적분·삼 각함수로 풀어낼 수 있고, 더 나아가 물리적·화학적 방법까지 동원 해 이것저것 검증할 수 있겠지만 인생이란 결코 그런 것이 아니다. 다만, 인생에 공식 아닌 공식이 있다면 끊임없이 성찰함으로써 날 이면 날마다 새롭게 태어나야 한다는 사실이다.

092

영웅이 영웅을 알아본다

✳

　남성끼리의 동성연애자를 호모라 하고, 여성끼리의 동성연애자를 레즈비언이라 한다. 그런데 동성연애자들은 자기네들끼리 기똥차게 알아본다. 이마에 동성연애자라고 써 붙인 것도 아니고, 특별한 명찰이나 비표를 달고 다니는 것도 아니련만 처음 만나는 순간부터 상대방을 정확하게 알아본다는 것이다.

　그들 사회에서는 국경이 없다고 한다. 따라서 국제공항 같은 곳에서 처음 만나도 금세 친숙해진다. 참으로 희한한 일이다. 하지만 다른 각도에서 잘 살펴보면 아주 당연한 일일 수도 있다. 다른 사람들이 눈치 채지 못하는 그들만의 특성이 있을 테니까.

　이와 마찬가지로 영웅이 영웅을 알아본다. 부처님과 그 제자들, 예수님과 그 제자들도 처음에는 동시대를 살아가는 시절인연으로 만났다. 그럼에도 불구하고 당대 모든 사람들이 부처님의 제자는 아니었다. 예수님 시대에도 마찬가지였다. 예수님은 열두 제자들을 직접 점지했다. 그러니까 예수님의 경우 각기 '쓰임새'에 맞게끔 그들을 제자로 선택한 것이다.

　『삼국지』에 나오는 유비와 관우와 장비도 서로가 서로를 알아보았고, 그럼으로 해서 대뜸 도원결의를 할 수 있었다. 그들의 내면에 흐르는 정서라고 할까 품성이 서로 격의 없이 통했기 때문이었다. 그리고 그들은 난세를 헤쳐 나가는 가운데 운명을 함께 하는 영원한 동지로 살았다.

유유상종(類類相從)이란 '같은 무리끼리 서로 사귐 또는 어울림'을 뜻한다. 역시 사람은 뜻이 맞는, 즉 코드가 맞는 사람들끼리 사귀고 어울리게 되어 있다. 의로운 사람들은 의로운 사람들끼리, 조폭 같은 사람들은 조폭들끼리 그야말로 끼리끼리 어울릴 수밖에 없다.

이렇게 볼 때, 겉멋만 부리는 사람들은 겉멋만 부리는 사람들과 사귀고 어울리는 것이 당연하다. 본질에 충실한 사람들은 본질에 충실한 사람들끼리, 본질을 망각한 사람들은 본질을 망각한 사람들끼리 잘 어울린다. 그런데 본질에 충실한 사람들에게는 큰 복이 들어오지만, 겉멋만 부리는 사람들에게는 복이 달아나는지라 그런 사람들과 어울리면 성공할 수 없다. 따라서 내 자신부터 본질에 충실해야 한다. 그래야 본질에 충실한 또 다른 사람들이 나를 알아보고, 그럼으로 해서 복이 무더기로 들어와 성공하게 된다.

벼슬도 다를 바 없다. 본질에 충실하면 언젠가는 반드시 중용의 기회를 맞게 돼 있다. 하지만 껄렁껄렁한 사람은 기회가 와도 중책에 발탁될 수 없다. 따라서 그런 사람들이 높은 벼슬을 기대한다는 것은 언어도단이다. 재물의 경우에도 사람이 재물을 찾아다니다 보면 되는 일도 없고 사람만 지칠 따름이다. 재물은 저절로 자연스럽게 따라와야 한다.

그러므로 외형보다는 본질에 충실하지 않으면 안 된다. 겉으로 드러난 부분만 희번들해봤자 아무 소용이 없다. 문제는 외형이 아니라 본질이다. 본질에 충실하면 거기 성공이 우리를 기다리고 있을 것이다.

093
혼자 떠들면 외로워진다

✱

　운동경기와 선거에서는 가끔 예기치 못한 이변이 발생한다. 함량 미달의 형편없는 하수가 무시무시한 상대를 무너뜨리는 경우 우리는 흔히 이변이라고 말한다. 그런데 그 절묘한 이변의 밑바탕에는 그럴 수밖에 없었던 여러 가지 원인이 있다.

　예컨대 운동경기의 경우 어느 누구도 감히 넘볼 수 없는 강자의 결정적인 방심과 실수가 약체의 도전자에게 뜻하지 않은 승리를 안겨준다. 선거에서도 각 후보 진영의 이합집산·합종연횡 등으로 엉뚱한 후보에게 어부지리를 안겨주는 사례를 볼 수 있다.

　M회장은 한때 만여 명의 회원들을 거느린 거대한 민간단체의 수장을 지냈다. 그는 애당초 그 단체의 회장이 될 수 없는 사람이었다. 그런데 회장 자리를 놓고 여러 후보들이 난립하여 난타전을 벌이는 가운데 그가 슬그머니 어부지리를 취한 것이었다. 말하자면 선거에서의 승리를 거저먹은 셈이었다.

　아니나 다를까, M회장이 그 단체를 이끄는 동안 불협화음이 끊이지 않았다. 그중에서도 가장 심각한 문제는 회원들이 집단으로 탈퇴하면서 일제히 등을 돌린다는 사실이었다. 사태가 이렇게 되자 과거 기세등등했던 그 단체의 위상은 속절없이 추락하기 시작했다.

그리고 그 파장이 일파만파로 번지면서 단체의 존립 자체가 흔들리게 되었다.

거기에는 분명한 원인이 있었다. 바로 단체의 우두머리인 M회장의 독선과 아집이 그런 불화와 분열을 자초했다. 그는 휘하 직원들이나 회원들을 만날 때마다 자기주장만 앞세웠을 뿐 상대방 의사를 존중할 줄 몰랐다. 따라서 그와 대면했다 하면 어느 누구라도 대화의 기회를 박탈당한 채 그의 일방적인 '궤변' '강의 아닌 강의'를 듣지 않을 수 없었다.

그러므로 그와 만났다 하면 어느 누구라도 신물을 내게 마련이었다. 불쾌감을 견디다 못한 회원들이 그 단체를 떠나는 것은 어쩌면 아주 당연한 결과라고 말할 수 있었다. 사정이 이렇게 심각한데도 M회장은 남의 말을 귀담아 듣지 않았다.

독선과 아집의 화신인 그에게는 사실상 대화라는 개념 자체가 존재하지 않았다. 그에게는 오직 궤변으로 가득한 '담화'가 있을 뿐이었다.

대화가 쌍방통행이라면 담화는 어디까지나 일방통행이다. M회장은 원만한 대화를 통해 회원들과의 원활한 소통을 추구하며 회원들을 잘 아우르는 것이 아니라 씨도 먹히지 않을 담화를 늘어놓으며 역주행만 거듭했다.

그 결과 역사와 전통을 자랑하는 그 단체는 사실상 와해국면으로 치달았다. 사태가 이 지경에 이르자 초창기 그 단체를 이끌었던 원로들이 전면에 나와 M회장의 맹성을 촉구했다. 이를 계기로 회원들도 분연히 일어나 그의 퇴진을 요구했다. 이에 따라 문제의 M회장은 결국 임기도 채우지 못한 채 중도하차하고 말았다.

불행은 그것으로 끝나지 않았다. 회원들에 의해 단체장 자리에서

'퇴출' 당한 이후 M회장 주위에는 사람은커녕 개미새끼 한 마리 얼씬거리지 않고 있다. 그는 결국 오갈 데 없는 외톨이 신세로 전락했다. 독선과 아집이 부른 불행이었다.

094
우주만물을 지성으로 섬겨라

❋

졸부는 졸부일 뿐이다. 한때 제법 돈깨나 만지던 X사장은 얼마 안 가 쫄딱 망했다. 그는 장인이 창업한, 수도권에 있는 화공약품 회사를 물려받아 사장이 되었다. 말하자면 처가 덕을 톡톡히 본 셈이었다.

당초 그 회사는 꽤 잘나가는 편이었다. 장인이 워낙 탄탄한 기반을 닦아 놓았기 때문에 기술·생산·영업 등에서 그런 대로 야무진 경쟁력을 갖추고 있었다. 그러나 X사장이 경영에 뛰어든 이후 회사는 새로운 양상을 맞게 되었다. 과거 장인이 사원들과 한 식구처럼 동고동락했던 반면, 인간미라고는 눈곱만큼도 찾아볼 수 없는 X사장은 사원들에게 일방적인 지시를 내리고 독려만 할 뿐이었다.

그러던 어느 날이었다. 화공약품을 싣고 거래처에 납품하러 가던 화물차가 덤프트럭에 들이받아 전복되었다. 그 사고로 화물차를 운전하던 영업1과 김 대리는 중상을 입고 간신히 운전석에서 기어 나왔다. 그는 피를 철철 흘리면서도 몸에 밴 놀라운 책임감을 발휘, X사장에게 핸드폰으로 사고발생 사실을 직접 보고했다. 그러자 졸부 중의 졸부인, 돈이 인생의 전부라고 신봉해온 X사장은 조건반사적으로 벌컥 화부터 내는 것이었다.

"뭐야? 그럼 차에 실었던 화공약품은 어떻게 됐어?"

X사장은 사람의 안위 여부를 묻는 것이 아니라 화공약품의 손실 여부부터 먼저 따지고 있었다. 김 대리가 다친 부위의 통증을 참느라 신음을 토하면서 말했다.

"그건 아직 구체적으로 확인하지 못한 상태입니다."

"뭐라고? 납품 시간을 못 맞추면 어떻게 되는지 잘 알잖아?"

X사장은 김 대리에게 풀 먹는 개 나무라듯 호통을 쳐댔고, 크게 다쳐 출혈이 심했던 김 대리는 그 자리에서 실신했다. 그때 누군가의 신고로 경찰과 119 구급차가 거의 동시에 달려왔다. 그리고 119 구조대원들은 현장에서 실신한 김 대리를 구급차에 태워 인근 병원의 응급실로 급거 이송했다.

김 대리는 응급치료를 받고 일단 몸을 움직일 만한 상태가 되자 아무런 미련도 없이 회사에 사직서를 던졌다. 그리고 그날 그 사고의 전말이 입에서 입으로 건너 회사 안에 쫙 퍼지면서 유능한 사원들이 하나 둘 떠나갔다. 이와 함께 회사의 사세는 급전직하로 기울었다. 결국 사람보다 그까짓 화공약품을 더 소중히 여겼던 X사장은 쫄딱 망해 알거지가 되었다.

……수보리 여약작시념(須菩提 汝若作是念)……(중략)……어법 불설 단멸상(於法 不說斷滅相)……

─ "수보리여! 그대가 '가장 높고 바른 깨달음의 마음을 낸 자는 모든 법이 단절되고 소멸되어 버림을 주장한다'고 생각한다면, 이런 생각을 하지 말라. 왜냐하면 가장 높고 바른 깨달음의 마음을 낸 자는 법에 대하여 단절되고 소멸된다는 관념을 말하지 않기 때문이다."

『금강경』 32분 중 스물일곱 번째 문단인 '27. 무단무멸분(無斷無滅分, 단절과 소멸의 초월)'의 한 대목이다.

여기에서 보듯 가장 높고 바른 깨달음은 단절되고 소멸되는 것이 아니다. 영원불변의 진리이기 때문이다. 성공의 시작과 끝은 모두 인간을 위한 것이어야 한다. 따라서 '나' 이외의 다른 사람, 더 나아가 우주만물을 지성으로 섬기면 헤아릴 수 없는 복덕이 저절로 굴러들어온다.

095
자연스럽게 산다

✻

  슬기로운 사람에게는 독선과 아집이 없다. 따라서 그런 사람들은 자연 속에서 자연과 함께 자연과 더불어 자연스럽게 산다. 자기 자신이 자연의 일부임을 잘 알기 때문이다.

  그런 사람들은 자연의 고마움을 알고, 자연 앞에 겸손할 뿐더러 자연을 더 잘 가꾸고자 노력한다. 예컨대 산이나 들에 나가더라도 풀 한 포기 다칠세라 조심하는 것은 물론이려니와 공들여 꽃을 가꾸고 지성으로 나무를 심는다.

  그 반면, 우매하고 아둔한 사람은 자연의 소중함을 알지 못한다. 그런 사람들의 경우 날씨가 추우면 춥다고, 더우면 덥다고 자연을 탓한다. 그리고 그들은 자기만의 작은 이익을 위해 자연을 무자비하게 해친다. 멀쩡한 동식물들을 학대하고 그것도 모자라 대지를 사정없이 파헤친다. 그런 파괴행위가 곧 생명 멸살행위라는 사실을 모르는 것이다.

  모름지기 사람은 물 흐르듯 자연스럽게 살아야 한다. 자연스럽다는 것은 '억지로 꾸미지 아니하여 어색함이 없다' '무리가 없고 당연하다' '힘들이거나 애쓰지 않고 저절로 되다' 라는 뜻이다. 따라서 억지를 쓰지 않고 자연스럽게 살면 모든 일이 순리대로 술술 풀리게 되어 있다.

우리 인간이 만물의 영장임에는 틀림없지만, 그럼에도 불구하고 자연을 떠나서는 단 하루도 자연스럽게 살 수가 없다. 따라서 인간은 다른 모든 생명체와 마찬가지로 자연의 변화에 겸허한 자세로 순응하면서 지혜롭게 살아가지 않으면 안 된다.

자연은 생명의 원천이다. 지금 이 시간에도 하늘이 내려준 자연이라는 이 무대에서 모든 생명체가 한바탕 생명의 잔치를 벌이고 있다. 그러나 우리 인간은 그 잔치의 주인일 수 없고, 다만 그 잔치에 동참하는 나그네일 뿐인 것이다.

따라서 잔치의 중심인 자연이 화창하면 사람의 기분이 화창해지고, 자연이 우중충하면 사람의 기분도 우중충해진다. 여름이 되어 날씨가 무더워지면 사람의 몸이 무더워지고, 겨울이 와서 자연이 추워지면 사람의 몸도 추워진다. 이 같은 현상만 보더라도 사람 자체가 곧 자연의 일부에 지나지 않음을 극명하게 알 수 있다.

그런데도 무지몽매한 사람들은 자연의 법칙과 우주만물의 이치에 따르기는커녕 도리어 하늘의 섭리와 질서에 역행하는 행위를 서슴지 않는다. 참으로 딱한 일이 아닐 수 없다.

『명심보감(明心寶鑑)』 「천명편(天命篇)」에 이르기를, 순천자(順天者)는 살고 역천자(逆天者)는 망한다고 했다. 하늘이 마련해준 자연을 사랑하는 자에게는 큰 복이 들어오지만, 자연을 해친 자에게는 반드시 그에 상응하는 재앙을 되돌려 받게 될 것이다.

모름지기 독선과 아집을 훌훌 떨쳐버려야 저 무변광대한 구만 리 장천을 훨훨 날며 큰 성공을 거둘 수 있다.

096
연습을 시합처럼
시합을 연습처럼

＊

잘 익은 과일은 자연스럽고 먹음직스럽다. 하지만 설익은 과일은
어딘지 풋내가 나는 것 같다. 문학이든 미술이든 음악이든 연극이
든 좋은 작품을 보면 모두 자연스럽다. 그런 경우를 두고 우리는 천
의무봉(天衣無縫)이라 한다. 따라서 보는 그런 작품은 저절로 공감대
가 형성되고 그 신비한 예술에 도취된다. 그리고 그 여운이 오래간다.

그 반면, 설익은 작품에는 자연스러움이 없다. 특히 작가의 자
아·개아가 노골적으로 드러난 작품은 어딘지 어색하고 부자연스럽
기 짝이 없다. 그런 작품은 보는 이의 감동을 자아낼 수 없을 뿐만
아니라 안타까움만 더해준다. 이렇듯 의욕이 앞서면, 즉 자아·개아
에 집착하다 보면 본래의 의도를 상실하게 되는 것이다.

따라서 예술가도 『금강경』을 알면 작품 속에 자기가 의도하는 주
제를 자연스럽게 용해시킬 수 있다. 마음을 비우고 청정한 정신으
로 작품을 생산할 때 거기 작가의 내면에 숨겨진 진실이 저절로 묻
어 나온다.

운동경기도 예외가 아니다. 정말 운동을 잘하는 선수는 아주 자
연스럽다. 예컨대 위험하기 짝이 없는 권투경기를 해도 멋지게 예
술적으로 한다. 스텝이며 모든 몸놀림이 사뭇 경쾌한 것은 물론이

고 잽이나 스트레이트 같은 펀치가 정확하게 날아가 상대방에게 꽂힌다. 꼭 이겨야겠다는 욕심보다는 자기가 평소 갈고닦은 기량을 마음껏 보여주기 때문에 그런 자연스러움이 멋지게 나온다.

하지만 연습량이 부족한 선수는 부자연스럽기 짝이 없다. 그런 선수일수록 스텝에다 몸놀림이 둔하고 뻣뻣한 데다 괜히 어깨에 힘이 들어가 펀치가 번번이 빗나갈 수밖에 없다. 거기에다 상대방에게 몇 수 달리는 기량을 만회하기 위하여 결정적 한 방을 노리기 때문에 경기를 제대로 풀어나가지 못한다.

모든 운동경기가 이와 같다. 육상·빙상·축구·농구·배구·탁구·골프 등등 모든 경기에서 최고의 선수는 어떤 경우에라도 긴장하지 않고 아주 자연스럽게 발군의 기량을 마음껏 발휘한다. 축구의 경우 다리에 힘이 너무 들어가면 정확성을 잃는다. 무방비 상태의 골문 앞에서 힘껏 슈팅을 하지만 공은 엉뚱한 데로 날아간다. 실력보다 의욕이 앞섬으로써 실축을 하게 되는 것이다.

연습을 시합처럼 시합을 연습처럼……. 평소 연습할 때에는 승부를 걸다시피 치열하게 하고, 시합에 나갔을 때에는 그동안 연습하던 것처럼 부담 없이 자연스럽게 하면 세계 최고의 일류선수가 될 수 있다. 『금강경』 수련으로 내공을 쌓으면 그 성공비법이 잘 익은 과일처럼 나타나 모든 경기에서 세계챔피언, 기록단축 등 소기의 목표를 거뜬히 달성할 수 있을 것이다.

097
음식을 맛있게 먹어라

✳

정작 훌륭한 사람은 자신의 선행에 대하여 아무런 대가를 바라지 않는다. 내면에 늘 감사하는 마음을 가지고 있기 때문이다. 기본적으로 감사하는 마음이 없으면 선행이 나오지 않는다. 따라서 그런 사람은 선행을 하고서도 아예 선행이라는 것을 의식하지 못한다.

이 세상에 태어난 것 자체가 감사하고, 산다는 것이 감사하고, 누군가가 곁에 있다는 것이 감사하고, 감사한 마음을 가질 수 있다는 것이 그저 감사하고……. 살다 보면 우리에게는 참으로 감사해야 할 일이 너무 많다.

범사에 감사하는 마음이 충일하면 사특한 탐욕 같은 것은 발붙일 틈이 없다. 현재의 그 자체만으로 감사하거늘 무엇을 더 바랄 것인가. 따라서 복덕 같은 것을 바라지도 않는다. 그렇기 때문에 역설적으로 더 많은 복덕이 들어온다.

……세존 운하보살 불수복덕(世尊 云何菩薩 不受福德)……
— "세존이시여! 어찌하여 보살이 복덕을 누리지 않습니까."
……수보리 보살 소작복덕 불응탐착 시고 설불수복덕(須菩提 菩薩 所作福德 不應貪着 是故 說不受福德)……

— "수보리여! 보살은 지은 복덕에 탐욕을 내거나 집착하지 않아야 하기 때문에 복덕을 누리지 않는다고 설한 것이다."

『금강경』 32분 중 스물여덟 번째 문단인 '28. 불수불탐분(不受不貪分, 탐착 없는 복덕)'의 한 대목이다.

참으로 이상한 일이다. 탐욕스런 사람에게서는 복덕이 달아나고, 도리어 탐욕을 모르는 사람에게 복덕이 들어오니 희한한 일이 아닐 수 없다. 하지만 탐욕스런 사람은 감사할 줄을 모르고, 감사할 줄 모르는 사람은 남을 배려하기는커녕 자기 자신만 챙긴다. 남을 섬길 줄 모르는, 자기 자신만 챙기는 사람에게는 오던 복덕도 발길을 돌린다.

예컨대 어떤 사람은 음식을 먹을 때마다 이것저것 투정을 부린다. 밥이 되다, 질다부터 시작해서 반찬이 있네, 없네 등등 투정도 한두 가지가 아니다. 심지어 과일을 먹어도 시다, 달다…… 꼭 자기 나름의 논평을 붙이며 다른 사람들을 피곤하게 한다.

하지만 인격적으로 잘 수양된 사람에게서는 결코 그런 투정 따위를 찾아볼 수가 없다. 밥이면 밥, 반찬이면 반찬, 과일이면 과일…… 그런 먹거리가 식탁에 올라오기까지의 전 과정을 감사하게 여기기 때문이다.

농사를 지은 사람의 노고, 그걸 식탁에 올린 사람의 수고는 물론이려니와 그런 곡물이며 과일을 키워낸 대지와 햇빛과 비와 그것이 알맞게 영글기까지의 모든 과정을 생각한다면 참으로 감사할 수밖에 없다. 밥이 되면 된 대로, 질면 진 대로, 반찬이 있으면 있는 대로, 없으면 없는 대로, 과일이 시면 신 대로, 달면 단 대로 그 자체로서 감사할 따름이다.

감사할 줄 아는 사람은 보답할 줄도 안다. 그런 사람은 항상 누군가에게 보답하는 마음으로 매사에 정성을 다하는지라 반드시 큰 성공에 이른다.

098
물은 그릇만큼만 채워준다

✳

물의 미덕은 헤아릴 길이 없다. 물은 겸손하게도 높은 곳이 아닌 낮은 곳으로만 흘러간다. 물은 단결력이 강해 서로 모인다. 물 한 방울 한 방울이 시냇물로 모이고 시냇물이 모여서 강을 이루어 더 많은 물이 기다리고 있는 바다로 흘러간다.

흘러가는 물은 중간중간 웅덩이나 연못 같은 곳에서 쉬기도 한다. 그때 물은 웅덩이와 연못의 크기만큼만 채워준다. 우리가 일상적으로 사용하는 식수 또한 예외가 아니다. 컵이면 컵, 바가지면 바가지…… 그 크기와 생김생김대로 채워준다.

사실 성공도 다를 바 없다. 용량이 크고 넉넉한 사람에게는 복이 그만큼 많이 들어오게 되어 있다. 하지만 야박하고 인색한 좀생이에게는 그만한 복밖에는 더 이상 들어올 것이 없다. 아니, 들어오던 복도 얼른 몸을 사려 달아나게 마련이다.

마음이 탐욕과 집착으로 가득 찬 사람에게는 복이 들어서고 싶어도 들어설 공간이 없다. 하지만 마음을 비우고 물 흐르듯이 자연스럽게 사는 사람에게는 그 텅 빈 여백만큼 큰 복이 가득 넘쳐난다.

한편, 물은 불을 끌 수 있지만 불은 물을 태우지 못한다. 뜨겁기로 말하자면 물이 불을 당할 수 없다. 그러나 불은 물을 만나면 속절없이 스러지고 만다. 불이 삼라만상을 다 태울 수 있을 것 같지만 조물주의 천지창조 이래 아직까지는 그런 일이 없었다.

물은 더러운 것을 씻어준다. 우리의 몸, 옷, 그릇, 강물에 스며드는 각종 오염물질을 말끔히 씻어준다. 그런가 하면 물은 다른 것들을 깨끗이 씻어준 뒤에 더러워진 자기 몸을 스스로 씻고는 새롭게 태어난다. 우리는 그것을 물의 자정능력이라고 한다.

색깔도 없고, 냄새도 없고, 일정한 형체도 없이 부드러운 물…….
하지만 물은 바윗돌과 철판에도 구멍을 뚫는다. 수적천석(水滴穿石)이란 '작은 물방울이라도 끊임없이 떨어지면 결국 돌에 구멍을 뚫는다'는 뜻이다.

물에게는 이처럼 놀라운 힘이 있다. 그렇기 때문에 물이 진노했다 하면 한순간에 대지를 송두리째 집어삼킨다. 수가재주역가복주(水可載舟亦可覆舟)라, 물은 배를 띄우기도 하지만 배를 뒤집어엎기도 한다. 예컨대 정권이 민심을 거스를 때에는 민심은 물처럼 사나워져서 여지없이 그 정권을 뒤집어엎는다.

정말이지 물은 못하는 것이 없다. 물은 땅속으로 스며들기도 하지만, 지하에서 용솟음치며 분출하기도 한다. 그런가 하면 물은 수증기로 변신하여 하늘로 올라가 구름이 되었다가 다시 물이 되어 지상으로 되돌아오기도 한다. 그러니까 물은 무엇과도 비교할 수 없는 만능의 재주를 가진 셈이다.

그럼에도 불구하고 물이 가진 최고의 가치는 뭐니 뭐니 해도 모든 생명의 근원이라는 사실이다. 어떤 생물체라도 물 없이는 살 수가 없다. 우리도 낮은 데로 흐르는 물처럼 모든 생명을 사랑하면서 겸손하고 부드럽게 살면 마침내 대성할 수 있다.

099
긍정적 사고가
확확 신바람을 일으킨다

✳

　어떤 법률가가 있었다. 하루는 그 법률가의 며느리가 밥상을 차리다가 근엄하신 시아버지 앞에서 와장창 그릇을 깼다. 며느리는 차마 낯을 들 수가 없었고, 쥐구멍에라도 기어들어가고 싶은 심정이었다. 그때 시아버지가 물었다.

　"아가, 고의였냐, 실수였냐."

　누군가가 지어낸 말이지만 역시 법률가다운 접근방식이었다. 재판의 경우 고의냐 실수냐에 따라 판단기준이 달라지기 때문이었다. 고의일 경우에는 엄정하게 법을 적용하지만 단순한 실수일 때에는 어느 정도 정상을 참작할 수 있는 것이다.

　이렇듯 같은 말을 하더라도 '아' 다르고 '어' 다르다. 예컨대 컵에 물이 딱 절반쯤 담겨 있다고 치자. 어떤 사람은 물이 '반 컵이나' 남았다고 하고, 어떤 사람은 '반 컵밖에' 없다고 한다. 이때 '……이나'와 '……밖에'의 차이는 크다. '……이나'라고 표현한 사람은 긍정적으로 본 것이고, '……밖에'라고 표현한 사람은 부정적 사고를 가진 사람이다.

　N이라는 사람이 있다. 그는 입만 열었다 하면 대뜸 '아니……'부터 내뱉는다. '아니, 저게 뭐야' '아니, 벌써 왔나' '아니, 이거 얼마

만이야 '아니, 그래' 등등 입에 '아니……'를 달고 다닌다. 그는 걸 핏하면 '되는 일이 없다'고 떠든다. 말하자면 스스로 복을 터는 셈 이다. 심리적으로 분석해본다면 그의 내면에는 부정적 사고가 가득 하다. 따라서 그런 사람에게는 실지로 되는 일이 있을 수 없다.

그 반면, O라는 사람은 매사가 긍정적이다. '오, 그래' '그래, 그 랬어' '그랬구나' '그럼, 그래야지' '그렇고말고' 등등 그는 매사를 긍정하기에 바쁘다. 그의 얼굴에는 항상 웃음이 떠나지 않는다. '잘 되고 있어' '잘 되겠지' '잘 될 거야' '잘 돼야지' 등등 그의 내면에 는 긍정과 희망이 넘쳐흐른다. 그러니까 자꾸 복을 불러들이게 된 다. 따라서 그런 사람은 무엇이든 잘 될 수밖에 없다.

부정적인 사람은 다른 사람들을 피곤하게 한다. 그 반면, 긍정적 인 사람은 주위 사람들에게 추임새를 넣어 확확 신바람을 불러일으 킨다. 부정적인 사람은 남을 용서할 줄도 모르지만, 긍정적인 사람 은 다른 사람의 실수에 관용을 베풀 줄 안다.

어떤 일을 추진할 때 긍정적인 사람은 1%의 가능성이라도 있으 면 그걸 성공의 발판으로 삼는다. 하지만 부정적인 사람은 99%의 가능성도 부정적으로 판단하기 때문에 절호의 기회까지 놓친다.

100
나쁜 일이 있으면
좋은 일도 있다

✳

저 옛날 변방의 국경에 점을 잘 치는 한 늙은이가 살고 있었다. 하루는 그가 키우던 말이 아무런 까닭도 없이 오랑캐들이 사는 국경 너머로 달아나버렸다. 그 사실을 알게 된 마을 사람들이 그 늙은이를 위로하면서 동정을 아끼지 않았다. 그러자 그 늙은이는 태연하게 말했다.

"무슨 복이 돌아올지 누가 알겠소."

그런데 몇 달 후 달아났던 말이 오랑캐의 좋은 말 한 필을 데리고 돌아왔다. 이번에는 마을 사람들이 그 노인에게 아낌없는 축하를 보내주었다. 하지만 점쟁이 늙은이는 심드렁하게 말했다.

"무슨 화가 돌아올지 누가 알겠소."

그로부터 며칠 후 그 집 아들이 오랑캐의 좋은 말을 타다가 떨어져 다리가 부러졌다. 마을 사람들은 늙은이를 따뜻이 위로했다. 하지만 늙은이는 태연하게 응수했다.

"혹시 무슨 복이 들어올는지 누가 알겠소."

아니나 다를까, 1년 뒤 오랑캐들이 쳐들어왔다. 그때 건장한 청년들은 모두 전쟁에 동원되어 전사했지만, 다리 장애자인 그 집 아들은 징병을 피해 무사히 살아남았다.

이 이야기는 『회남자(淮南子)』「인간훈(人間訓)」에 나오는 고사로, 바로 여기에서 저 유명한 새옹지마(塞翁之馬)란 말이 나왔다. 새옹지마란 이렇듯 '인생의 길흉화복은 항상 바뀌므로 미리 헤아릴 수가 없다는 뜻'이다.

……수보리 약유인언(須菩提 若有人言)……(중략)……여래자 무소종래 역무소거 고명여래(如來者 無所從來 亦無所去 故名如來)……

— "수보리여! 어떤 사람이 '여래는 오기도 하고 가기도 하며 앉기도 하고 눕기도 한다'고 말한다면, 그 사람은 내가 설한 뜻을 이해하지 못한 것이다. 왜냐하면 여래란 오는 것도 없고 가는 것도 없으므로 여래라고 말하기 때문이다."

『금강경』 32분 중 스물아홉 번째 문단인 '29. 우위적정분(威儀寂靜分, 오고 감이 없는 여래)'이다.

가벼운 사람의 경우 채신머리없게 변덕이 죽 끓듯 한다. 그런 사람에게는 일희일비(一喜一悲)가 무상으로 교차한다. 조금 좋은 일이 생기면 희희낙락, 조금 언짢은 일이 생기면 우거지상으로 징징 우는 소리를 토해낸다.

하지만 듬직한 사람의 사전에는 숫제 변덕이라는 단어가 존재하지 않는다. 비가 오나 눈이 오나 항상 여여(如如)할 따름이다. 새옹지마 고사가 말해주듯 나쁜 일이 있으면 좋은 일이 있고, 좋은 일이 있으면 나쁜 일이 있게 마련이다.

특히 오늘날처럼 복잡한 시대에서는 길흉화복이 변화무쌍할 수밖에 없다. 그렇다고 그때그때 일희일비해서는 안 된다. 어떤 경우에라도 늠연하게 대처하면 우리는 반드시 성공할 수 있다.

101
인격을 키워야 성공한다

✻

식당과 술집과 찻집처럼 사람이 많이 모이는 곳에 가보면 유난히도 목청 큰 사람들이 있다. 따라서 본의 아니게 별로 듣고 싶지 않은 그들의 대화까지도 엿듣지 않을 수 없다. 그런데 그 대화 내용이란 별로 대단한 것이 없다.

그들의 화제는 매우 한정적이다. 기껏 정치인에 대한 비난으로 시작하여 돈 이야기, 골프 이야기, 여자 이야기, 술 마신 이야기, 남흉보는 이야기 따위가 대종을 이룬다. 그러다가 서로 격론을 벌이고 심지어는 멱살잡이 싸움질까지 벌인다.

대화의 주제가 그렇게도 빈곤할까. 인생에 대한 담론, 사회 전반에 대한 담론, 예술에 대한 담론, 미래에 대한 담론 등등 보다 건설적이고 고상한 의제가 많을 텐데, 가까운 친구나 지인들이 모여서 기껏 비생산적인 험담이나 나눈대서야 곤란한 문제가 아닐 수 없다.

더욱이 그 자리에 없는 다른 사람들을 지칭할 때에는 아주 고약한 말버릇이 난무한다. 예컨대 '사장놈' '전무놈' '동창놈' '친구놈' '후배놈' '그놈' '걔' 등등 그것을 열거하자면 한이 없다. 비싼 밥을 먹고 같은 말을 하는데도 왜 그처럼 '무슨 놈' '무슨 놈' 불손하고 저속한 말을 써야 하는지 참으로 딱한 일이다.

특히 식당이나 술집에 가면 거의 예외 없이 대통령과 정치인들을 겨냥한 강도 높은 험담과 비난을 들을 수 있다. 그중에는 입에 거품을 물고 대통령과 정치인 이름을 동네 개 이름 부르듯 마구 불러대면서 욕설을 퍼붓는 사람들까지 있다. 그런가 하면 자기 회사 사장이나 임직원들을 성토하는 목소리도 있다.

결론부터 말하자면 그건 매우 몰상식한 짓이고 결국 자기 얼굴에 침 뱉는 꼴밖에 안 된다. 대통령을 비롯한 고위층을 공격한다고 해서 자기 자신의 위상이 거기까지 올라가는 것도 아닐 뿐더러 누군가를 향해 욕설을 퍼부으면 우선 자기 입이 더러워진다. 그뿐 아니라 다른 사람들로부터 인격을 의심받는 것은 물론 신뢰까지 잃게 된다. 따라서 그런 언동은 일종의 자해행위라 말할 수 있다.

설령 대통령이 자기 마음에 들지 않는다 해도 어디까지나 대통령은 대통령이다. 그가 성공할 것인가 실패할 것인가는 별개의 문제일 뿐 대통령이라고 해서 무조건 비난의 대상이 될 수는 없다. 물론 대통령의 정책에 대해 비판하는 것은 자유이지만, 그렇다고 해서 입에 담지 못할 욕설까지 퍼부어댈 권리는 없다.

사실은 정치의 경우 대통령과 국민수준이 비례하게 마련이다. 그만한 국민이 그만한 대통령을 선출하기 때문이다. 국민 수준이 높으면 수준 높은 대통령을 뽑지만 국민 수준이 낮으면 수준 낮은 대통령을 뽑을 수밖에 없는 것이 현실이라면 국민에 의해 선출된 대통령을 마구 욕할 일이 아닌 것이다.

정녕 복을 받아 성공하려면 우리 스스로 품위를 격상시켜야 한다. 따라서 대화의 주제와 수준도 지금보다는 훨씬 높여야 한다. 만약 지식이 모자라 내놓을 만한 밑천이 없다면 최소한 듣기 좋은, 복에 넘치는 덕담이라도 입에 달고 다녀야 한다.

악담하는 사람은 자기 발등을 찍지만 덕담하는 사람은 반드시 복덕을 받게 돼 있다. 쓸데없는 한담이나 잡담을 나눌 때에도 푸짐한 덕담으로 다른 사람들의 귀를 즐겁게 해준다면 큰 성공이 성큼성큼 다가올 것이다.

102
제복이 사람을 만든다

✳

……수보리 일합상자 즉시불가설 단범부지인 탐착기사(須菩提 一合相者 則是不可說 但凡夫之人 貪着其事)……

— "수보리여! 한 덩어리로 뭉쳐진 것은 말할 수가 없는 것인데 범부들이 그것을 탐내고 집착할 따름이다."

『금강경』 32분 중 서른 번째 문단인 '30. 일합이상분(一合理相分, 부분과 전체의 참모습)'의 한 대목이다.

본래 제복이 사람을 만든다. 따라서 무슨 옷을 입었느냐에 따라 사람이 달라진다. 경찰은 경찰 제복을 입었기 때문에 경찰임을 알 수 있다. 군인은 군인 제복을 입었기 때문에 군인임을 알 수 있다.

특히 경찰이나 군인은 제복에 계급장까지 달고 있다. 따라서 비간부와 간부, 사병과 장교를 구분할 수 있다. 모든 조직에서 직급·직위·보직 같은 것도 '또 다른 이름의 제복'이라 말할 수 있다. 그러므로 그 직급이나 직위, 보직에 따라 사람의 위상이 달라진다.

사실 권력이라는 것도 자리를 만들어놓고 그 자리에 앉혀주니까 권력이 생기는 것이지, 애당초 권력이 중생보다 먼저 존재했던 것은 아니다. 돈도 가치를 부여하고 통용시키니까 돈이지, 중생보다 돈이 먼저 생겼던 것은 아니다. 명예도 중생이 떠받들어 주니까 생기는 것이지, 명예가 중생보다 앞서는 것은 아니다.

달리 말하자면 인간이 있고 나서 권력도, 돈도, 명예도 존재하기 시작했다. 따라서 제복을 벗기면 어느 누구라도 똑같은 인간이 된다. 목욕탕에 들어가 모두 벌거벗고 나면 결국 그 사람이 그 사람인 것이다.

시야를 넓혀 만약 우주공간에서 지구를 바라본다면 인간들의 제복 따위가 보일 리 만무하다. 또, 인간사를 초월한, 부처님이나 예수님 같은 성인들이 볼 때에는 인간들의 제복이라는 것 자체가 가소롭게 보일 수밖에 없다. 좋은 제복을 입은 자나 헐벗은 자나 똑같은 부류이기 때문이다.

그런데도 인간은 권력·재물·명예를 놓고 탐욕을 부린다. 그리고 그걸 얻기 위해 안간힘을 쓴다. 문제는, 그것을 얻기 위해 안간힘을 쓰기 전에 인생이 무엇인가를 성찰해야 한다. 그래야 어떤 비바람에도 뿌리 뽑히지 않는 요지부동의 성공을 일궈낼 수 있다.

오늘 이 시간까지 성공하지 못했다고 해서 전혀 실망할 필요가 없다. 당신은 아직 성공이라는 제복을 안 입었을 뿐이다. 이 책을 읽고 있는 당신은 이미 인간적으로 그만큼 성숙해지고 있다. 말하자면 1회용 성공이 아닌, 내구성 강한 성공의 기초를 닦고 있다. 따라서 이제 금강석처럼 단단한 성공의 제복을 입는 것은 시간문제일 뿐이다.

103
모르는 사람은 손에
쥐어줘도 모른다

✳

　머리 좋은 사람은 한 가지를 알려주면 두 가지, 세 가지…… 그 이상을 안다. 어느 유치원 선생님이 귀여운 어린이들에게 한글을 가르치고 있었다. 선생님은 이렇게 한 글자씩 칠판에 쓰면서 가르치고 있었다. 선생님이 칠판에 '가' 자를 써놓고 어린이들에게 말했다.

　"어린이 여러분, 선생님 따라서 읽어보세요. 가."

　"가."

　병아리 같은 어린이들이 일제히 복창했다. 선생님이 이번에는 '나' 자를 쓰고 먼저 읽었다.

　"나."

　"나."

　그때 한 어린이가 손을 들었다.

　"선생님, '가' 자 하고 '나' 자 하고 순서만 바꾸면 '나가' 가 되지요?"

　그 어린이는 '가' 자와 '나' 자만 알게 된 것이 아니라 이 두 글자를 응용하여 '나가' 라는 낱말까지 알게 된 것이었다.

　"그래, 맞다. 아이고, 영리해라. 자, 그럼 다……."

"다."

그때 다른 어린이가 손을 들었다.

"선생님, '가' 자 하고 '나' 자 하고 '다' 자 하고 순서를 바꾸면 '다 나가'가 되지요?"

그 어린이는 한 걸음 더 나아가 '다 나가'까지 깨치게 된 것이었다. 하지만 모르는 어린이는 글자를 카드에 써서 직접 손에 쥐어줘도 알지 못했다.

이런 현상은 비단 어린이들에게만 국한된 것이 아니다. 사실은 어른들도 한 가지를 알면 두 가지, 세 가지를 깨치는 사람이 있는가 하면 손에 쥐어줘도 모르는 사람들이 허다하다. 심지어 고추장인지 된장인지 먹어보고서도 맛을 모르는 사람들까지 있다.

문제는 하나라도 더 알고자 하는 노력 여하에 달려 있다. 『금강경』처럼 훌륭한, 성공비결로 가득한 경전을 손에 들려줘도 뭐가 뭔지 모르는 사람들이 있다. 그러나 크게 걱정할 필요는 없다. 『금강경』이라는 제목만 알아도 당신은 그걸 모르는 사람보다 훨씬 낫다. 그뿐 아니라 『금강경』이라는 세 글자만 기억하고 있어도 당신은 이미 큰 복을 받고 있다.

슬기로운 사람은 씨앗 한 됫박으로 곡식 한 말을 만들고, 씨앗 한 말이 있으면 한 섬으로 계속 확대 재생산한다. 그렇게 해서 어느 단계에 이르면 미미했던 씨앗을 기하급수의 창대한 결실로 얻어낸다. 그 반면, 어리석은 사람은 한 섬을 주어도 그걸 불리기는커녕 가만히 앉아서 줄곧 까먹기만 한다.

머리 좋은 사람은 됫글을 배워 말글로 활용하고, 말글을 배우면 섬글이나 그 이상으로 극대화한다. 하지만 어리석은 사람은 섬글을 배워도 말글로밖에 활용하지 못하고, 말글을 배워도 다 까먹고 겨우 뒷글로 깨작거리는 데 그친다. 그런 사람한테서는 발전과 성공을 기대할 수가 없다.

성공을 '내 것'으로 만들기 위해서는 한 가지를 알면 두 가지, 세 가지, 열 가지, 스무 가지를 알려고 부단히 노력하지 않으면 안 된다. 정신일도하사불성(精神一到何事不成)이라 했다. 정신을 한 곳으로 모으면 어떤 일이라도 못 이룰 것이 없다.

104
물 위에서 물 걱정한다

……수보리 소신법상자 여래설즉비법상 시명법상(須菩提 所信法相 者 如來說卽非法相 是名法相)……

— "수보리여! 법이라는 관념은 법이라는 관념이 아니라고 여래 는 설하였으므로 법이라는 관념이라 말한다."

『금강경』 32분 중 서른한 번째 문단인 '31. 지견불생분(知見不生 分, 내지 않아야 할 관념)'의 한 대목이다.

금강석이 해변의 모래알처럼 흔한 것이라면 보석이 될 수 없다. 우리가 모래와 흙과 자갈을 보석이라 하지 않는 것은 너무 흔해서 희소가치가 없기 때문이다. 그렇다고 해서 그런 것들이 무가치한 것은 아니다. 모래와 흙과 자갈은 그것들대로 아주 소중한 것이다.

한편, 이 세상에서 가장 소중한 것은 공기와 물이라고 말할 수 있 다. 그런데도 사람들은 공기와 물의 소중함을 거의 잊고 산다. 참으 로 기막힌 일이 아닐 수 없다.

태평양과 대서양과 인도양 같은 대양을 항해하려면 한 기항지에 서 다른 기항지까지 며칠씩 걸린다. 바다에서 조업을 해야 하는 원 양어선의 경우에는 더 오래도록 바다 위에 떠 있어야 한다.

그런데 항해 중이거나 조업 중인 선원들은 그 바다 위 배 안에서 식수 등 청수(淸水) 걱정을 하지 않으면 안 된다. 보이는 것이라고는 온통 물뿐인데도 정작 배 안에서 사용할 물이 항상 모자라는 것이다. 바닷물은 염분이 많아 식수로 사용할 수 없기 때문이다.

물론 큰 배에는 청수를 충분히 적재하고 있다. 또, 해수(海水)를 끌어올려 조수기(造水機)로 식수 등 청수를 증류해낼 수도 있다. 하지만 그런 식으로 만들어내는 청수의 양은 한계가 있을 수밖에 없다. 따라서 배를 오래 탄 사람들일수록 물의 소중함을 잘 알 뿐만 아니라 누가 말하지 않아도 물 절약이 몸에 배어 있다.

그들에게는 물 한 바가지를 가지고도 그 효용성과 부가가치를 극대화하는 지혜가 있다. 예컨대 물이 한 바가지만 있을 경우 우선 양치질부터 하고 세수를 한 다음 그 물로 옷과 양말을 빨고 그런 다음 걸레를 빤다. 그러고 나서 최종적으로는 그 물로 화장실 청소까지 한다.

예로부터 '물 쓰듯 한다' 는 말이 있다. 하지만 이제는 개념이 달라졌다. 물은 귀하다. 물은 공기와 함께 모든 생명체의 근원이다. 물과 공기 없이는 동물·식물 등 모든 생명체가 살아남을 수 없다. 다만 그걸 깨닫지 못한 사람들이 너무 많을 따름이다.

물 한 방울의 소중함을 아는 사람이라면, 자연 앞에 겸손해질 뿐만 아니라 다른 소비재들까지도 허투루 쓸 수가 없다. 근검절약은 기초를 튼튼히 받쳐주는 성공의 밑바탕이다. 자연의 소중함을 깨닫지 못하면, 그리하여 절약할 줄 모르면 밑 빠진 독에 물 부어대는 사태를 면치 못한다. 그 대신 자연을 사랑하고 작은 물자 하나라도 아끼는 사람은 티끌 모아 태산을 이룰 것이다.

105
해맑은 영혼에
성공이 찾아든다

✳

영혼이 깨끗하면 외양도 깨끗해진다. 그 반면, 영혼이 너저분한 사람은 언행까지 너저분하다. 개결한 선비는 어디를 가나 존경과 신뢰를 받는다. 하지만 언행이 거칠고 난폭한 개망나니의 경우 존경은커녕 신뢰로부터 멀어질 수밖에 없다.

소위 권력제일주의, 물신주의, 물질만능주의, 황금제일주의, 금전만능주의가 창궐한 세상이다. 동서남북 어디를 보나 '권력이면 다' '돈이면 다' 라는 생각이 만연돼 있다.

권력이 있는 곳에 재력이 있고, 재력이 있는 곳에 권력이 있다. 그렇기 때문에 많은 사람들이 권력과 재력이라는 두 마리 토끼를 잡기 위해 수단과 방법을 가리지 않는다.

그런데 권력과 재력은 밀접한 이해관계로 맞물려 있다. 권력으로 재물을 긁어모으고, 재력으로 권력을 매수하거나 조종한다. 그래서 정경유착이란 말이 나왔다. 심지어 권력을 가진 자와 재력을 가진 자가 사돈의 인연을 맺는 것은 더 이상 화젯거리도 아니다.

이런 해괴한 풍조 속에 소위 한탕주의까지 만연돼 있다. 한탕에 모든 것을 다 얻겠다는 생각. 여기에 한술 더 떠서 손 안 대고 코 풀려는 족속들까지 기승을 부리고 있다.

불한당(不汗黨)이란 '땀 흘리지 않는 무리', 즉 '떼를 지어 돌아다니며 재물을 마구 빼앗는 무리' '남 괴롭히는 것을 일삼는 파렴치한 무리' 라는 뜻이다. 그런 사람들이야말로 불한당이 아니고 무엇인가.

분명히 말하지만 그렇게 해서 한때나마 권력을 쥐고 재력을 움켜쥔다 한들 그건 결코 성공이 아니다. 정경유착의 주역들이 덜컥 쇠고랑을 차거나 사회의 호된 질책을 받는 것은 당연한 귀결이다. 요리조리 법망을 피해 법적 처벌을 면한다 해도 역사의 단죄만은 면할 길이 없다.

우리 사회는 아직 건강하다. 그래서 그런 불한당들을 존경하지 않을 뿐더러 도리어 강력히 규탄한다. 그 반면, 영혼이 해맑은 사람을 존경하고 떠받든다. 따라서 해맑은 영혼에 성공이 찾아든다. 권력도, 재력도, 명예도…… 썩은 영혼이 아닌, 해맑은 영혼 위에서만 참된 성공을 이룰 수 있다.

『금강경』은 이 풍진세상을 살아가는 우리의 지친 영혼을 씻어주는 세척제와 같다. 그러므로 우리는 『금강경』을 통해 떳떳한 성공, 당당한 성공, 하늘을 우러러 한 점 부끄러움도 없는 성공을 획득할 수 있다.

106
예의는 국력이다

✳

　예의 어쩌고 하면 대뜸 거부반응부터 일으키는 사람들이 있다. 그러나 매너라고 하면 거의 대부분 두루뭉술하게 넘어간다. 예의와 매너는 궁극적으로 그 본질이 같은 것이지만, 시대의 흐름과 언어의 뉘앙스로 말미암아 약간의 인식 차이가 나타나는 것 같다.

　이 대목에서 분명히 짚고 넘어가야 할 의제가 있다. 예로부터 우리나라는 동방예의지국(東方禮義之國)으로 널리 알려져 있었다. 이와 관련, 동방예의지국이라는 표현 자체가 예로부터 본래 중국에 조공을 잘 바쳐서 그렇다는 터무니없는 억설이 있다. 절대로 그렇지 않다. 그건 일본 제국주의가 우리나라를 악의적으로 깔아뭉개기 위해 조작한, 즉 식민사관(植民史觀)이 짜낸 대표적 억설이라는 것을 분명히 알아야 한다.

　일본의 일부 서적에서는 아직도 그런 주장을 펴고 있다. 어림 반 푼어치도 없는 천만의 말씀이다. 본래 조공이란 아시아의 전통적인 외교 관행이었을 뿐인데도 동방예의지국과 조공을 연계시키는 그 악랄한 저의에 속아 넘어가서는 안 된다.

　우리나라는 전통적으로 예의를 숭상해왔고, 공자님 이래 동방예의지국이라는 상찬을 받아왔다. 그런데 언제부턴가 예의가 땅에 떨어지기 시작했다. 이렇게 말하면 '아, 또 그 뻔한 얘기?' 하고 코웃음을 칠지 모르지만 사실 우리의 예의는 심각한 수준으로 추락했다. 오죽하면 동방예의지국은커녕 '동방무례지국(東方無禮之國)'이라는 질책까지 듣는 실정이다.

예의는 인격 그 자체라고 말할 수 있다. 따라서 인격이 훌륭한 사람은 그에 상응하는 극진한 대우를 받게 되지만, 그 반면 인격적으로 결함이 많은 사람은 그만큼 푸대접을 받을 수밖에 없다. 그것이야말로 아주 자연스런 세상 이치인 것이다.

흔히 글로벌 시대라고 한다. 맞는 말이다. 이제 지구촌의 여러 나라들은 국경의 담장을 허물고 외교·무역·관광·교육·문화·체육 등등 활발한 교류를 펼치고 있다. 이런 시대일수록 예의, 즉 매너의 중요성은 더욱 강조될 수밖에 없다.

예의 바르지 못한 외교관이 외교를 하면 얼마나 잘 하고, 예의 바르지 못한 세일즈맨이 세계무대에서 비즈니스를 하면 얼마나 잘 할 것인가. 예의가 바르지 못하면, 즉 매너가 세련되지 못하면 항상 '망신 외교' '헐값 싸구려 장사' 밖에 못하는 것이다.

일반 국민들도 예외일 수는 없다. 해외 관광이나 유학에 나선 우리 국민이 현지에서 보여주는 매너, 외국 관광객이나 유학생이 우리나라에 들어와서 목격하는 한국인의 예의로 곧 대한민국이라는 '국가 브랜드'의 등급이 결정된다.

이렇게 볼 때, 예의는 곧 국력이다. G20이네, 무역대국이네 해서 국력이나 교역량 홍보도 나쁠 것은 없지만 그보다 선행돼야 할 것은 국민의 인격을 높이는 일이다. 그리하여 자타가 공인하는, 어느 누구도 부인할 수 없는 명실상부한 동방예의지국을 구현해야 한다. 그래야 개인의 성공은 물론 더 나아가 국가적 성공으로 확대 발전

된다. 그런 점에서 부처님께 처음부터 끝까지 깍듯한 예의를 다 갖춘 『금강경』의 수보리 존자는 우리에게 실로 많은 것을 가르쳐 주고 있다.

107
백 가지 이론보다
한 가지 실천이 더 중요하다

✳

……불설시경이(佛說是經已)……(중략)……문불소설 개대환희 신
수봉행(聞佛所說 皆大歡喜 信受奉行).

— 부처님께서 이 경을 다 설하시고 나니, 수보리 장로와 비구·
비구니·우바새·우바이와 모든 세상의 천신·인간·아수라들이 부처
님의 말씀을 듣고 매우 기뻐하며 믿고 받들어 행하였습니다.

『금강경』 32분 중 서른두 번째 문단인 '32. 응화비진분(應化非眞
分, 관념을 떠난 교화)'의 결말 부분이다. 이로써 『금강경』 32분이 대
미에 이른다.

부처님께서 설법을 마치고 나자 수보리 장로는 물론 비구·비구
니·우바새·우바이와 모든 세상의 천신·인간·아수라들이 매우 기
뻐하며 실천하였다. 이제 당신은 『금강경』이 가르쳐 주는 성공비결
을 알게 되었다.

이 세상에는 말 잘하는 사람들이 참 많다. 이론가도 도처에 널려
있다. 입이나 이론으로는 못하는 것이 없는 사람들. 하지만 아무리
희번들하게 말을 잘해도 행동으로 실천하지 않으면 실없는 사람이
되고 만다.

앉은뱅이가 거리를 몰라서 못 가는 것이 아니다. 앉은뱅이도 얼마든지 정확하게 거리 계산을 할 수 있다. 하지만 태어나기를 앉은뱅이로 태어난 터라 몸이 따라주지 못할 뿐이다.

당연한 말이지만, 수행은 사찰이나 수도원에서 한다. 공부는 학교에서 하고, 연구는 연구소에서 한다. 농사는 농토에서 짓는다. 공산품은 공장에서 생산하고, 영업활동은 시장에서 한다. 금융상품은 금융기관에서 취급하고, 수출입은 해외 각국을 넘나든다. 토목과 건축 등 건설은 현장에서 한다…….

우리가 살아가는 생활무대는 한이 없다. 『금강경』으로 충분히 수련을 쌓아 성공비결을 터득한 당신은 어느 분야에서나 단연 두각을 나타낼 수 있다. 다른 사람들이 음주가무(飮酒歌舞) 등 향락에 빠져 있거나 헛된 생각으로 한눈을 파는 동안 당신은 최소한 『금강경』에 내재된 성공비결로 단단한 내공을 길렀다.

그렇다면 이제 실천하는 일만 남았다. 백 가지 이론보다 한 가지 실천이 더 중요하다. 이렇게 볼 때 당신은 이 책에서 공부한 내용을 꼭 실천할 수 있으리라 믿는다. 그리고 성공신화의 주역으로 찬란한 금자탑을 쌓으리라 믿어 의심치 않는다.

108
두드려라, 열릴 것이다

✳

어떤 일을 시작할 때 엄두를 내지 못하는 사람들이 있다. 예로부터 핑계 없는 무덤이 없다고 했지만, 그런 사람들일수록 이것저것 너절한 핑계를 댄다. '배운 것이 없어서' '가진 것이 없어서' '도와주는 사람이 없어서' 등등 핑계도 구구각각 가지각색으로 여간 다양한 것이 아니다. 그런 사람에게서는 발전이나 성공이 등을 돌리고 멀리 떠나갈 수밖에 없다.

그럼에도 불구하고 우리 주위의 면면들을 보면 말도 안 되는 핑계를 대는 경우가 적지 않다. 예컨대 '세금 때문에 못해 먹겠다' '세금 때문에 망했다'는 언설 따위도 설득력 없는 엉터리 핑계에 지나지 않는다. 그 말의 내면에는 정직성이나 진실성도 없다. 차라리 '사업이 잘 안 돼 문을 닫았다'고 하면 밉지나 않을 것을, 애꿎은 세금 핑계나 대고 있으니 그의 사고방식에는 분명 문제가 있다.

사업을 잘해서 성공한 사람들은 전부 탈세라도 했단 말인가. 그렇지 않다. 물론 탈세하는 사람도 있을 수 있지만 모든 사업자가 다 그런 것은 아니다. 도리어 성공한 사업자는 성공하면 성공할수록 세금을 더 많이 낸다. 그뿐 아니라 일자리도 더 많이 만들어낸다. 그렇건만 '사무실 임차료를 감당하기 어려워서' '종업원이 속을 썩여서' '경쟁이 너무 심해서' 등등 구차한 변명만 늘어놓는 사람들이 적지 않다.

이 냉엄한 현실 속에서 그들에게 미래가 있을 리 없다. 그러한 이유를 대면서 면피성 자기합리화를 꾀할 요량이라면 차라리 사업을 하지 않는 편이 낫다. 그런 사람은 사업이니 뭐니 손을 대봤자 계속 퇴보만 할 것이기 때문이다.

사업이 잘 안 된다면 거기에는 뭔가 더 분명한 원인이 있다. 만약 사업이 잘 안 될 경우 원인을 찾아 신속 정확한 처방을 내려야 한다. 안 되면 되게 하고, 그래도 안 되면, 즉 잘 안 되는 원인을 제거했는데도 결정적인 변화가 없을 때에는 다른 대안을 모색해야 한다. 급하면 급할수록 돌아가라는 말이 있다. 애당초 승산이 없는 일을 두고 집착해봤자 시간과 정력만 낭비할 뿐이다.

직장인의 경우도 예외가 아니다. 직장에서 조퇴나 명퇴를 당했으면 왜 그렇게 되었는지 자기 자신의 문제부터 돌아볼 생각은 하지 않고 '윗사람에게 미운 털이 박혀서' '동료가 모함해서' …… 구질구질한 변명과 자기합리화에 바쁘다. 그래봤자 자기 자신만 추해질 뿐 실질적으로 아무런 이로움이 없다.

안 되면 조상 탓, 잘 되면 자기 공이란 말도 있다. 그건 좋은 태도가 아니다. 일이 잘 되든 안 되든 모든 책임은 자기 자신에게 있다. 인생은 다른 사람의 몫을 대신 살아주는 것이 아니다. 우리는 각자 자기 자신의 삶을 살고 있다.

『금강경』은 바로 나 자신을, 우리의 삶을 돌아보게 하는 최고의 경전이다. 이 경전을 수지하면 무슨 일이든 매사에 자신감을 가질 수 있다. 예수님도 "구하라, 받을 것이다. 찾으라, 얻을 것이다. 문을 두드려라, 열릴 것이다. 누구든지 구하면 받고, 찾으면 얻고, 문을 두드리면 열릴 것이다(마태오 7,7-8)"라고 말씀했다.

『금강경』 수련으로 무장한, 그리하여 『금강경』의 본질을 잘 아는 사람은 두려울 것이 없다. 이제 당신은 『금강경』 수지를 통해 승승장구 일취월장하면서 성공의 깃발을 드높이 휘날릴 것이다.

성공이 우리를 기다리고 있다

우리는 이 세상에 태어날 때부터 이미 축복을 받았다. 아버지와 어머니의 지극한 사랑이 없었다면 우리가 어떻게 태어났을까. 물론 상식에서 벗어난 아주 특별한 출생이 없는 것은 아니지만, 그렇다 하더라도 인간으로 태어났다는 그 자체가 축복이요, 은총이다.

생물이든 무생물이든 삼라만상은 모두 다 소중하다. 그중에서도 생명처럼 소중한 것이 없다. 우리에게는 하나뿐인 생명이 있다. 그 하나뿐인 생명을 받아 동물이 아닌 인간으로 태어났다는 그 사실만으로도 우리는 그야말로 축복 받은 존재가 아닐 수 없다.

그러나 우리네 인생살이가 그렇게 단순한 것만은 아니다. 살다 보면 맑은 날, 흐린 날, 궂은 날, 비바람 휘몰아치는 날을 겪게 마련이다. 삶과 죽음, 만남과 헤어짐, 행복과 불행, 성공과 좌절 등등 파란만장한 우여곡절을 겪지 않으면 안 된다. 그것은 모든 인생이 겪어야 할 필연적인 운명이다.

하지만 그런 가파른 운명 속에서도 보란 듯이 성공하는 사람이 있고 속절없이 실패하는 사람이 있다. 당신은 성공과 실패 중에서 어느 쪽을 택할 것인가. 그 답은 명료하다. 우리 모두는 성공해야 한다. 아니, 내 사전에서 아예 실패라는 단어를 뽑아 없애야 한다.

왜 성공해야 하는가. 최소한 우리가 태어났을 때 우리 부모님은 이 아기가 건강하게 자라서 훌륭한 사람이 되라고 빌고 또 빌었다. 종교를 가졌든 안 가졌든 그것은 우리 부모님 모두의 간절한 염원이었다. 부모님의 그토록 간절한 염원에 보답하기 위해서라도 우리는 반드시 성공해야 한다. 그런 점에서 성공은 우리의 의무라 말할 수 있겠지만, 그와 동시에 우리가 마땅히 누려야 할 천부적 권리이기도 하다.

의무를 게을리해서도 안 되지만, 한 번 주어진 인생에서 성공의 권리를 포기할 수는 없다. 당신은 누구보다도 존귀하다. 내 자신이 얼마나 존귀한 존재인가를 깨닫는 순간 당신은 이미 인간적으로 크게 성공할 수 있는 확실한 발판을 마련했다.

그리고 우리는 이 같은 '성공 바이러스'를 널리 확산시켜야 한다. 내가 잘돼야 집안이 잘되고, 우리 집안이 잘돼야 이웃이 잘되고, 우리 이웃이 잘돼야 민족이 잘되고, 민족이 잘돼야 인류가 잘되고, 더 나아가 후손만대까지 길이길이 잘되는 것이다.

자, 우리 모두 성공을 향해 힘차게 떠나자. 금강반야바라밀……. 저기, 저쪽 피안에 금강석 같은 지혜로 다져진 참된 성공이 우리를 기다리고 있다.

金剛般若波羅蜜經
금강반야바라밀경

一. 法會因由分
1. 법회인유분

如是我聞 一時 佛在舍衛國祇樹給孤獨園 與大比丘衆 千二百五十人俱 爾時
여시아문 일시 불재사위국기수급고독원 여대비구중 천이백오십인구 이시
世尊食時 著衣持鉢 入舍衛大城乞食 於其城中 次第乞已 還至本處 飯食訖
세존식시 착의지발 입사위대성걸식 어기성중 차제걸이 환지본처 반사흘
收衣鉢 洗足已 敷座而坐
수의발 세족이 부좌이좌

二. 善現起請分
2. 선현기청분

時 長老須菩提 在大衆中 卽從座起 偏袒右肩 右膝著地 合掌恭敬 而白佛言
시 장로수보리 재대중중 즉종좌기 편단우견 우슬착지 합장공경 이백불언
希有世尊 如來善護念諸菩薩 善付囑諸菩薩 世尊 善男子善女人
희유세존 여래선호념제보살 선부촉제보살 세존 선남자선여인
發阿耨多羅三藐三菩提心 應云何住 云何降伏其心 佛言 善哉善哉 須菩提
발아누다라삼먁삼보리심 응운하주 운하항복기심 불언 선재선재 수보리
如汝所說 如來 善護念諸菩薩 善付囑諸菩薩 汝今諦聽 當爲汝說 善男子善女人

여여소설 여래 선호념제보살 선부촉제보살 여금제청 당위여설 선남자선여인
發阿耨多羅三藐三菩提心 應如是住 如是降伏其心 唯然世尊 願樂欲聞
발아누다라삼먁삼보리심 응여시주 여시항복기심 유연세존 원요욕문

三. 大乘正宗分
3. 대승정종분

佛告須菩提 諸菩薩摩訶薩 應如是降伏其心 所有一切衆生之類 若卵生 若胎生
불고수보리 제보살마하살 응여시항복기심 소유일체중생지류 약난생 약태생
若濕生 若化生 若有色 若無色 若有想 若無想 若非有想非無想 我皆令入無餘涅槃
약습생 약화생 약유생 약무색 약유상 약무상 약비유상비무상 아개영입무여열반
而滅度之 如是滅度無量無數無邊衆生 實無衆生得滅度者 何以故 須菩提 若菩薩
이멸도지 여시멸도무량무수무변중생 실무중생득멸도자 하이고 수보리 약보살
有我相 人相 衆生相 壽者相 卽非菩薩
유아상 인상 중생상 수자상 즉비보살

四. 妙行無住分
4. 묘행무주분

復次須菩提 菩薩於法 應無所住 行於布施 所謂不住色布施 不住聲香味觸法布施
부차수보리 보살어법 응무소주 행어보시 소위부주색보시 부주성향미촉법보시
須菩提 菩薩應如是布施 不住於相 何以故 若菩薩不住相布施 其福德不可思量
수보리 보살응여시보시 부주어상 하이고 약보살부주상보시 기복덕불가사량
須菩提 於意云何 東方虛空 可思量不 不也世尊 須菩提 南西北方 四維上下虛空
수보리 어의운하 동방허공 가사량부 불야세존 수보리 남서북방 사유상하허공
可思量不 不也世尊 須菩提 菩薩無住相布施福德 亦復如是 不可思量 須菩提
가사량부 불야세존 수보리 보살무주상보시복덕 역부여시 불가사량 수보리
菩薩但應如所敎住
보살단응여소교주

五. 如理實見分
5. 여리실견분

須菩提 於意云何 可以身相 見如來不 不也世尊 不可以身相 得見如來
수보리 어의운하 가이신상 견여래부 불야세존 불가이신상 득견여래
何以故 如來所說身相 即非身相 佛告須菩提 凡所有相 皆是虛妄 若見諸相非相
하이고 여래소설신상 즉비신상 불고수보리 범소유상 개시허망 약견제상비상
則見如來
즉견여래

六. 正信希有分
6. 정신희유분

須菩提白佛言 世尊 頗有衆生 得聞如是言說章句 生實信不 佛告須菩提
수보리백불언 세존 파유중생 득문여시언설장구 생실신부 불고수보리
莫作是說 如來滅後 後五百歲 有持戒修福者 於此章句 能生信心 以此爲實
막작시설 여래멸후 후오백세 유지계수복자 어차장구 능생신심 이차위실
當知是人 不於一佛二佛三四五佛 而種善根 已於無量 千萬佛所 種諸善根
당지시인 불어일불이불삼사오불 이종선근 이어무량 천만불소 종제선근
聞是章句 乃至一念 生淨信者 須菩提 如來悉知悉見 是諸衆生 得如是無量福德
문시장구 내지일념 생정신자 수보리 여래실지실견 시제중생 득여시무량복덕
何以故 是諸衆生 無復我相人相衆生相壽者相 無法相 亦無非法相 何以故
하이고 시제중생 무부아상인상중생상수자상 무법상 역무비법상 하이고
是諸衆生 若心取相 則爲着我人衆生壽者 若取法相 即着我人衆生壽者
시제중생 약심취상 즉위착아인중생수자 약취법상 즉착아인중생수자
何以故 若取非法相 即着我人衆生壽者 是故 不應取法 不應取非法
하이고 약취비법상 즉착아인중생수자 시고 불응취법 불응취비법
以是義故 如來常說 汝等比丘 知我說法 如筏喩者 法尙應捨 何況非法
이시의고 여래상설 여등비구 지아설법 여벌유자 법상응사 하황비법

264

七. 無得無說分
7. 무득무설분

須菩提 於意云何 如來得阿耨多羅三藐三菩提耶 如來有所說法耶 須菩提言
수보리 어의운하 여래득아누다라삼먁삼보리야 여래유소설법야 수보리언
如我解佛所說義 無有定法名阿耨多羅三藐三菩提 亦無有定法如來可說 何以故
여아해불소설의 무유정법명아누다라삼먁삼보리 역무유정법여래가설 하이고
如來所說法 皆不可取 不可說 非法 非非法 所以者何 一切賢聖 皆以無爲法
여래소설법 개불가취 불가설 비법 비비법 소이자하 일체현성 개이무위법
而有差別
이유차별

八. 依法出生分
8. 의법출생분

須菩提 於意云何 若人 滿三千大千世界七寶 以用布施 是人 所得福德
수보리 어의운하 약인 만삼천대천세계칠보 이용보시 시인 소득복덕
寧爲多不 須菩提言 甚多世尊 何以故 是福德 卽非福德性 是故如來說福德多
영위다부 수보리언 심다세존 하이고 시복덕 즉비복덕성 시고여래설복덕다
若復有人 於此經中 受持乃至四句偈等 爲他人說 其福勝彼 何以故
약부유인 어차경중 수지내지사구게등 위타인설 기복승피 하이고
須菩提 一切諸佛 及諸佛阿耨多羅三藐三菩提法 皆從此經出 須菩提
수보리 일체제불 급제불아누다라삼먁삼보리법 개종차경출 수보리
所謂佛法者 卽非佛法
소위불법자 즉비불법

九. 一相無相分
9. 일상무상분

須菩提 於意云何 須陁洹 能作是念 我得須陁洹果不 須菩提言 不也世尊
수보리 어의운하 수다원 능작시념 아득수다원과부 수보리언 불야세존

何以故 須陁洹 名爲入流 而無所入 不入色聲香味觸法 是名須陁洹
하이고 수다원 명위입류 이무소입 불입색성향미촉법 시명수다원

須菩提 於意云何 斯陁含 能作是念 我得斯陁含果不 須菩提言 不也世尊
수보리 어의운하 사다함 능작시념 아득사다함과부 수보리언 불야세존

何以故 斯陁含 名一往來 而實無往來 是名斯陁含 須菩提 於意云何 阿那含
하이고 사다함 명일왕래 이실무왕래 시명사다함 수보리 어의운하 아나함

能作是念 我得阿那含果不 須菩提言 不也世尊 何以故 阿那含 名爲不來
능작시념 아득아나함과부 수보리언 불야세존 하이고 아나함 명위불래

而實無不來 是故 名阿那含 須菩提 於意云何 阿羅漢 能作是念
이실무불래 시고 명아나함 수보리 어의운하 아라한 능작시념

我得阿羅漢道不 須菩提言 不也世尊 何以故 實無有法名阿羅漢 世尊
아득아라한도부 수보리언 불야세존 하이고 실무유법명아라한 세존

若阿羅漢 作是念 我得阿羅漢道 即爲着我人衆生壽者 世尊
약아라한 작시념 아득아라한도 즉위착아인중생수자 세존

佛說我得無諍三昧人中 最爲第一 是第一離欲阿羅漢 我不作是念
불설아득무쟁삼매인중 최위제일 시제일이욕아라한 아부작시념

我是離欲阿羅漢 世尊 我若作是念 我得阿羅漢道 世尊則不說
아시이욕아라한 세존 아약작시념 아득아라한도 세존즉불설

須菩提是樂阿蘭那行者 以須菩提實無所行 以名須菩提 是樂阿蘭那行
수보리시요아란나행자 이수보리실무소행 이명수보리 시요아란나행

十. 莊嚴淨土分
10. 장엄정토분

佛告須菩提 於意云何 如來 昔在然燈佛所 於法有所得不 不也世尊
불고수보리 어의운하 여래 석재연등불소 어법유소득부 불야세존

如來在然燈佛所 於法實無所得 須菩提 於意云何 菩薩 莊嚴佛土不
여래재연등불소 어법실무소득 수보리 어의운하 보살 장엄불토부

不也世尊 何以故 莊嚴佛土者 則非莊嚴 是名莊嚴 是故 須菩提
불야세존 하이고 장엄불토자 즉비장엄 시명장엄 시고 수보리

불야세존 하이고 장엄불토자 시명장엄 즉비장엄 시고 수보리
諸菩薩摩訶薩 應如是生淸淨心 不應住色生心 不應住聲香味觸法生心
제보살마하살 응여시생청정심 불응주색생심 불응주성향미촉법생심
應無所住 而生其心 須菩提 譬如有人 身如須彌山王 於意云何
응무소주 이생기심 수보리 비여유인 신여수미산왕 어의운하
是身爲大不 須菩提言 甚大世尊 何以故 佛說非身 是名大身
시신위대부 수보리언 심대세존 하이고 불설비신 시명대신

十一. 無爲福勝分
11. 무위복승분

須菩提 如恒河中所有沙數 如是沙等恒河 於意云何 是諸恒河沙 寧爲多不
수보리 여항하중소유사수 여시사등항하 어의운하 시제항하사 영위다부
須菩提言 甚多世尊 但諸恒河 尙多無數 何況其沙 須菩提 我今實言告汝
수보리언 심다세존 단제항하 상다무수 하황기사 수보리 아금실언고여
若有善男子善女人 以七寶滿爾所恒河沙數三千大千世界 以用布施 得福多不
약유선남자선여인 이칠보만이소항하사수삼천대천세계 이용보시 득복다부
須菩提言 甚多世尊 佛告須菩提 若善男子善女人 於此經中
수보리언 심다세존 불고수보리 약선남자선여인 어차경중
乃至受持四句偈等 爲他人說 而此福德 勝前福德
내지수지사구게등 위타인설 이차복덕 승전복덕

十二. 尊重正敎分
12. 존중정교분

復次須菩提 隨說是經 乃至四句偈等 當知此處 一切世間天人阿修羅
부차수보리 수설시경 내지사구게등 당지차처 일체세간천인아수라
皆應供養 如佛塔廟 何況有人盡能受持讀誦 須菩提
개응공양 여불탑묘 하황유인진능수지독송 수보리
當知是人成就最上第一希有之法 若是經典所在之處 則爲有佛若尊重弟子
당지시인성취최상제일희유지법 약시경전소재지처 즉위유불약존중제자

당지시인성취최상제일희유지법 약시경전소재지처 즉위유불양존중제자

十三. 如法受持分
13. 여법수지분

爾時 須菩提白佛言 世尊 當何名此經 我等云何奉持 佛告須菩提
이시 수보리백불언 세존 당하명차경 아등운하봉지 불고수보리
是經名爲金剛般若波羅蜜 以是名字 汝當奉持 所以者何 須菩提
시경명위금강반야바라밀 이시명자 여당봉지 소이자하 수보리
佛說般若波羅蜜 則非般若波羅蜜 是名般若波羅蜜 須菩提 於意云何
불설반야바라밀 즉비반야바라밀 시명반야바라밀 수보리 어의운하
如來有所說法不 須菩提白佛言 世尊 如來無所說 須菩提 於意云何
여래유소설법부 수보리백불언 세존 여래무소설 수보리 어의운하
三千大千世界 所有微塵 是爲多不 須菩提言 甚多世尊 須菩提 諸微塵
삼천대천세계 소유미진 시위다부 수보리언 심다세존 수보리 제미진
如來說非微塵 是名微塵 如來說世界 非世界 是名世界 須菩提 於意云何
여래설비미진 시명미진 여래설세계 비세계 시명세계 수보리 어의운하
可以三十二相 見如來不 不也世尊 不可以三十二相 得見如來 何以故
가이삼십이상 견여래부 불야세존 불가이삼십이상 득견여래 하이고
如來說三十二相 卽是非相 是名三十二相 須菩提 若有善男子善女人
여래설삼십이상 즉시비상 시명삼십이상 수보리 약유선남자선여인
以恒河沙等身命布施 若復有人 於此經中 乃至受持四句偈等 爲他人說
이항하사등신명보시 약부유인 어차경중 내지수지사구게등 위타인설
其福甚多
기복심다

十四. 離相寂滅分
14. 이상적멸분

爾時 須菩提 聞說是經 深海義趣 涕淚悲泣 而白佛言 希有世尊

이시 수보리 문설시경 심해의취 체루비읍 이백불언 희유세존

佛說如是甚深經典 我從昔來所得慧眼 未曾得聞如是之經 世尊

불설여시심심경전 아종석래소득혜안 미증득문여시지경 세존

若復有人 得聞是經 信心淸淨 則生實相 當知是人 成就第一希有功德

약부유인 득문시경 신심청정 즉생실상 당지시인 성취제일희유공덕

世尊 是實相者 則是非相 是故 如來說明實相 世尊 我今得聞如是經典

세존 시실상자 즉시비상 시고 여래설명실상 세존 아금득문여시경전

信解受持 不足爲難 若當來世 後五百歲 其有衆生 得聞是經 信解受持

신해수지 부족위난 약당래세 후오백세 기유중생 득문시경 신해수지

是人則爲第一希有 何以故 此人 無我相人相衆生相壽者相 所以者何

시인즉위제일희유 하이고 차인 무아상인상중생상수자상 소이자하

我相卽是非相 人相衆生相壽者相卽是非相 何以故 離一切諸相 則名諸佛

아상즉시비상 인상중생상수자상즉시비상 하이고 이일체제상 즉명제불

佛告須菩提 如是如是 若復有人 得聞是經 不驚不怖不畏 當知是人

불고수보리 여시여시 약부유인 득문시경 불경불포불외 당지시인

甚爲希有 何以故 須菩提 如來說第一波羅蜜 非第一波羅蜜 是名第一波羅蜜

심위희유 하이고 수보리 여래설제일바라밀 비제일바라밀 시명제일바라밀

須菩提 忍辱波羅蜜 如來說非忍辱波羅蜜 何以故 須菩提 如我昔爲歌利王

수보리 인욕바라밀 여래설비인욕바라밀 하이고 수보리 여아석위가리왕

割截身體 我於爾時 無我相 無人相 無衆生相 無壽者相 何以故

할절신체 아어이시 무아상 무인상 무중생상 무수자상 하이고

我於往昔節節支解時 若有我相人相衆生相壽者相 應生瞋恨 須菩提

아어왕석절절지해시 양유아상인상중생상수자상 응생진한 수보리

又念過去於五百世 作忍辱仙人 於爾所世 無我相 無人相 無衆生相

우념과거이오백세 작인욕선인 어이소세 무아상 무인상 무중생상

無壽者相 是故 須菩提 菩薩 應離一切相 發阿耨多羅三藐三菩提心

무수자상 시고 수보리 보살 응리일체상 발아누다라라삼막삼보리심

不應住色生心 不應住聲香味觸法生心 應生無所住心 若心有住 則爲非住

불응주색상심 불응주성향미촉법생심 응생무소주심 약심유주 즉위비주

是故 佛說菩薩 心不應住色布施 須菩提 菩薩 爲利益一切衆生 應如是布施

시고 불설보살 심불응주색보시 수보리 보살 위이익일체중생 응여시보시

如來說一切諸相 卽是非相 又說一切衆生 則非衆生 須菩提 如來是眞語者

여래설일체제상 즉시비상 우설일체중생 즉비중생 수보리 여래시진어자

實語者 如語者 不誑語者 不異語者 須菩提 如來所得法 此法無實無虛

실어자 여어자 불광어자 불이어자 수보리 여래소득법 차법무실무허

須菩提 若菩薩 心住於法 而行布施 如人入闇 則無所見 若菩薩

수보리 약보살 심주어법 이행보시 여인입암 즉무소견 약보살

心不住法 而行布施 如人有目 日光明照 見種種色 須菩提 當來之世

심부주법 이행보시 여인유목 일광명조 견종종색 수보리 당래지세

若有善男子善女人 能於此經 受持讀誦 則爲如來 以佛智慧 悉知是人

약유선남자선여인 능어차경 수지독송 즉위여래 이불지혜 실지시인

悉見是人 皆得成就無量無邊功德

실견시인 개득성취무량무변공덕

十五. 持經功德分
15. 수지공덕분

須菩提 若有善男子善女人 初日分 以恒河沙等身布施 中日分

수보리 약유선남자선여인 초일분 이항하사등신보시 중일분

復以恒河沙等身布施 後日分 亦以恒河沙等身布施 如是無量百千萬億劫

부이항하사등신보시 후일분 역이항하사등신보시 여시무량백천만억겁

以身布施 若復有人 聞此經典 信心不逆 其福勝彼 何恒書寫受持讀誦

이신보시 약부유인 문차경전 신심불역 기복승피 하항서사수지독송

爲人解說 須菩提 以要言之 是經 有不可思議不可稱量無邊功德

위인해설 수보리 이요언지 시경 유불가사의불가칭량무변공덕

如來爲發大乘者說 爲發最上乘者說 若有人 能受持讀誦 廣爲人說

여래위발대승자설 위발최상승자설 약유인 능수지독송 광위인설

如來悉知是人 悉見是人 皆得成就不可量 不可稱有邊不可思議功德

여래실지시인 실견시인 개득성취불가량 불가칭유변불가사의공덕

如是人等 則爲荷擔如來阿耨多羅三藐三菩提 何以故 須菩提 若樂小法者

여시인등 즉위하담여래아누다라삼먁삼보리 하이고 수보리 약요소법자

着我見人見衆生見壽者見 則於此經 不能聽受讀誦 爲人解說 須菩提

착아견인견중생견수자견 즉어차경 불능청수독송 위인해설 수보리

在在處處 若有此經 一切世間天人阿修羅 所應供養 當知此處
재재처처 약유차경 일체세간천인아수라 소응공양 당지차처
則爲是塔 皆應恭敬 作禮圍繞 以諸華香 而散其處
즉위시탑 개응공경 작례위요 이제화향 이산기처

十六. 能淨業障分
16. 능정업장분

復次 須菩提 善男子善女人 受持讀誦此經 若爲人輕賤 是人 先世罪業
부차 수보리 선남자선여인 수지독송차경 약위인경천 시인 선세죄업
應墮惡道 以今世人輕賤故 先世罪業 則爲消滅 當得阿耨多羅三藐三菩提
응타악도 이금세인경천고 선세죄업 즉위소멸 당득아누다라삼먁삼보리
須菩提 我念過去無量阿僧祇劫 於然燈佛前 得值八百四千萬億那由他諸佛
수보리 아념과거무량아승기겁 어연등불전 득치팔백사천만억나유타제불
悉皆供養承事 無空過者 若復有人 於後末世 能受持讀誦此經 所得功德
실개공양승사 무공과자 약부유인 어후말세 능수지독송차경 소득공덕
於我所供養諸佛功德 百分不及一 千萬億分 乃至算數譬喩 所不能及 須菩提
어아소공양제불공덕 백분불급일 천만억분 내지산수비유 소불능급 수보리
若善男子善女人 於後末世 有受持讀誦此經 所得功德 我若具說者 或有人聞
약선남자선여인 어후말세 유수지독송차경 소득공덕 아약구설자 혹유인문
心則狂亂 狐疑不信 須菩提 當知 是經義 不可思議 果報亦不可思議
심즉광란 호의불신 수보리 당지 시경의 불가사의 과보역불가사의

十七. 究竟無我分
17. 구경무아분

爾是 須菩提白佛言 世尊 善男子善女人 發阿耨多羅三藐三菩提心 云何應住
이시 수보리백불언 세존 선남자선여인 발아누다라삼먁삼보리심 운하응주
云何降伏其心 佛告須菩提 善男子善女人 發阿耨多羅三藐三菩提者 當生如是心
운하항복기심 불고수보리 선남자선여인 발아누다라삼먁삼보리자 당생여시심

我應滅度一切衆生 滅度一切衆生已 而無有一衆生實滅度者 何以故 須菩提

아응멸도일체중생 멸도일체중생이 이무유일중생실멸도자 하이고 수보리

若菩薩 有我相人相衆生相壽者相 則非菩薩 所以者何 須菩提 實無有法

약보살 유아상인상중생상수자상 즉비보살 소이자하 수보리 실무유법

發阿耨多羅三藐三菩提者 須菩提 於意云何 如來於然燈佛所

발아누다라삼먁삼보리자 수보리 어의운하 여래어연등불소

有法得阿耨多羅三藐三菩提不 不也世尊 如我解佛所說義 佛於然燈佛所

유법득아누다라삼먁삼보리부 불야세존 여아해불소설의 불어연등불소

無有法得阿耨多羅三藐三菩提 佛言 如是如是 須菩提

무유법득아누다라삼먁삼보리 불언 여시여시 수보리

實無有法如來得阿耨多羅三藐三菩提 須菩提 若有法如來得阿耨多羅三藐三菩提者

실무유법여래득아누다라삼먁삼보리 수보리 약유법여래득아누다라삼먁삼보리자

然燈佛 則不與我受記 汝於來世 當得作佛 號釋迦牟尼

연등불 즉불여아수기 여어래세 당득작불 호석가모니

以實無有法得阿耨多羅三藐三菩提 是故 然燈佛 與我受記 作是言 汝於來世

이실무유법득아누다라삼먁삼보리 시고 연등불 여아수기 작시언 여어래세

當得作佛 號釋迦牟尼 何以故 如來者 卽諸法如義 若有人言

당득작불 호석가모니 하이고 여래자 즉제법여의 약유인언

如來得阿耨多羅三藐三菩提 須菩提 實無有法佛得阿耨多羅三藐三菩提 須菩提

여래득아누다라삼먁삼보리 수보리 실무유법불득아누다라삼먁삼보리 수보리

如來所得阿耨多羅三藐三菩提 於是中 無實無虛 是故 如來說 一切法

여래소득아누다라삼먁삼보리 어시중 무실무허 시고 여래설 일체법

皆是佛法 須菩提 所言一切法者 卽非一切法 是故 名一切法 須菩提

개시불법 수보리 소언일체법자 즉비일체법 시고 명일체법 수보리

譬如人身長大 須菩提言 世尊 如來說人身長大 則爲非大身 是名大身 須菩提

비여인신장대 수보리언 세존 여래설인신장대 즉위비대신 시명대신 수보리

菩薩亦如是 若作是言 我當滅度無量衆生 則不名菩薩 何以故 須菩提

보살역여시 약작시언 아당멸도무량중생 즉불명보살 하이고 수보리

實無有法名爲菩薩 是故 佛說一切法 無我無人無衆生無壽者 須菩提

실무유법명위보살 시고 불설일체법 무아무인무중생무수자 수보리

若菩薩作是言 我當莊嚴佛土 是不名菩薩 何以故 如來說莊嚴佛土者 卽非莊嚴

약보살작시언 아당장엄불토 시불명보살 하이고 여래설장엄불토자 즉비장엄

是名莊嚴 須菩提 若菩薩 通達無我法者 如來說名眞是菩薩
시명장엄 수보리 약보살 통달무아법자 여래설명진시보살

十八. 一體同觀分
18. 일체동관분

須菩提 於意云何 如來有肉眼不 如是世尊 如來有肉眼 須菩提 於意云何
수보리 어의운하 여래유육안부 여시세존 여래유육안 수보리 어의운하

如來有天眼不 如是世尊 如來有天眼 須菩提 於意云何 如來有慧眼不
여래유천안부 여시세존 여래유천안 수보리 어의운하 여래유혜안부

如是世尊 如來有慧眼 須菩提 於意云何 如來有法眼不 如是世尊
여시세존 여래유혜안 수보리 어의운하 여래유법안부 여시세존

如來有法眼 須菩提 於意云何 如來有佛眼不 如是世尊 如來有佛眼
여래유법안 수보리 어의운하 여래유불안부 여시세존 여래유불안

須菩提 於意云何 如恒河中所有沙 佛說是沙不 如是世尊 如來說是沙
수보리 어의운하 여항하중소유사 불설시사부 여시세존 여래설시사

須菩提 於意云何 如一恒河中所有沙 有如是等恒河 是諸恒河所有沙數佛世界
수보리 어의운하 여일항하중소유사 유여시등항하 시제항하소유사수불세계

如是寧爲多不 甚多世尊 佛告須菩提 爾所國土中 所有衆生 若干種心
여시영위다부 심다세존 불고수보리 이소국토중 소유중생 약간종심

如來悉知 何以故 如來說諸心 皆爲非心 是名爲心 所以者何 須菩提
여래실지 하이고 여래설제심 개위비심 시명위심 소이자하 수보리

過去心不可得 現在心不可得 未來心不可得
과거심불가득 현재심불가득 미래심불가득

十九. 法界通化分
19. 법계통화분

須菩提 於意云何 若有人 滿三千大千世界七寶 以用布施 是人 以是因緣
수보리 어의운하 약유인 만삼천대천세계칠보 이용보시 시인 이시인연

得福多不 如是世尊 此人 以是因緣 得福甚多 須菩提 若福德有實
득복다부 여시세존 차인 이시인연 득복심다 수보리 약복덕유실
如來不說得福德多 以福德無故 如來說得福德多
여래불설득복덕다 이복덕무고 여래설득복덕다

二十. 離色離相分
20. 이색이상분

須菩提 於意云何 佛可以具足色身見不 不也世尊 如來不應以具足色身見
수보리 어의운하 불가이구족색신견부 불야세존 여래불응이구족색신견
何以故 如來說具足色身 即非具足色身 是名具足色身 須菩提 於意云何
하이고 여래설구족색신 즉비구족색신 시명구족색신 수보리 어의운하
如來可以具足諸相見不 不也世尊 如來不應以具足諸相見 何以故
여래불응구족제견상부 불야세존 여래불응이구족제상견 하이고
如來說諸相具足 即非具足 是名諸相具足
여래설제상견족 즉비구족 시명제상구족

二十一. 非說所說分
21. 비설소설분

須菩提 汝勿謂如來作是念 我當有所說法 莫作是念 何以故 若人言
수보리 여물위여래작시념 아당유소설법 막작시념 하이고 약인언
如來有所說法 即爲謗佛 不能解我所說故 須菩提 說法者 無法可說
여래유소설법 즉위방불 불능해아소설고 수보리 설법자 무법가설
是名說法 爾時 慧明須菩提 白佛言 世尊 頗有衆生 於未來世 聞說是法
시명설법 이시 혜명수보리 백불언 세존 파유중생 어미래세 문설시법
生信心不 佛言 須菩提 彼非衆生 非不衆生 何以故 須菩提 衆生衆生者
생신심부 불언 수보리 피비중생 비불중생 하이고 수보리 중생중생자
如來說非衆生 是名衆生
여래설비중생 시명중생

二十二. 無法可得分
22. 무법가득분

須菩提白佛言 世尊 佛得我耨多羅三藐三菩提 爲無所得耶 佛言
수보리백불언 세존 불득아누다라삼먁삼보리 위무소득야 불언
如是如是 須菩提 我於阿耨多羅三藐三菩提 乃至無有少法可得
여시여시 수보리 아어아누다라삼먁삼보리 내지무유소법가득
是名阿耨多羅三藐三菩提
시명아누다라삼먁삼보리

二十三. 淨心行善分
23. 정심행선분

復次 須菩提 是法平等 無有高下 是名阿耨多羅三藐三菩提
부차 수보리 시법평등 무유고하 시명아누다라삼먁삼보리
以無我無人無衆生無壽者 修一切善法 則得阿耨多羅三藐三菩提
이무아무인무중생무수자 수일체선법 즉득아누다라삼먁삼보리
須菩提 所言善法者 如來說 卽非善法 是名善法
수보리 소언선법자 여래설 즉비선법 시명선법

二十四. 福智無比分
24. 복지무비분

須菩提 若三千大千世界中 所有諸須彌山王 如是等七寶聚 有人
수보리 약삼천대천세계중 소유제수미산왕 여시등칠보취 유인
持用布施 若人 以此般若波羅蜜經 乃至四句偈等 受持讀誦 爲他人說
지용보시 약인 이차반야바라밀경 내지사구게등 수지독송 위타인설
於前福德 百分不及一 百千萬億分 乃至算數譬喻 所不能及
어전복덕 백분불급일 백천만억분 내지산수비유 소불능급

二十五. 化無所化分
25. 화무소화분

須菩提 於意云何 汝等勿謂如來作是念 我當度衆生 須菩提 莫作是念
수보리 어의운하 여등물위여래작시념 아당도중생 수보리 막작시념
何以故 實無有衆生如來度者 若有衆生如來度者 如來則有我人衆生壽者
하이고 실무유중생여래도자 약유중생여래도자 여래즉유아인중생수자
須菩提 如來說 有我者 則非有我 而凡夫之人 以爲有我 須菩提 凡夫者
수보리 여래설 유아자 즉비유아 이범부지인 이위유아 수보리 범부자
如來說則非凡夫
여래설즉비범부

二十六. 法身非相分
26. 법상비상분

須菩提 於意云何 可以三十二相 觀如來不 須菩提言 如是如是 以三十二相
수보리 어의운하 가이삼십이상 관여래부 수보리언 여시여시 이삼십이상
觀如來 佛言 須菩提 若以三十二相 觀如來者 轉輪聖王 則是如來 須菩提白佛言
관여래 불언 수보리 약이삼십이상 관여래자 전륜성왕 시즉여래 수보리백불언
世尊 如我解佛所說義 不應以三十二相 觀如來 爾時世尊 而說偈言 若以色見我
세존 여아해불소설의 불응이삼십이상 관여래 이시세존 이설게언 약이색견아
以音聲求我 是人行邪道 不能見如來
이음성구아 시인행사도 불능견여래

二十七. 無斷無滅分
27. 무단무멸분

須菩提 汝若作是念 如來不以具足相故 得阿耨多羅三藐 三菩提 須菩提
수보리 여약작시념 여래불이구족상고 득아누다라삼막삼보리 수보리

莫作是念 如來不以具足相故 得阿耨多羅三藐三菩提 須菩提 汝若作是念
막작시념 여래불이구족상고 득아누다라삼먁삼보리 수보리 여약작시념
發阿耨多羅三藐三菩提者 說諸法斷滅相 莫作是念 何以故
발아누다라삼먁삼보리자 설제법단멸상 막작시념 하이고
發阿耨多羅三藐三菩提心者 於法 不說斷滅相
발아누다라삼먁삼보리심자 어법 불설단멸상

二十八. 不受不貪分
28. 불수불탐분

須菩提 若菩薩 以滿恒河沙等世界七寶 持用布施 若復有人 知一切法無我
수보리 약보살 이만항하사등세계칠보 지용보시 약부유인 지일체법무아
得成於忍 此菩薩 勝前菩薩所得功德 須菩提 以諸菩薩 不受福德故
득성어인 차보살 승전보살소득공덕 수보리 이제보살 불수복덕고
須菩提白佛言 世尊 云河菩薩 不受福德 須菩提 菩薩 小作福德 不應貪着
수보리백불언 세존 운하보살 불수복덕 수보리 보살 소작복덕 불응탐착
是故 說不受福德
시고 설불수복덕

二十九. 威儀寂靜分
29. 위의적정분

須菩提 若有人言 如來若來若去若坐若臥 是人 不解我所說義 何以故
수보리 약유인언 여래약래약거약좌약와 시인 불해아소설의 하이고
如來者 無所從來 亦無所去 故名如來
여래자 무소종래 역무소거 고명여래

三十. 一合理相分
30. 일합이상분

須菩提 若善男子善女人 以三千大千世界 碎爲微塵 於意云何 是微塵中
수보리 약선남자선여인 이삼천대천세계 쇄위미진 어의운하 시미진중
寧爲多不 甚多世尊 何以故 若是微塵衆 實有者 佛則不說是微塵衆
영위다부 심다세존 하이고 약시미진중 실유자 불즉불설시미진중
所以者何 佛說微塵衆 則非微塵衆 是名微塵衆 世尊 如來所說三千大千世界
소이자하 불설미진중 즉비미진중 시명미진중 세존 여래소설삼천대천세계
則非世界 是名世界 何以故 若世界 實有者 則是一合相 如來說一合相
즉비세계 시명세계 하이고 약세계 실유자 즉시일합상 여래설일합상
則非一合相 須菩提 一合相者 則是不可說 但凡夫之人 貪着其事
즉비일합상 수보리 일합상자 즉시불가설 단범부지인 탐착기사

三十一. 知見不生分
31. 지견불생분

須菩提 若人言 佛說我見人見衆生見首者見 須菩提 於意云何 是人
수보리 약인언 불설아견인견중생견수자견 수보리 어의운하 시인
解我所說義不 不也世尊 是人 不解如來所說義 何以故
해아소설의부 불야세존 시인 불해여래소설의 하이고
世尊說我見人見衆生見壽者見 卽非我見人見衆生見壽者見
세존설아견인견중생견수자견 즉비아견인견중생견수자견
是名我見人見衆生見壽者見 須菩提 發阿耨多羅三藐三菩提心者
시명아견인견중생견수자견 수보리 발아누다라삼먁삼보리심자
於一切法 應如是知 如是見 如是信解 不生法相 須菩提 所言法相者
어일체법 응여시지 여시견 여시신해 불생법상 수보리 소언법상자
如來說卽非法相 是名法相
여래설즉비법상 시명법상

三十二. 應化非眞分
32. 응화비진분

須菩提 若有人 以滿無量阿僧祇世界七寶 持用布施 若有善男子善女人
수보리 약유인 이만무량아승기세계칠보 지용보시 약유선남자선여인
發菩薩心者 持於此經 乃至四句偈等 受持讀誦 爲人演說 其福勝彼
발보리심자 지어차경 내지사구게등 수지독송 위인연설 기복승피
云何爲人演說 不取於相 如如不動 何以故 一切有爲法 如夢幻泡影
운하위인연설 불취어상 여여부동 하이고 일체유위법 여몽환포영
如露亦如電 應作如是觀 佛說是經已 長老須菩提 及諸比丘比丘尼
여로역여전 응작여시관 불설시경이 장로수보리 급제비구비구니
優婆塞優婆夷 一切世間天人阿修羅 聞佛所說 皆大歡喜 信受奉行
우바새우바이 일체세간천인아라한 문불소설 개대환희 신수봉행

금강경에서 배우는 성공비결 108가지

이광복 지음

발행처 · 도서출판 청어
발행인 · 이영철
영 업 · 이동호
기 획 · 최윤영
편 집 · 방세화
디자인 · 김바라 ┃ 서경아
제작부장 · 공병한
인 쇄 · 두리터

등 록 · 1999년 5월 3일(제22-1541호)

1판 1쇄 발행 · 2010년 7월 30일
1판 2쇄 발행 · 2010년 9월 20일
1판 3쇄 발행 · 2011년 2월 10일
1판 4쇄 발행 · 2012년 10월 30일
1판 5쇄 발행 · 2014년 2월 20일
1판 6쇄 발행 · 2015년 8월 20일

주소 · 서울시 서초구 효령로55길 45-8
대표전화 · 586-0477
팩시밀리 · 586-0478

블로그 · http://blog.naver.com/ppi20
E-mail · ppi20@hanmail.net
ISBN · 978-89-93563-99-3 (03810)